Inspector Swanson

und die Frau mit dem zweiten Gesicht

Ein Kriminalroman
aus dem Jahre 1894
von Robert C. Marley

DRYAS

Das für dieses Buch eingesetzte Papier ist ein Produkt
aus nachhaltiger Forstwirtschaft.

1. Auflage 2018

Herausgeber: Dryas Verlag, Frankfurt am Main,
gegr. in Mannheim.

Herstellung: Dryas Verlag, Frankfurt am Main
Lektorat: Andreas Barth, Oldenburg
Korrektorat: Birgit Rentz, Itzehoe
Umschlaggestaltung: © Guter Punkt, München unter Verwendung von
Motiven von iStock und Shutterstock
Foto: Crystal pendulum on a board © Elena Schweitzer – Fotolia.com
Grafiken: Street lights © ollomy – Fotolia.com
Foto: Pendel © Carola Vahldiek – Fotolia.com
Satz: Dryas Verlag, Frankfurt am Main
Gesetzt aus der Palatino Linotype
Druck: CPI books GmbH, Ulm

Bibliografische Information der Deutschen Bibliothek:
Die Deutsche Bibliothek verzeichnet diese Publikation in der
Deutschen Nationalbibliografie, detaillierte bibliografische Daten
sind im Internet über http://dnb.ddb.de abrufbar

ISBN 978-3-940855-78-7
www.dryas.de

Dieses Buch ist in tiefer Zuneigung
Philip Kretzer
und meinem Bro Sven
gewidmet.

Ich bin heilfroh,
dass ihr beiden die Welt
nicht *größer gemacht habt!*

»Der größte Haufen
hört beim hellen Tage mit Vergnügen
über die Gespenster spotten
und bei dunkler Nacht mit Grausen
davon erzählen.«

Gotthold Ephraim Lessing

Vorbemerkung

»Kill your darlings! – Töte deine Lieblinge!« – dieser Ausspruch William Faulkners ist der wohl am meisten missverstandene Rat eines etablierten Schriftstellers an junge Autoren. Er bedeutet nämlich nicht, einen dem Leser und dem Autor lieb gewordenen Charakter des kurzen emotionalen Effekts wegen zu opfern, sondern jene Wörter, Phrasen und Redewendungen zu streichen, die man im Übermaß verwendet, so, wie man im Garten das Unkraut herausrupft.

Das habe ich versucht. Lediglich eine Person in diesem Roman habe ich willentlich getötet – die erste. Bei den anderen konnte ich nichts dagegen tun.

Schriftsteller mögen auf den ersten Blick einen ziemlich einsamen Job haben. Und doch ist er, wenn man genau hinschaut, unglaublich vielschichtig. In Personalunion sind sie die Bühnenbildner, Drehbuchautoren, Maskenbildner, Beleuchter, Schauspieler und Regisseure eines Films, der allein in den Köpfen der Leser gespielt wird. Aber sie sind auch Mütter und Väter. Und manchmal verlieben sich Autoren in ihre Figuren. Wie Väter und Mütter sich in ihre Kinder verlieben. Warum das geschieht, ist ebenso rätselhaft, wie es die Liebe im wahren Leben ist. Sie passiert einfach. Man kann kaum etwas dagegen tun.

Diesmal ist es mir passiert. Ob es Liebe auf den ersten Blick war? Bestimmt nicht. Aber eines ist sicher: Ich habe mich verliebt. Hals über Kopf und bis über beide Ohren. In einen kleinen neunjährigen Jungen, dessen geistiger Vater ich bin. Bis zuletzt war ich mir nicht sicher, was aus ihm werden würde, denn gelegentlich verselbstständigen sich Figuren. Manchmal meint es das Schicksal gut mit ihnen, doch manchmal schaffen sie es einfach nicht.

Dies ist ein Kriminalroman. Aber es ist auch ein Roman über die Liebe, die Freundschaft und den Tod.

R.C.M.

PROLOG

» Heutzutage hat jeder vor sich selbst Angst. «

Oscar Wilde

Nummer 50 Berkeley Square,
Mayfair, London

Sie lag im Bett, zitternd vor Angst.

Louisa!, flüsterte die Stimme in ihrem Nacken. *Louisa! Was hast du getan, Louisa? Du hast dich geweigert, mit uns zu sprechen. Du bist sehr böse gewesen, Louisa. Sehr, sehr böse.*

Es war eine leise, kratzende Stimme. Sie kannte sie mittlerweile wie ihre eigene. Anfangs hatte sie angenommen, sie würde mit der Zeit verstummen – Louisa hatte versucht, sie so gut es eben ging zu ignorieren.

Doch die Stimme blieb.

Sie sprach mit ihr.

Sie flüsterte.

Sie schmeichelte ihr, und sie drohte.

Wisperte. Wisperte. Wisperte. Unablässig wisperte diese Stimme.

Und sie machte Louisa Angst. Auf eine Art, wie keine der anderen Erscheinungen in diesem Haus ihr je Angst gemacht hatten. Sie hörte sie nun beinahe jede Nacht. Und das war das Schlimmste.

Louisa zog sich die Decke bis zur Nase über das Gesicht. Minutenlang wartete und lauschte sie in die Schwärze des nächtlichen Zimmers. Was würde die Stimme als Nächstes sagen? Würde sie ihr wieder drohen, wenn sie sich abermals verweigerte?

Dabei benötigte Louisa nichts dringender als Ruhe. Ein paar Tage Entspannung. Nichts weiter. Nur ein paar Tage, an denen sie allein mit sich wäre. Allein mit ihren

Gedanken, ohne für andere da sein zu müssen. Allein mit sich selbst und ihren Bedürfnissen. Ohne die Geister. Ohne die Stimmen. Ohne die vielen Menschen, die sie tagtäglich belästigten, um mit den Verstorbenen Kontakt aufzunehmen.

Louisa fragte sich manchmal, ob es diesen Leuten nicht bewusst war, dass die toten Verwandten, so lieb sie einem auch im Leben gewesen sein mochten, vielleicht gar kein Interesse daran hatten, weiter mit ihnen zu kommunizieren. Vielleicht, so dachte Louisa in letzter Zeit oft, wollten die Geister selbst auch nichts anderes, als endlich in Ruhe gelassen zu werden. Als endlich tot sein zu dürfen. Als endlich schlafen zu können. Für immer …

Louisa!

Lass mich in Ruhe, dachte sie. Lass mich schlafen. Lass mich endlich schlafen!

Den Atem anhaltend, lauschte sie in die erdrückende Stille, die seit dem letzten Wort der geisterhaften Stimme auf ihrer Brust lastete wie eine schwere Decke.

Louisa zwang sich zur Ruhe. Mit klopfendem Herzen lag sie da. Horchte, wartete angespannt, ob die Stimme abermals zu sprechen beginnen würde.

Doch die Stimme schwieg. War sie eingeschlafen? So, wie sie die Stimme des anderen Gesichts kannte, würde sie nur für ein paar Minuten Ruhe geben. Sie sprach in letzter Zeit des Nachts vor dem Einschlafen so häufig zu ihr, dass sie sich des Eindrucks nicht erwehren konnte, sie schliefe die meisten Stunden des Tages, ruhte sich aus, nur um sie des Nachts mit ihrem unheimlichen Geflüster umso hartnäckiger quälen zu können. Es kam ihr so vor, als fände diese Stimme ein teuflisches Vergnügen daran, sie langsam, aber stetig in den Irrsinn zu treiben.

Louisa! Hör mir zu!

Doch sie wollte nicht länger zuhören. Sie hatte die Stimmen satt.

Sei still!, dachte sie. Sei bitte endlich still!

Sie konnte das Geflüster kaum mehr ertragen. Louisa spürte, wie sich die Härchen auf ihren Armen und in ihrem Nacken aufstellten. Und als sie die leise, nagende Stimme abermals vernahm, schlug sie rasch die Decke zurück, schwang die Beine aus dem Bett und suchte mit den nackten Füßen panisch nach ihren Pantoffeln.

Sie waren nicht dort, wo sie sie hingestellt hatte. Die Decke glitt zu Boden, und sie sprang auf die Füße.

Im Zimmer war es stockfinster. Nicht ein Lichtstrahl der Laternen, die den Berkeley Square umstanden und ihn für gewöhnlich nachts in flackernden gelben Schein tauchten, drang von draußen durch die hohen Fenster herein.

Louisa hatte das Gefühl, der Raum um sie herum würde in seiner undurchdringlichen Schwärze immer größer und größer werden. Die Hände vor sich ausgestreckt, tappte sie im Dunkeln vorwärts, bis sie die Wand vor sich ertastete. Irgendwo musste doch die verdammte Tür sein.

Panisch schlug sie mit den flachen Händen gegen die Täfelung der Wand.

»Lasst mich in Frieden!«, schrie sie verzweifelt. »Geht weg! Lasst mich in Ruhe! Ich will euch nicht!«

Ein eisiger Windhauch streifte ihre Schultern, und sie schrie laut auf. Dann ertasteten ihre zittrigen Finger plötzlich den kalten Türknauf. Louisa drehte ihn und zog daran. Doch das Türblatt rührte sich nicht. Sie zog abermals daran – doch es bewegte sich nicht einen Millimeter.

Sie wusste ganz genau, dass sie die Tür nicht abgeschlossen hatte; sie hätte es gar nicht tun können, denn ihr Bruder hatte sämtliche Schlüssel im Haus entfernt. Doch aus irgendeinem Grund bewegte sich die Tür nicht.

Louisa schrie. Schrie, so laut sie nur konnte. Und in ihrer Panik hämmerte sie weiter mit den flachen Händen gegen die Tür.

»Hilfe!«, schrie Louisa. »Hilfe! Hilfe!«

Dann wurde die Tür mit einem Mal aufgerissen. Sie öffnete sich zum Gang, und Louisa stolperte vorwärts. Direkt in die Arme des Mannes, der sie geöffnet hatte.

Es war Dr. Brian Gosport, ihr Leibarzt.

»Miss Louisa!«, sagte er. Sein Blick war sorgenvoll. Sein Atem roch nach Whisky. »Was ist geschehen?«

»Oh, Doktor.« Sie schlang ihre Arme um ihn und barg Schutz suchend ihr Gesicht an seiner kräftigen Brust. »Ich … ich …« Sie verstummte.

»Was um Himmels willen ist passiert?«, fragte er. »Ich habe Sie schreien hören. Haben Sie schlecht geträumt?«

Geträumt, dachte Louisa. Oh, Gott, könnte ich doch nur träumen. Sie begann zu schluchzen. Sie klammerte sich an Dr. Gosport, als sei er der einzige Mensch auf dieser Welt. Es war ein gutes Gefühl, seine körperliche Anwesenheit zu spüren. Sie sog den Geruch seines Rasierwassers ein und fühlte sich so sicher und geborgen, wie sie sich seit Langem nicht gefühlt hatte. »Ich …«, begann sie, doch die Stimme versagte ihr, und sie verfiel erneut in haltloses Schluchzen.

»Sie sind in Sicherheit, Madam«, sagte Dr. Gosport. Er legte ihr die Hände auf den Rücken. »Sie sind in Sicherheit. Ich bin ja bei Ihnen.«

»Die Stimme«, hauchte sie. »Diese grässliche Stimme.«

»Jetzt kann Ihnen nichts mehr geschehen«, sagte er. »Ich bin hier. Ich bin hier.«

Louisa warf einen Blick zurück in ihr Zimmer. Die Dunkelheit dort schien so massiv zu sein wie schwarzes Eis. Trotz der Gaslampen an den Wänden des Korridors drang keinerlei Licht über die Schwelle. Sie war froh, endlich in Gesellschaft zu sein.

»Geht es Ihnen besser, Madam?« Dr. Gosport machte ihre Arme von sich los, hielt ihre Hände und sah sie freundlich an. »Sie haben sicher bloß schlecht geträumt.«

»Ich danke Ihnen«, sagte sie.

»Verflucht noch mal, was ist das für ein unsäglicher Lärm?« Es war Victor, ihr Bruder, der das Zimmer neben ihr bewohnte, sich eben den Gürtel seines Morgenmantels um die Hüften wickelte und mit ernstem, ärgerlichem Gesicht und wirren schwarzen Haaren über den Flur auf sie und Dr. Gosport zueilte. Einen Meter vor ihnen blieb er stehen. Er sah zwischen Louisa und Dr. Gosport hin und her. »Was ist hier los?«, fragte er. Dann änderte sich schlagartig sein Gesichtsausdruck, und er nahm ihre Hände. »Großer Gott, Louisa, du zitterst ja. Was ist denn geschehen, um Himmels willen?«

»Miss Louisa hat schlecht geträumt«, sagte der Arzt. Er legte ihr beide Hände auf die Schultern, und Louisa spürte, wie sich ein wohlig warmes Gefühl von Beruhigung über ihren Rücken ausbreitete.

»Es ist das Haus, Victor«, sagte Louisa ein wenig atemlos. »Es … es ist verflucht.«

»Ach, rede keinen Unsinn«, meinte ihr Bruder. Er ließ ihre Hände los. »Du bist ja völlig hysterisch.«

»Du weißt genau, dass es das Haus ist«, beharrte sie. »Du hast gesagt, du hättest es auch gespürt. Weißt du noch? Am Anfang, als wir das erste Mal herkamen, um es uns anzusehen. Du hast gesagt, es ist voller Geister.«

»Louisa.« Victor stieß einen Seufzer aus, lächelte sie an, die Stirn in Falten. »Ich habe nichts dergleichen gesagt. Jedenfalls sprach ich nicht von Gespenstern, die nachts durch die Zimmer geistern und ehrliche Leute erschrecken. Ich meinte die Geister der Vergangenheit, Louisa. Es ist ein geschichtsträchtiges Haus. Und wenn die Wände reden könnten –«

»Aber sie können es, Victor!«, unterbrach sie ihn. »Sie können es. Und sie tun es. Jede Nacht sprechen sie mit mir.«

»Und deswegen verdienen wir so viel Geld«, stellte Victor fest. »Vergiss das nicht.«

»Es geht mir nicht um das Geld, das weißt du sehr wohl.«

»Natürlich nicht.« Er trat einen Schritt auf seine Schwester zu, streckte die Hand aus und berührte sanft ihre rechte Wange. »Es ist eine Gabe, Liebes. Ich kann mir denken, wie schwer es manchmal für dich sein muss.«

»Oh, Victor.« Sie schlug die Hände vors Gesicht. »Ich wünschte, ich hätte diese Gabe nicht. Ich wünschte, ich könnte eine ganz normale Frau sein.«

»Aber das bist du doch«, sagte er.

»Nein. Nein, Victor, das bin ich nicht.« Sie blickte zur geöffneten Tür ihres Schlafzimmers, dessen Schwärze ihr so dicht und massiv vorkam, dass sie beinahe erwartete, sie würde jeden Moment wie Sirup aus dem Türrahmen laufen und auf den Gang schwappen. »Das ist es ja! Sie sprechen nicht nur durch mich. Sie sprechen auch mit mir. Immerzu. Jede Nacht!«

»Du bist einfach überreizt. Das wird sich geben.«

»Du nimmst mich nicht ernst, Victor.«

»Das stimmt nicht«, versicherte er. »Ich weiß nur, dass du jetzt unbedingt zu Bett gehen musst. Es ist mitten in der Nacht, und wir stehen hier auf dem Gang herum. Du brauchst deinen Schlaf.«

»Aber ich bekomme ihn nicht. Das ist es ja! Diese Stimmen halten mich wach. Ich liege in meinem Bett und mache kein Auge zu, bis der Tag anbricht.« Sie griff sich in einer hilflosen Geste an den Hals. »Ich werde morgen keine Séance abhalten können, Victor. Bitte lass mich einmal keine Gäste empfangen. Nur einen Tag lang nicht. Bitte.«

Victor Balshaw stieß einen tiefen Seufzer aus, sagte jedoch nichts.

Es war Dr. Gosport, der schließlich das Wort ergriff: »Ihre Schwester benötigt dringend Ruhe«, sagte er. Er hatte seine Hände noch immer auf ihren Schultern. »Gönnen wir ihr morgen einen Tag ohne jede Verpflichtung. Nach meinem Dafürhalten würde sich das äußerst positiv auf sie auswirken. Ich fürchte, wenn wir ihr die Erholung nicht zugestehen, wird sie noch ernstlich krank werden. Und damit ist letzten Endes niemandem geholfen, habe ich recht?«

»Wir haben Termine für morgen Abend«, protestierte Victor, aber der Protest war schwach und ohne Nachdruck. Offensichtlich sah er ein, dass es nicht gut war, die Dinge erzwingen zu wollen.

»Die können wir absagen«, meinte Dr. Gosport. »Das

schadet Miss Louisas Reputation nicht im Mindesten. Im Gegenteil. Es zeigt den Gästen, dass sie nicht immer und zu jeder Zeit zur Verfügung steht. Außerdem kann sie es sich leisten. Immerhin genießt sie den Ruf, eines der besten Medien Londons zu sein.«

»Also schön.« Victor Balshaw verschränkte die Arme vor der Brust und nickte nachdenklich. »Wahrscheinlich war ich zu selbstsüchtig. Das tut mir aufrichtig leid, Louisa. Natürlich sollst du deine Ruhe haben.« Er lächelte sie aufmunternd an. Es war ein warmes, ehrliches Lächeln, das nichts Geschäftsmäßiges an sich hatte. »Ich sage die Séance für morgen ab. Und du ruhst dich aus. Vielleicht möchtest du etwas lesen. Oder wir fahren nach Hampstead Heath oder gehen im Hyde Park spazieren.«

Sie nickte langsam. »Danke, Victor«, flüsterte sie. Die Vorstellung, morgen tun und lassen zu können, was ihr gefiel, überwältigte sie beinahe.

»Und nun musst du schlafen, ja?«, sagte er.

Sie blickte abermals in den schwarzen gähnenden Schlund der offenen Schlafzimmertür, und das Grauen kehrte zurück. »Ich … ich kann nicht.«

»Möchtest du heute Nacht lieber in einem anderen Zimmer schlafen, Liebes?«, fragte ihr Bruder.

»Es wird nichts helfen«, entgegnete sie resigniert.

»Woher willst du das wissen, wenn du es nicht ausprobierst?«

»Ihr Bruder hat recht, Madam«, sagte Dr. Gosport. »Ich halte die Idee für ausgesprochen vernünftig.«

»Sie werden mich trotzdem nicht in Frieden lassen. Solange wir in diesem Haus leben, bin ich nirgends sicher. Sie wollen uns hier nicht, Victor. Wir haben sie gestört. Es war nicht recht, sie zu stören.«

»Mach dir darüber jetzt bitte keine Gedanken«, sagte ihr Bruder. »Nachts haben die Geister die meiste Macht über uns, stimmt's? Da machen sie uns die meiste Angst. Wir reden morgen darüber. Und wir finden eine Lösung. Das verspreche ich dir.«

Sie nickte abermals. »Aber ich kann nicht zurück in mein Zimmer gehen«, sagte sie. »Das ertrage ich nicht.«

»Ich werde Mrs Boyle bitten, Ihnen den Salon im ersten Stock herzurichten und ein Feuer im Kamin zu entzünden«, meinte Dr. Gosport. »Und dann wird es meiner Ansicht nach das Beste sein, wenn sie heute Nacht bei Ihnen bleibt.«

Louisa nickte. Vielleicht war es wirklich besser, die restliche Nacht nicht allein zu verbringen. Mrs Boyle war ein Engel. Seit sie dieses Haus bewohnten, kümmerte sie sich liebevoll um sie und Victor.

»Du musst jetzt versuchen, ein wenig zu schlafen, Louisa«, sagte Victor. »Morgen hast du deinen freien Tag, Liebes, aber es liegt noch eine anstrengende Woche vor dir.«

»Muss ich denn diese Woche unbedingt noch Gäste empfangen? Ich benötige dringend etwas Erholung«, sagte sie.

»Nächsten Monat fahren wir nach Eastbourne«, sagte Victor. »Es ist nicht mehr lange bis dahin. Dann bekommst du deine Erholung. Versprochen«, setzte er hinzu.

»Aber ich werde morgen schrecklich müde sein. Ich werde ohnehin nicht schlafen können.«

»Dr. Gosport hat sicher etwas, was er dir geben kann, Liebes.« Er sah den Arzt an, der mit zusammengepressten Lippen nickte.

»Ich werde Ihnen ein leichtes Schlafmittel geben, Miss

Balshaw«, sagte er schließlich. »Kommen Sie, gehen wir hinunter in den Salon.«

Mrs Boyle, die erste Haushälterin, eine an Lebenserfahrung reiche Frau von gut sechzig Jahren, wurde damit beauftragt, auf der Couch ein notdürftiges Nachtlager für Louisa herzurichten, brühte ihr auf Geheiß des Arztes einen frischen Baldriantee auf und machte es sich selbst mit einem Buch im Ohrensessel bequem.

In Mrs Boyles Gegenwart fühlte sich Louisa gleich viel besser. Ihr Herz klopfte nun ruhiger, und zum ersten Mal seit Tagen fühlte sie sich wieder etwas entspannter.

»Ich weiß, es steht mir eigentlich nicht zu, so etwas zu sagen, Ma'am, aber man verlangt Ihnen einiges ab«, bemerkte Mrs Boyle, die Louisas Kissen aufgeschüttelt hatte und sich nun selbst eine Decke um die Beine wickelte. »Sie sollten sich etwas mehr Ruhe gönnen. Wenn es nach mir ginge, würde ich Sie für wenigstens eine Woche an die See schicken.«

»Und wenn es nach mir ginge, würde ich sofort fahren«, sagte Louisa mit einem schwachen Lächeln. »Danke, dass Sie heute Nacht bei mir bleiben.«

»Das tue ich doch gern.«

»Ich bin so müde, Mrs Boyle«, sagte Louisa matt. »So schrecklich müde. Ich kann kaum noch eine Nacht durchschlafen, seit wir jeden Abend diese vielen Leute zu Besuch haben.«

»Ich kann mir vorstellen, wie anstrengend es für Sie ist«, meinte Mrs Boyle. »Aber sehen Sie, Ihre Gabe hat auch viel Gutes.«

»Finden Sie?«

»Ich weiß nicht, ob es Ihnen so deutlich bewusst ist, Ma'am, aber die Menschen in diesem Haus sind von

Ihnen abhängig. Sie sind es, die für uns sorgt, Ma'am. Es sind allein Ihre Arbeit und Ihr Wohlstand, dem wir unsere Beschäftigung hier verdanken.«

»Darüber habe ich mir, ehrlich gesagt, noch niemals Gedanken gemacht«, sagte sie.

»Ich weiß, Ma'am«, entgegnete Mrs Boyle. »Und das spricht sehr für Ihren Charakter.« Sie schenkte ihr ein warmherziges Lächeln, das beinahe etwas Mütterliches hatte, wie Louisa fand.

»Meinen Sie, ich sollte mehr an mich denken?«

»Sie sind sehr privilegiert, wissen Sie? Das müssen Sie sich öfter vor Augen führen. Die wenigsten Frauen haben heutzutage diese Möglichkeiten.«

»Ach, ich stelle mich an wie ein kleines Mädchen, nicht wahr? Ich heule herum, dabei sollte ich vernünftiger sein. Aber es ist alles so neu für mich. Das Haus, die vielen Gäste und die ... die ...« Sie stockte.

Mrs Boyle nahm ihren Kneifer von der Nase und klappte das Buch zu, in dem sie gelesen hatte. »Und die Geister, wollten Sie sagen?«

»Ja.« Louisa zog sich die Decke bis zum Kinn hoch. »Sie sind überall im Haus, Mrs Boyle. Wirklich überall.«

Wieder eine Weile Stille. Und dann: »Ich weiß, Ma'am.«

»Sie halten mich nicht für verrückt?«

»Nein, Ma'am, das tue ich nicht.« Mrs Boyles Stimme klang leise und beruhigend. »Im Gegenteil. Ich halte Sie für eine sehr sensible Frau. Sie spüren Dinge, die andere Menschen nicht spüren. Das habe ich gleich bei unserer ersten Begegnung gemerkt.«

Louisa versuchte sich den Tag ihres ersten Zusammentreffens ins Gedächtnis zu rufen. Mrs Boyle hatte sie und Victor an der Haustür empfangen und sie durch das ganze

Haus begleitet. Die Quartiere für die Bediensteten, die Küche, den Salon und durch die oberen Stockwerke. Sie erinnerte sich noch sehr genau an das Unbehagen, das sie ganz plötzlich befallen hatte, als Mrs Boyle sie in die oberste Etage führen wollte.

Jetzt, wo sie noch einmal darüber nachdachte, kam es ihr beinahe so vor, als habe die Haushälterin damals gar nicht vorgehabt, sie überhaupt bis dorthin zu bringen. Sie war nämlich am oberen Treppenabsatz stehen geblieben, hatte sie beide angesehen und gesagt: »Diese Räume sind unbewohnbar. Ich komme selbst kaum dort hinauf. Gehen wir wieder nach unten, und lassen Sie uns einen Tee in der Küche nehmen.« Und sie hatten gehorcht. Damals, das ging Louisa nun erst auf, war sie heilfroh gewesen, nicht weitergegangen zu sein. Etwas dort oben hatte ihr ein Gefühl von Endgültigkeit vermittelt. Wie ein kalter Hauch von Zugluft, der einem Zimmer jede Gemütlichkeit nahm. Sie hatten einfach kehrtgemacht und waren, ohne die oberste Etage zu sehen, zurück nach unten gegangen.

»Sie denken nicht, dass ich mir diese Stimmen lediglich einbilde?«

Mrs Boyle schwieg eine Weile. Dann sagte sie: »Nein. Ich bin mir sicher, Sie hören sie wirklich.«

Louisa richtete sich plötzlich auf. »Mrs Boyle?«, sagte sie.

»Ja, Ma'am?«

»Darf ich Sie etwas fragen?«

»Aber selbstverständlich, meine Liebe.«

»Sie leben doch schon so lange in diesem Haus.«

»Oh, ja.« Ihr Blick wanderte gedankenverloren zur Zimmerdecke hinauf. »Ja, das stimmt wohl.«

»Dann sagen Sie mir bitte eines – und bitte lachen Sie mich nicht aus, ja?«

»Das tue ich bestimmt nicht«, versicherte Mrs Boyle. »Was wollten Sie fragen?«

»Haben Sie selbst …« Louisa raffte die Decke über ihrer Brust zusammen. »Haben Sie selbst je diese Stimmen gehört?«

Mrs Boyle blinzelte, nahm das Buch von ihrem Schoß und legte es umständlich auf das Beistelltischchen, das neben dem Ohrensessel stand. »Das Haus hat eine lange Geschichte«, entgegnete sie schließlich, statt ihr eine direkte Antwort zu geben. »Wissen Sie, es sind viele Dinge innerhalb dieser vier Wände geschehen.«

»Was für Dinge?«

»Schlimme Dinge«, sagte Mrs Boyle. »Das Haus kommt mir manchmal vor wie ein Schwamm, der all das Schlechte aufgesogen hat und es zu bestimmten Zeiten nach und nach wieder abgibt. Ich habe vieles gesehen in all den Jahren. Über das meiste davon kann man mit niemandem sprechen, weil es zu merkwürdig ist. Doch wenn Sie mich fragen, ob es in diesem Haus umgeht –« Sie blickte Louisa traurig und sorgenvoll an. »Dann lautet meine Antwort: Ja. Es geht um in diesem Haus. Besonders unter dem Dach. Ihr Gefühl hat Sie damals nicht getrogen.«

»Aber die Stimmen«, beharrte Louisa, die allmählich eine Gänsehaut bekam. »Haben Sie die Stimmen jemals gehört?«

»Nein, Ma'am. Stimmen habe ich nie gehört«, sagte Mrs Boyle. »Nie. Aber das bedeutet gar nichts. Vielleicht haben sie bislang bloß geschwiegen.«

Und in dieser Nacht schwiegen die Stimmen auch.

ERSTER TEIL

Badger

» Der Tod ist unser aller Erbteil
und kommt am besten,
wenn er plötzlich kommt. «

Oscar Wilde

49 Gordon Square, Bloomsbury,
London,
September 1894

KAPITEL 1

Seit Frederick Greenland Chief Inspector Donald Swanson bei einigen seiner Fälle inoffiziellen Beistand geleistet und dabei auch Oscar Wilde und Arthur Conan Doyle kennen und schätzen gelernt hatte, war es während der letzten Monate zu einer lieb gewonnenen Gewohnheit geworden, dass sich die vier Gentlemen in Fredericks Haus am Gordon Square gelegentlich zu abendlichen Plaudereien und Sherry trafen. So auch an diesem Abend. Während Swanson sich der Arbeit wegen entschuldigt hatte, war am späten Nachmittag zunächst Wilde und gegen acht Uhr auch Conan Doyle eingetroffen.

Zunächst hatte man sich über die Tagespolitik ausgetauscht, der Frederick wenig bis gar nichts abgewinnen konnte.

Gladstone war als Premierminister zurückgetreten, um sich ganz dem Teetrinken zu widmen, und im März war Archibald Primrose, der fünfte Earl of Rosebery, zu seinem Nachfolger gewählt worden, führte mit den Liberalen nun eine Minderheitsregierung an, und man bezweifelte, dass er es wesentlich besser hinbekommen würde. Im Juni war die Tower Bridge, dieses hässliche Konstrukt, das außer den Architekten selbst kein Londoner hatte haben wollen, endlich für den öffentlichen Verkehr freigegeben worden, was sowohl den Fährmännern von Wapping als auch den Schifffahrtsgesellschaften gehörig gegen den Strich ging; freilich jedem aus anderen

Gründen. Und eine allgemeine Sterbesteuer hatte man eingeführt – wie Frederick mutmaßte, um die Kosten für den Bau der vermaledeiten Brücke und dieses grässlichen Turms zu decken, den man kürzlich in Blackpool errichtet hatte. Robert Ballantyne, der schottische Autor von Büchern für Heranwachsende, war in Rom an einer unbekannten Krankheit verstorben, und soweit man hörte, ging es Stevenson, der mittlerweile mit seinem Neffen und einer Handvoll Eingeborenen auf Samoa lebte, auch nicht sonderlich gut.

Mit der Zeit waren draußen die Gaslaternen entzündet worden, die den kleinen Park am Gordon Square umstanden, und man war, Gott sei's gedankt, zu heiteren Themen übergegangen.

»Geister?« Frederick Greenland streckte amüsiert die Beine aus und zog grinsend an seiner Zigarre. Um ein Haar hätte er laut gelacht. »Ich weiß nicht, Arthur. Das Leben ist auch ohne Gespenster schon erschreckend genug, finden Sie nicht?«

Nach dem Sherry war der Brandy entkorkt worden.

»Es gibt so vieles in der Welt, was wir nicht verstehen«, entgegnete Conan Doyle. »Da können wir uns nicht unentwegt lustig über die Dinge machen, die unser Verstand noch nicht zu begreifen in der Lage ist.«

»Aber Geister!« Frederick setzte sich aufrecht hin, angelte nach seinem Glas Brandy und nahm einen kräftigen Schluck. »Das sind doch Ammenmärchen. Ich bitte Sie, Arthur. Sie lassen Ihren Detektiv Sherlock Holmes mit dem gesündesten Menschenverstand die kompliziertesten Verbrechen aufklären und wollen uns erzählen, Sie hielten die Existenz von Geistern für möglich?«

»Ich sehe nicht, wie die eine Tatsache die andere ausschließt«, warf Wilde ein.

»Und solange noch niemand das Gegenteil bewiesen hat«, meinte Conan Doyle, »sehe auch ich nicht, wo das Problem liegt. Schon Shakespeare sagte, es gäbe mehr Dinge zwischen Himmel und Erde, als unsere Schulweisheit sich träumen ließe ... Oder war es Ihr deutscher Dichter, dieser Goethe?«

»Wahrscheinlich beide«, meinte Frederick. Er sah Conan Doyle und dann Wilde kopfschüttelnd an. Die beiden schienen sich gegen ihn verschworen zu haben. »Warum sollte ich dorthin mitgehen?«

»Weil es ein richtiges Spukhaus ist, Freddy«, sagte Wilde. »Es ist entsetzlich aufregend, dorthin zu gehen. Es ist ein richtiges kleines Abenteuer. Sie müssen zugeben, in unserer modernen Zeit, in der kaum noch Duelle stattfinden und bald alles entdeckt worden ist, was es an Aufregendem überhaupt zu entdecken gibt, sind Abenteuer doch enttäuschend rar gesät. Außerdem sind diese Séancen jetzt der neueste Schrei. Alle Welt nimmt daran teil.«

»O, ich nahm an, Sie bevorzugten gerade das, was nicht alle Welt tut, und zögen es vor, lieber gegen den Strom zu schwimmen.« Frederick trank aus und stellte sein Glas hin.

»Papperlapapp.« Wilde winkte ab. »Ich war so frei, Conan Doyle und mich bereits anzumelden. Und Sie müssen ganz selbstverständlich ebenfalls mitkommen, Freddy. Ein Nein akzeptiere ich nicht.«

50 Berkeley Square, London

Miss Louisa Balshaw saß im Salon auf einem Stuhl am Kamin und las in einem Buch. Ihr Bruder Victor achtete streng darauf, dass sie nicht in die Tageszeitungen blickte, obwohl sie es dann und wann heimlich getan hatte, wenn sie eine Ausgabe der Times auf der Anrichte in der Bibliothek gefunden hatte. Doch Victor war dahintergekommen und hatte Masterman, den Butler, angewiesen, vor dem Zubettgehen sämtliche Zeitungen, die er fand, in den Küchenofen zu werfen. Manchmal fühlte sich Louisa deshalb wie ein kleines Kind behandelt.

In den letzten Tagen waren ihr Mrs Boyles Bemerkungen darüber, sie, Louisa, sei hier im Hause diejenige, die das Geld verdiente, immer wieder durch den Kopf gegangen. Zuvor hatte sie niemals auch nur einen einzigen Gedanken daran verschwendet. Jetzt, nach den Tagen der Ruhe, die man ihr gegönnt hatte, kam es ihr beinahe lächerlich vor, nicht früher darüber nachgedacht zu haben. Ja, Mrs Boyle hatte recht. Es war Louisas Gabe, die dem Haushalt der Balshaws und auch Dr. Gosport ein recht angenehmes Leben bescherte. Victor selbst war zwar ab und zu in Geschäften unterwegs, aber sie glaubte nicht, dass sie sonderlich viel abwarfen. Als sie ihn einmal danach gefragt hatte, war sie sehr unwirsch von Victor darauf hingewiesen worden, dass sie als Frau sich um solche Dinge nicht zu kümmern bräuchte.

»Das ist Männersache, Louisa«, hatte er sie gescholten. »Davon verstehst du nichts.«

Danach hatte sie das Thema vermieden, denn sie bemerkte selbstverständlich auch das Verstummen der Gespräche zwischen Victor und dem Doktor, wenn sie zufällig einmal in den Salon hinunterkam. Offenkundig waren das Gespräche über Victors Geschäfte und über ihre Finanzen gewesen.

Louisa seufzte, legte den Zeigefinger zwischen die Seiten, die sie gerade las, und warf einen Blick auf die Kaminuhr.

Schon kurz vor zehn.

Bald würde Victor oder der gute Doktor auftauchen und sie wie eine Zehnjährige zu Bett schicken; mit der Begründung, morgen sei ein anstrengender Tag.

Doch sie wollte noch nicht schlafen, denn das Buch war aufregend. Ganz anders als diese rührseligen Schmonzetten, die man den Frauen gemeinhin erlaubte. Die Heldin des Romans war eine starke junge Dame, die auf eigenen Beinen stand und die von niemandem bevormundet wurde. Das Buch trug den Titel »Lady Audleys Geheimnis«. Eine Frau namens Mary Elizabeth Braddon hatte es geschrieben. Darin ging es um einen Londoner Anwalt, der versuchte, den Mord an einem seiner Freunde aufzuklären. Louisa hatte es sich heimlich aus der Bibliothek mitgenommen. Sie war sich sicher, ihr Bruder würde es ihr sofort verbieten, wenn er erfuhr, worum es in dem Roman ging. Zwar hatte er gefragt, was sie denn da lese, doch er war viel zu beschäftigt und zerstreut gewesen, um ihre Antwort abzuwarten.

Sie klappte das Buch wieder auf, las ein paar Zeilen und verbarg es rasch unter den Falten ihres Kleides, als sie draußen auf dem Korridor Schritte vernahm und kurz darauf die Tür geöffnet wurde. Zu ihrer Überraschung war es Mrs Boyle, die ins Zimmer trat.

»O, Sie sind noch wach?«, fragte die Haushälterin. »Ich nahm an, Sie hätten sich ebenfalls bereits zurückgezogen.«

»Ich bin nicht müde«, sagte Louisa und nahm das Buch wieder hervor. »Ich lese noch. Sagen Sie, Mrs Boyle, kennen Sie diesen Roman?«

Mrs Boyle trat zu ihr und warf einen warmen Blick auf den Titel des Buches, das Louisa ihr hinhielt. Dann nickte sie. »Ich habe es verschlungen«, sagte sie dann mit einem verschwörerischen Lächeln. »Nur lassen Sie es besser nicht Ihren Bruder sehen.«

Louisa lachte. »Nein. Gewiss nicht. Ich wundere mich, dass er mich noch gar nicht auf die vorgerückte Stunde aufmerksam gemacht hat. Haben Sie ihn übrigens gesehen?«

»Ich begegnete ihm vor etwa einer Viertelstunde auf der Küchentreppe«, sagte Mrs Boyle. »Er bat mich, Masterman anzuweisen, die Hintertür für die Nacht zu versperren. Er selbst wolle früh zu Bett, da er sich nicht ganz wohl fühle.«

Louisa erschrak. »Ist er krank?«

»Ich glaube nicht, dass Sie sich Sorgen machen müssen, Ma'am. Er wird einfach bloß müde gewesen sein. Oder er hat das Nachtessen nicht vertragen.«

»Das Lamm war vorzüglich«, sagte Louisa. Sie legte das Buch beiseite. »Ich habe selten Besseres gekostet.«

»Ich werde es Mrs Talbot sagen, Ma'am. Da wird sie sich freuen.«

»Mrs Boyle?«

»Ja?«

»Würden Sie mir einen Gefallen tun?«

»Wenn ich kann, sehr gern.«

»Würden Sie mich Louisa nennen, bitte.« Sie schaute die Haushälterin an, die Louisa mit einem milden, fast weisen Blick betrachtete. »Sie sind immer so freundlich zu mir, und es erscheint mir seltsam, wenn Sie mich ansprechen, als sei ich etwas Besonderes.«

»Aber das sind Sie«, entgegnete sie. »Sie sind sogar etwas sehr Besonderes.«

»Würden Sie es trotzdem tun?«

»Es schickt sich nicht, fürchte ich«, sagte Mrs Boyle. »Und ich bezweifle, dass es Ihrem Bruder gefiele, würde ich Sie bei Ihrem Vornamen ansprechen.«

Louisa erhob sich. Sie machte einen Schritt auf die Haushälterin zu, nahm deren rechte Hand in ihre beiden Hände und sagte mit leiser Stimme: »Ich habe nicht vergessen, was Sie neulich zu mir sagten.«

»Was habe ich denn gesagt?«

»Dass ich nicht vergessen soll, wer in diesem Haus das Geld verdient«, entgegnete sie.

»Bitte verzeihen Sie«, sagte Mrs Boyle und schlug die Augen nieder. »Das war anmaßend, ich weiß. Ich hätte es nicht sagen sollen. Sie kamen mir nur so hilflos vor, und da dachte ich …« Sie verstummte, als Louisa ihre Hände drückte und lebhaft den Kopf schüttelte.

»Nein, nein, Mrs Boyle«, sagte sie. »Ich bin Ihnen unendlich dankbar dafür. Sie haben mir die Augen geöffnet. Ich …« Sie nahm Mrs Boyles Hände und legte sie auf die Stelle über ihrem Herzen. »Ich glaube, Sie sind der einzige Mensch in diesem Haus, der mich wirklich versteht.«

»Na, na, meine Liebe«, meinte Mrs Boyle. »Ich sehe viel Wohlwollen aufseiten Ihres Bruders. Und Dr. Gosport …« Sie lächelte augenzwinkernd. »Er betet den Boden an, über den Sie gelaufen sind.«

»Sehen Sie.« Louisa strahlte. »Das meine ich, Mrs Boyle – Sie erkennen solche Dinge. Victor ist ein lieber guter Kerl, aber er hat hauptsächlich die Geschäfte im

Kopf. Für ihn scheint es wichtiger zu sein, jeden Abend genügend Gäste für die Séancen im Haus zu haben. Sie wissen, wie sehr ich um die wenigen freien Tage betteln musste. Und der Doktor …« Wieder verstummte sie.

»Oh, er wird sicher eines Tages um Ihre Hand anhalten«, sagte Mrs Boyle. »Das ist so gewiss wie der jüngste Tag.«

»Ja. Und das macht mir Angst.«

»Er ist eine gute Partie.«

»Ohne Zweifel.« Louisa nickte ernst. »Dessen bin ich mir bewusst, nur …« Sie nahm das Buch vom Boden auf und hielt es in die Höhe. »Ich möchte nicht geheiratet werden«, sagte sie. »Ich weiß selbst, was gut für mich ist. Diese Frau, die diesen Roman geschrieben hat – Mary Braddon – sie weiß es auch. Sie schreibt. Und wer solche Romane verfasst, muss auch lesen. Ich kann mir nicht denken, dass Mrs Braddon sich vorschreiben lässt, was sie zu lesen hat und was nicht. Und das will ich auch; besonders nachdem mir nun klar geworden ist, worauf der Wohlstand in diesem Haus beruht.« Louisa ging der Atem aus, und sie musste vor lauter Aufregung nach Luft schnappen. »Verstehen Sie das? Ich will selbst entscheiden, wem ich meine Gunst schenke. Lieber heirate ich einen Mann, den ich liebe, als mich des Geldes und des Ansehens wegen an eine ›gute Partie‹ zu verschenken.«

»Louisa«, sagte Mrs Boyle und legte ihr die rechte Hand auf den Rücken. »Ich kann Sie nur zu gut verstehen. Ich selbst habe es in meinem Leben stets so gehalten. Und ich darf sagen, dass ich es niemals bereut habe.«

Louisa schlang ihre Arme um Mrs Boyle und hielt sie ganz fest. »Danke«, sagte sie leise.

»Nur muss man lernen, über manche Dinge zu schweigen«, sagte die Haushälterin. »Wir Frauen müssen lernen, im Stillen zu wirken. Solange die Männer es nicht bemerken und wir ihnen das Gefühl geben, sie seien die Herren im Haus, werden sie uns gewähren lassen. Wenn uns das gelingt, gelingt uns auch alles andere.«

»Dann lassen Sie uns gleich damit anfangen«, sagte Louisa aufgeregt. Sie ließ Mrs Boyle los und trat wieder einen Schritt zurück. »Ich betrachte Sie als meine Freundin, Mrs Boyle. Und ich bestehe einfach darauf, dass mich meine Freunde beim Vornamen nennen. Die Männer müssen es ja nicht unbedingt wissen, nicht wahr?«, setzte sie fröhlich hinzu.

»Nun, wenn Sie tatsächlich darauf bestehen«, sagte sie. »Dann freue ich mich sehr darüber, Louisa.«

»Danke«, sagte sie noch einmal. »Danke, Mrs Boyle.«

»Harriett.«

»Harriett«, wiederholte Louisa, und ihre Augen leuchteten vor Freude. »Ich glaube, ich möchte jetzt zu Bett gehen. Weil ich es so will.«

»Ich werde das Buch zurück in die Bibliothek bringen«, sagte die Haushälterin, und Louisa reichte ihr den Band. »Gute Nacht, Louisa.«

»Gute Nacht, Harriett.«

Mrs Boyle war schon fast zur Tür hinaus, als sie sich nochmals umwandte: »Darf ich Ihnen eine sehr persönliche Frage stellen, Louisa?«

»Aber natürlich.«

»Haben Sie die Stimmen in Frieden gelassen, oder hören Sie sie noch immer?«

»Während der letzten Tage haben sie geschwiegen«, entgegnete sie. »Doch gestern hörte ich sie wieder. Nur haben sie mir keine Angst gemacht. Es waren gute Stimmen. Stimmen, die mir von unseren neuen Gästen erzählten. Sie haben mich nicht bedroht.«

»Das ist erfreulich«, sagte Mrs Boyle. »Das ist in der Tat sehr erfreulich.«

»Ich glaube, sie drohen mir nur, wenn ich zu schwach bin, um weiterzumachen«, sagte Louisa nachdenklich. »Sie wollen, dass ich ihre Botschaften weitergebe. Und weil ich es in den letzten Wochen nicht mehr ausgehalten habe, wurden sie böse auf mich.«

»Und nun sind sie es nicht mehr?«

»Nein«, sagte Louisa. »Nun sind sie es nicht mehr.«

»Oh, Sie können kaum ermessen, wie mich das freut«, sagte Mrs Boyle. »Das freut mich wirklich sehr. Und nun: Gute Nacht, Louisa«, setzte sie mit gesenkter Stimme hinzu.

Nachdem Mrs Boyle gegangen war, blieb Louisa noch eine Weile am Feuer sitzen. Endlich hatte sie eine richtige Freundin in diesem kalten großen Haus gefunden. Nicht bloß jemanden, der sie umsorgte, der schaute, dass sie ihre Kräfte und ihre Gesundheit behielt, damit sie die allabendlichen Séancen würde abhalten können, wie Victor und Dr. Gosport es taten. Nein. In Harriett Boyle hatte sie eine wahre Freundin gefunden. Jemanden, der sie voll und ganz verstand. Jemanden, dem sie ihr ganzes Vertrauen schenken konnte.

Louisa lächelte still in sich hinein. Schon lange hatte sie sich nicht mehr dermaßen beschwingt und glücklich gefühlt. Sie löschte die Lampen im Zimmer und verließ den Salon.

Als sie auf dem schmalen zugigen Korridor an Victors Zimmer vorüberkam, hörte Louisa ihn drinnen hantieren. Offenbar war er noch wach. Vermutlich war er mit seiner

Korrespondenz beschäftigt, dachte sie. Daher klopfte sie an und wollte eintreten, doch die Tür war verschlossen.

»Victor?«

»Ja?«, erklang die Stimme ihres Bruders.

»Ich bin's, Louisa. Darf ich reinkommen?«

Sie hörte ihn drinnen herumpoltern. »Ich bin nicht ... angezogen«, rief er zurück. Seine Stimme klang dumpf und hektisch hinter dem massiven Türblatt. »Ich muss schlafen, Liebes. Morgen ist ein anstrengender Tag mit unzähligen Terminen.«

»Kann ich dich kurz sprechen?«

Sie konnte sich vorstellen, wie er die Augen verdrehte. Das tat er immer, wenn sie etwas von ihm wollte und er andere Pläne hatte.

Sie vernahm das Schlappen seiner Pantoffeln, und dann wurde der Schlüssel im Schloss gedreht.

Victor öffnete ihr im Morgenmantel. Sein Haar war zerzaust, so als habe er bereits im Bett gelegen und geschlafen. Er schenkte ihr ein herzliches Lächeln, winkte sie mit einer übertriebenen Handbewegung herein und fragte: »Worum geht es denn? Offenkundig hat es keine Zeit bis morgen, was?«

Auf dem Tisch am Fenster herrschte das heillose Chaos eines viel beschäftigten Mannes. Auf dem Nachttisch neben dem Bett stand ein leeres Glas, daneben die Karaffe mit dem Scotch.

»Ich wollte dich nicht vom Arbeiten abhalten«, sagte sie vorsichtig.

Victor winkte ab. »Ich wollte ohnehin zu Bett gehen. Worum geht es denn, Liebes?«

»Ich habe mir Gedanken darum gemacht, wie dieser Haushalt geführt wird«, sagte sie. »Ich habe ...«

»Zerbrich dir doch über solche Dinge nicht den Kopf«, unterbrach er sie. »Ich tue den lieben langen Tag nichts anderes als das, und ich kann dir versichern, es ist schrecklich nervenaufreibend. Darüber hinaus ist es sehr spät, und ich würde es vorziehen, Louisa, du ruhtest dich ein wenig aus, damit du morgen all deine Kräfte beisammenhast.«

»Das ist es ja«, sagte sie. »Ich habe mich ausgeruht. Und ich habe mir Gedanken gemacht.«

»Gedanken gemacht?« Er blickte sie so erstaunt an, als habe sie, neben der Kunst, mit den Seelen des Jenseits zu kommunizieren, auch noch den Führerschein für Mietdroschken gemacht. »Gedanken, um was?«

»Um das viele Geld, das wir verdienen«, sagte sie. »Darum, was damit geschieht. Und darum, wer es verdient.«

»Große Güte, Liebes.« Er legte ihr beide Hände auf die Schultern und sah sie mit gerunzelter Stirn an. »Lass uns ein andermal darüber sprechen, bitte. Morgen vielleicht. Ich würde es sehr begrüßen, wenn ich nun zu Bett gehen könnte. Und du ebenfalls.«

»Wir müssen darüber sprechen, Victor.«

»Gewiss. Das tun wir«, sagte er. »Warum, in drei Teufels Namen, interessieren dich plötzlich derlei Dinge? Das haben sie bislang doch noch nie getan. Hat etwa Dr. Gosport ...?«

»Der Doktor hat gar nichts damit zu tun«, sagte sie scharf. »Und auch sonst niemand. Ich bin erwachsen, Victor. Und ich habe es satt, mich von jedermann in diesem Haus bevormunden zu lassen.«

Victor starrte sie an.

Die Uhr über dem Kamin schlug zehn.

Covent Garden, London

KAPITEL 2

Billy Bob, der seinen Nachnamen nicht kannte und den seine Freunde in Mr Specs' Haus der verlorenen Kinder stets nur Badger nannten, wartete in der Dunkelheit auf seinen Freund Meg.

Nur eine einzelne Straßenlaterne an der nördlichen Ecke der Covent Garden Piazza spendete ein wenig klägliches gelbes Licht. Kaum genug, um einen Umkreis von fünf Metern zu erhellen.

Es war kurz vor halb zwölf in der Nacht gewesen, als sie hier gemeinsam angekommen waren, doch mittlerweile hatte Badger jedes Zeitgefühl verloren.

Seit einer halben Ewigkeit drückte er sich nun schon zwischen den Säulen der St.-Pauls-Kirche am Blumen- und Gemüsemarkt von Covent Garden herum, warf, derweil er wartete, sehnsüchtige Blicke zu der Häuserecke hinüber, hinter der sein Freund Meg verschwunden war, oder blickte ängstlich zu den dräuenden Schatten der großen Markthalle hinüber, die mit ihrer gläsernen Kuppel wie ein riesiges zum Sprung bereites Tier aussah, das in der Dunkelheit auf seine Chance lauerte.

Es war ungewöhnlich kühl für einen solchen Abend, selbst für Ende September. Die Luft war angefüllt mit den Gerüchen verwelkter Blumen und verrottenden Kohls, und Badger, der zwei fadenscheinige Hemden übereinander trug, zog nun auch die dünne, abgewetzte Jacke, die er am Nachmittag aus Mr Specs' Sammelsurium von Verkleidungen stibitzt hatte, ein wenig fester um die Schultern und stellte den Kragen hoch.

Wo blieb Meg nur?

Seit er ihn hierhergeführt und ihn eindringlich davor gewarnt hatte, ihm zu folgen, hatte in der Ferne die Turmuhr von Big Ben bereits drei Mal geschlagen.

Langsam begann Badger, sich Sorgen zu machen.

»Bleib hier und sieh zu, dass dich keiner sieht«, hatte Meg ihn gewarnt, ehe er ihn verlassen hatte und rechter Hand hinter der Ecke zur King Street verschwunden war.

Badger hatte ihn gefragt, warum er nicht mitkommen könne, warum er sich hier ganz allein die Beine krumm stehen müsse, er sei doch schließlich schon neun Jahre alt. Aber Meg hatte nicht mit sich reden lassen.

»Wenn ich dir sage, du wartest hier, dann wartest du hier«, hatte er in seinem altklugen Ich-sage-dir-wo-es-langgeht-Tonfall gesagt und scherzhaft hinzugefügt, er solle den Seven-Dials-Jungens Bescheid geben, falls er nicht mehr zurückkäme. Dann hätte der Geist ihn sich geschnappt.

Und obwohl Badger bei dem Gedanken an Geister und Gespenster nicht sehr wohl war, hatte er gehorcht. Er hatte sich nicht von der Stelle gerührt.

Meg und Badger hingen häufig zusammen rum. Badger selbst war ein paar Jahre jünger als Meg und wesentlich kleiner. Wie viel älter Meg war, wussten sie beide nicht genau. Er mochte zwölf oder auch vierzehn Jahre alt sein. Aber das war Badger so ziemlich egal. Meg war derjenige, der die Welt kannte. Derjenige, der ihm, Badger, zeigte, worauf es im echten Leben wirklich ankam. Aufs Lesen und Schreiben nämlich.

»Wenn du mit sechs wie ein Idiot redest, ist das nicht weiter schlimm«, hatte Meg eines Abends ganz zu Anfang ihrer Freundschaft zu ihm gesagt und einen Stapel Bücher unter dem Bett hervorgezogen. »Aber wenn du es mit zwölf immer noch tust, bleibst du auch ein Idiot. Und deshalb musst du lesen lernen.«

Das echte Leben. Das war etwas, was auch Mr Specs immer wieder erwähnte.

Das echte Leben. So, als gäbe es auch ein falsches.

Meg hatte Badger einmal erklärt, man müsse die Träumer von den Realisten unterscheiden. Die Träumer kannten das echte Leben nicht. Sie sprachen immer nur davon, was sie einmal tun würden, was sie einmal erreichen wollten und womit sie einmal das ganz große Los zögen. Die Realisten fanden sich mit den Gegebenheiten ab. Sie kannten ihre Grenzen, wussten, dass sie aus der Gosse kamen und in der Gosse lebten. Und sie waren sich der Tatsache bewusst, dass sie dort nur herauskamen, wenn sie sich mächtig anstrengten.

Die Realisten kannten das echte Leben. Sie wussten, dass sie durch Träumerei gar nichts erreichten und dass Taten alles waren.

»Du musst strampeln, Badger«, sagte Meg immer. »Mächtig strampeln musst du, sonst bleibst du unten im Schlamm. Also, ich will mal was Großes machen. Ich bleib nicht hier unten. Das ist nichts für mich. Du musst Ideen haben, keine Träumereien. Und du musst dich entwickeln.«

Ja, Meg hatte ›entwickeln‹ gesagt. Ein Wort, das in Badgers Ohren wie etwas klang, was man nur schaffte, wenn man mutig genug war und sich stark genug bemühte. Entwickeln klang wie etwas, was man nur schaffte, wenn man so viele Ideen hatte wie Meg.

Meg hatte ihm einmal von einem Mann namens Darwin erzählt. Dieser Darwin hatte wohl herausgefunden, dass die Menschen und die Tiere und alles Leben auf dieser Welt überhaupt nicht von Gott gemacht worden waren. Der Zufall hatte sie erschaffen. Darwin nannte das Evolution. Und er sprach, das hatte Badger ebenfalls von Meg, darüber, dass immer nur die Stärksten überlebten. Das kam Badger sehr merkwürdig vor. Meg dagegen meinte, Darwin sei eben Realist. Das würde man auch auf der Straße sehen. Auch da überlebten immer nur die Stärksten.

Mr Specs hingegen sprach oft von Gott und davon, dass der alles gemacht hatte – die reichen Leute und die Armen in den Vierteln, die er kannte. Mr Specs' Auffassung von diesem Gott war die, die Badger so sehr verinnerlicht hatte, dass er sich diesen Gott, den er noch nie gesehen hatte, beinahe so genau vorstellen konnte, als sei er ihm bereits das eine oder andere Mal in den Gassen rund um Saffron Hill begegnet. Es war ein Gott, der alles in einem großen Buch verzeichnete.

Die Reichen hatten ihr Geld und ihre schöne Kleidung vom Teufel. Mr Specs' Gott mochte diese Leute nicht.

Wenn man Mr Specs über Gott reden hörte, so war er ein Kerl, der einen abgetragenen alten Mantel trug und den Kindern beibrachte, wie man den Teufel aus den Taschen der Reichen vertrieb, ohne sich dabei erwischen zu lassen.

Und Badger war klar, dass Mr Specs recht damit hatte. Denn anders ließ es sich wohl kaum erklären, warum so wenige von ihnen bei ihren Taschendiebstählen geschnappt wurden. Würde es Gott nicht gefallen, was sie taten, würde er es sicher zu verhindern wissen.

Eine kleine graue Katze sprang von ihrem Platz auf dem Fenstersims der Kapelle und landete direkt vor Billy Bob Badgers Füßen.

Erschrocken fuhr er zusammen.

Was hatte Meg über Katzen gesagt? Sie brachten Unglück.

Aber nur die schwarzen, Badger.

Die Katze strich ihm um die Beine, den Schwanz wie einen Laternenmast erhoben, rieb ihren Kopf an seiner Hose und setzte sich dann schnurrend vor ihn hin.

Badger ging in die Hocke und streichelte ihren Kopf.

Katzen waren nicht schlimm – jetzt hatte er wenigstens Gesellschaft –, schlimm waren die Ratten. Als er noch mit den Jungs aus Wapping im Schlamm gewühlt hatte, war er einmal von einer gebissen worden, die war so groß wie ein Hund gewesen.

Solange er die Kunst des Taschendiebstahls noch nicht richtig beherrscht hatte und jeden Tag viele Stunden lang hatte üben müssen, wie man Taschenuhren und Geldbörsen aus Mänteln, Jacken und Hosen entwendete, ohne dabei erwischt zu werden, war er ein Schlammkriecher gewesen. Tagsüber hatte Mr Specs ihn in seinem Unterschlupf am Saffron Hill unterrichtet, und des Nachts hatte er Badger nach Wapping gebracht.

»Damit du dein Brot verdienst«, hatte Mr Specs gesagt. »Denn bis du mir mal was einbringst, kostest du nur. Das Leben ist teuer, weißt du? Also musst du in den Schlamm und was finden, was ich verkaufen kann. So haben hier alle angefangen. Das ist nur recht und billig, denkst du nicht auch?«

Das leuchtete Badger ein. Ein halbes Jahr hatte er diese Arbeit getan und sich derweil mächtig angestrengt, die Kunst des Taschendiebstahls so rasch wie möglich zu erlernen. Denn bereits nach dem ersten Tag hatte er genug vom Schlamm der Themse gehabt, vom mühevollen

Durchkämmen der Uferböschungen nach etwas, was sich verkaufen oder sonst wie zu Geld machen ließ.

Böse sah es aus, wenn einen die Coppers von der Flusspolizei erwischten. Da konnte es mächtig wild zugehen. Meist setzte es Prügel. Das waren harte Männer, diese Polizisten. Die waren sich nicht mal zu schade, selbst im Dreck herumzuwaten, und oftmals kam man überhaupt nur davon, weil man in der Nähe eines Abwasserrohres in den Fluss sprang und sich stundenlang darin versteckte.

Wenn man den anderen davon erzählte, klang das wie ein großer Spaß. Und wenn man wollte, dass die Jungens etwas von einem hielten, dann tat man auch so, als sei das Umspringen mit den dämlichen Coppers so leicht, wie *The Ratcatcher's Daughter* auf der Penny Whistle zu flöten.

In Wahrheit war es alles andere als das. Es war ein Hundeleben, grausam und erbarmungslos.

Badger war froh, nicht mehr zu den Schlammsammlern zu gehören. Er hatte sie wiedergesehen, die älteren, diejenigen, die nicht das Glück hatten, bei Mr Specs in die Lehre zu gehen, hatte sie heimlich mit Meg beobachtet. Aber auch, wenn sie manchmal sogar eine Schatulle mit Gold und Edelsteinen aus dem ewigen Schlamm der alten Mutter Themse bargen, so würde er doch nicht mit ihnen tauschen wollen.

Die Themsekinder, wie Meg und auch die anderen Jungs, die bei Mr Specs Quartier gefunden hatten, die schwarzgesichtigen Jungen nannten, die sich ihren Lebensunterhalt an den Uferböschungen der Isle of Dogs und noch weiter draußen in Greenwich verdienten, waren nicht gerade zu beneiden. Hatten sie diese Arbeit länger als ein Jahr gemacht, taugten sie für nichts anderes mehr; man roch sie auf eine Meile gegen den Wind. Sie stanken genauso wie der jahrtausendealte klebrige Schlamm, der bei Ebbe zutage kam und in dem sie nach den Brocken suchten, die sie am Leben erhielten.

Einer von tausend mochte einmal in seinem Leben den Fund machen, der ihm die Freiheit schenkte, sich aus den Reihen der anderen Schlammkriecher in die bessere Gesellschaft hochzuziehen. Doch wenn er Pech hatte, wurde er auf dem Weg zum Pfandleiher von seinen eigenen Freunden erschlagen. Und wenn es ihm doch gelang, seinen wertvollen Fund zu Geld zu machen, so war er meist viel zu übermütig, um sorgsam mit dem verdienten Vermögen umzugehen.

Meg hatte Badger erzählt, er habe zwei oder drei Schlammkriecher gekannt, die hatten für eine Weile mehr Geld besessen, als so manche Herzogsfamilie in zweihundert Jahren zusammengetragen hatte. Und sie hatten es alles binnen weniger Monate wieder verloren, weil sie es nur gewohnt waren, von der Hand in den Mund zu leben. Sie hatten einfach nie gelernt, das, was sie hatten, auch zu bewahren.

Die Katze zuckte mit dem Schwanz und erhob sich. Einmal stupste sie noch mit der Nase gegen Badgers rechtes Bein, dann stolzierte sie majestätisch wie eine Königin davon – den Kopf erhoben und ohne sich umzusehen.

Badger blickte ihr traurig nach. Dann begann er, zwischen den Säulen der Kirche auf und ab zu gehen.

Warum, fragte er sich, hatte Meg ihn überhaupt hierher mitgenommen? Sollte das eine Prüfung sein? Eine Art Mutprobe? Wollte Meg ihn womöglich auf die Probe stellen, sehen, ob er Manns genug wäre, hier an diesem einsamen Ort mitten in der Stadt auszuharren, ohne es mit der Angst zu tun zu bekommen?

Einerseits hatte Meg oft davon gesprochen, dass er, Badger, lernen müsste, auf eigenen Beinen zu stehen, aber andererseits …

Andererseits konnte er sich nicht vorstellen, dass Meg den ganzen Weg auf sich genommen hätte, nur um ihm etwas über das Leben beizubringen, oder wie man es fertigbrachte, auf eigenen Beinen zu stehen. Das hätte er in der Gegend um Saffron Hill genauso gut tun können. Dass Meg ihn hierher mitgenommen hatte, musste einen Grund haben, denn Badger wusste, Meg tat nichts einfach nur so. Schon gar nicht um diese Zeit.

Badger kickte ein paar Kiesel vom oberen Treppenabsatz in Richtung Piazza. Als ihm das keinen Spaß mehr machte, hüpfte er auf einem Bein die Stufen hinunter.

Wie lange mochte Meg nun schon fort sein? Die Glocken von Big Ben hatten in der Ferne ein paar Mal geschlagen. Doch wie oft? Dreimal? Viermal? Er konnte es nicht mit Bestimmtheit sagen. Er hatte nicht darauf geachtet. Er spürte nur, es war eine ziemliche Weile vergangen, seit Meg ihn hier zu warten geheißen hatte.

Badger sog tief die kühle Nachtluft in seine Lungen und begann im Geiste langsam zu zählen.

Eins … zwei … drei …

… neun … fünfzehn … dreiundzwanzig …

Bei fünfzig wurde ihm ganz schwummerig im Kopf, und er stieß die verbrauchte Luft mit einem Keuchen aus und atmete tief ein.

Bei Tage war Badger mit Meg schon häufig hier auf dem Gemüsemarkt gewesen. Wenn es von Händlern und Marktfrauen nur so wimmelte, war es leicht, ein bisschen Gemüse oder ein paar Blumen mitgehen zu lassen. Dafür bekam man dann bereits ein paar Straßen weiter gutes Geld. Doch um diese Zeit wirkte der ganze Platz vollkommen anders. Es war nicht allein die Tatsache, dass dieser Ort nun menschenleer war. Nein, jetzt in den Stunden kurz vor Mitternacht, schien er beinahe ein anderer Ort zu sein.

Badger hüpfte die drei Stufen wieder hinauf.

Die Katze war unterdessen längst über alle Berge. Nun fühlte er sich wieder schrecklich allein.

»Wenn du Angst hast, musst du in Bewegung bleiben«, sagte Meg immer. Und langsam bekam Badger es mit der Angst zu tun.

Er hüpfte die Stufen abermals hinunter und stapfte sie anschließend wieder hinauf. Es half tatsächlich ein wenig.

Dann hallten plötzlich eilige Schritte über den Platz.

Badger blieb stehen und starrte gespannt die Straßenecke an, hinter der sein Freund Meg vor Ewigkeiten verschwunden zu sein schien.

KAPITEL 3

49 Gordon Square, Bloomsbury, London

»Ich glaube nun mal nicht an Gespenster«, entgegnete Frederick gelassen.

»Das ist keine Frage des Glaubens, mein lieber Freund.« Wilde beugte sich vor und klatschte grinsend in die Hände. »Das ist eine Frage der Neugier. Und die wird morgen Abend sicherlich aufs Tiefste befriedigt werden. Diese Miss Balshaw ist der Liebling der Londoner Gesellschaft. Ihre medialen Fähigkeiten übertreffen alles bisher Dagewesene bei Weitem.«

»Miss Balshaw ist mir gleich«, sagte Frederick.

»Außerdem verspreche ich mir von dem Ganzen einen Heidenspaß.«

Mit der Betonung auf *Heiden*, dachte Frederick, dem das Ganze äußerst lächerlich vorkam. Er hatte von diesen Séancen gehört – wer hatte das nicht? Die Londoner Salons wimmelten zurzeit von Medien, Hellsehern, Kartenlegern und Geisterbeschwörern.

»Erst letztes Jahr ließ ich mir bei einer Abendgesellschaft, die Lady Windermere gab, aus den Händen lesen«, sagte Wilde. »Ich war beeindruckt, wie viel dieser Mr Podgers über mich wusste.«

»Das haben Sie sich ausgedacht, Oscar«, sagte Frederick, der nach der Glaskaraffe langte und sich abermals einschenkte. »Ich habe die Erzählung mit Freude gelesen. Außerdem weiß ohnehin jeder über Sie Bescheid, nicht bloß Handleser – dafür sorgen Sie schon.«

Wilde verschränkte die Arme vor der Brust und sank

schmollend in den Sessel zurück. »Nun, möglicherweise haben Sie recht, Freddy.«

»Möglicherweise?«

»Höchstwahrscheinlich sogar.«

»In beidem, Oscar. In beidem.«

»Gentlemen«, sagte Conan Doyle und ließ seine riesigen Hände auf die Schenkel krachen. »Ich muss Sie schon sehr bitten; Sie führen sich ja auf wie die Kinder!«

Wilde hob die Augenbrauen, breitete die Arme aus und lächelte entwaffnend. »Da gibt es weit Schlimmeres, mein Lieber«, sagte er. »Wohl dem, der sich die unschuldige Seele seiner Kindertage bewahrt hat, heißt es nicht so?«

»Kann mich nicht erinnern, jemals solch einen Satz gehört zu haben«, meinte Frederick. »Ist wahrscheinlich von Ihnen, Oscar.«

»Aber sicher haben Sie bereits irgendwann einmal von dem merkwürdigen Spukhaus am Berkeley Square gehört, nicht wahr, Mr Greenland?«, meinte Conan Doyle, offenbar bemüht, das Gespräch wieder auf den anstehenden Besuch der Séance zu lenken, den Wilde und Conan Doyle für den folgenden Abend geplant hatten. »Denn dort wird die Séance stattfinden. Es ist in der Tat ein äußerst bemerkenswertes Haus.«

»Bemerkenswert?«, fragte Frederick. »Inwiefern?«

»Nun –« Conan Doyle schwenkte sein Glas in den Händen und blickte scheinbar gedankenverloren hinein. »In vielerlei Hinsicht«, meinte er nach einer Weile des Schweigens. »Sehen Sie, es ist viel Rätselhaftes und Mysteriöses an dem, was dort im Laufe der Jahre geschehen ist. Rätselhaftes und Geheimnisvolles. Wie bei einem Kriminalfall.«

»Nur dass die Täter erst aktiv werden, wenn sie schon tot sind«, bemerkte Frederick nicht ohne Sarkasmus.

»Spotten Sie nicht. Ein enger Freund von mir besuchte vor einigen Jahren einen alten Besitz in Dorset«, sagte Conan Doyle. »Bettiscombe Manor hieß er, glaube ich. Dort wurde ihm ein Schädel gezeigt, der von einem bösen Geist heimgesucht wird. Soweit ich mich entsinne, handelte es sich um den Kopf eines Sklaven, der ehemals im Dienste der Familie gestanden hatte. Dieser Schädel besaß die unheimliche Eigenschaft – und ich bin mir sehr sicher, er besitzt sie noch heute –, jedes Mal entsetzliche Schreie auszustoßen, sobald man versuchte, ihn aus dem Haus zu entfernen.«

»Einen alten Baum soll man eben nicht verpflanzen«, meinte Frederick, der das Verhalten des toten Sklaven gut nachvollziehen konnte. Er selbst hätte vermutlich genauso reagiert. »Wollen Sie es ihm verdenken, Gentlemen? Stellen Sie ihn sich vor: Da liegt er gemütlich und zufrieden in seiner Kiste –«

»Man bewahrte ihn wohl in einem Regalfach in der Bibliothek auf«, unterbrach ihn Conan Doyle.

»Da sehen Sie es! Sogar zu lesen hat er«, sagte Frederick. »Da liegt er nun recht behaglich, und jemand kommt einfach und will ihn fortbringen. Also, ich würde mir die Seele aus dem Leib – ich meine aus dem Kopf – schreien an seiner Stelle. Arme hat er ja nicht, um sich zu wehren.«

»Sie machen sich schon wieder lustig, Mr Greenland.« Conan Doyle strich sich verlegen oder peinlich berührt über seinen struppigen Schnurrbart. »Dabei haben Sie die Geschichte noch gar nicht bis zu Ende gehört.«

»Bitte nehmen Sie es mir nicht übel«, sagte Frederick. »Doch mir genügt es zu wissen, dass ein Totenschädel keine Stimmbänder besitzt. Wie erklären Sie das?«

»Das Übernatürliche entbehrt von Natur aus jeglicher

Erklärung«, meinte Conan Doyle. »Noch«, setzte er hinzu. »Nichtsdestotrotz gibt es Beweise.«

»Ja, sicher. Das Hammersmith-Gespenst beispielsweise«, meinte Frederick übertrieben liebenswürdig. »Soviel ich hörte, wurde es am Ende erschossen.«

Der Hammersmith-Spuk hatte sich vor gut neunzig Jahren zugetragen und war in seiner Tragik kaum zu übertreffen gewesen. Mehrere Nächte hintereinander hatte der bleiche, weiße Geist eines Mannes nächtliche Spaziergänger in einer Gasse erschreckt, als er unvermittelt vor ihnen aufgetaucht war und mit den Armen gefuchtelt hatte.

Zwei Menschen waren gestorben. Ein älterer Herr, der gut eine Woche nach der Begegnung mit dem Geist an Altersschwäche verschieden war. Und eine schwangere Frau – sie hatte ihr Leben bei der Geburt ihres unehelichen Kindes im Krankenhaus in der Fulham Road ausgehaucht. Die Angehörigen hatten in ihrer Verzweiflung und ihrer Trauer keinen anderen Schuldigen als das unheimliche Gespenst gefunden.

Frederick hatte vor Jahren von diesem Spukphänomen gelesen. Soweit er wusste, hatte sich daraufhin eine Art Bürgerwehr formiert. Sie legte sich in den Gassen von Hammersmith auf die Lauer und versuchte, das Gespenst auf frischer Tat zu ertappen. Während die meisten Leute einfach hofften, eine Erklärung für den Spuk zu finden, bewaffnete sich einer von ihnen mit einem Gewehr. Und eines Nachts hatte er Glück. Im Nebel tauchte eine Gestalt auf – ganz in Weiß und mit bleichem, fleckigem Gesicht. Am Ende war ein bemitleidenswerter Malergeselle erschossen worden, der zu später Stunde von der Arbeit nach Hause gegangen war.

»Ich bin nicht sonderlich überzeugt«, sagte Frederick.

»Ich kann Ihre Skepsis durchaus verstehen, Mr Greenland«, sagte Conan Doyle. »Allerdings muss ich Ihnen eines sagen: Seit einigen Jahren stehe ich in engem Kontakt zu einem Mitglied des Londoner Geisterclubs. Ich werde Ihnen seinen Namen nicht enthüllen, doch kann ich sagen, dass er über jeden Zweifel erhaben ist. Er ist einer der einflussreichsten Männer des Landes und hat zahlreiche Begegnungen mit dem Übernatürlichen gehabt, und ich versichere Ihnen, seine Forschungen auf diesem Gebiet sind bahnbrechend. Es gelang ihm beispielsweise mehrfach, Geisterstimmen auf dem Phonographen aufzuzeichnen. Und auch einige bemerkenswerte Fotografien von Geistererscheinungen sind ihm geglückt.«

Frederick seufzte. »Ich möchte die Existenz von etwas, das Sie als Geister bezeichnen, weil es gegenwärtig noch keine wissenschaftliche Erklärung für diese Art von Phänomenen gibt, ja generell nicht in Abrede stellen«, lenkte Frederick ein. »Aber Séancen? Ich bitte Sie.« Er zog die Stirne kraus und fuhr sich mit der Hand durch sein blondes Haar. »Aus welchem Grund sollten sich Geister einen Menschen suchen, um durch ihn zu sprechen? Warum tun sie es nicht selbst? Wozu brauchen sie einen Dolmetscher?«

»Wer vermag das schon zu sagen«, meinte Oscar Wilde. »Weshalb haben Conan Doyle und ich einen Agenten? Könnten wir nicht auch selbst mit den Verlagen verhandeln?«

»Ich glaube, es geht diesen selbst ernannten Medien um nichts anderes als um Geld«, stellte Frederick fest.

»Und was ist mit den Fox-Schwestern aus Amerika?« Conan Doyle verschränkte die Arme vor der mächtigen

Brust. »Die haben nie auch nur einen Cent verlangt. Sie haben sicherlich von ihnen gehört.«

»Ehrlich gesagt«, antwortete Frederick, »ist dieser Fall wohl an mir vorübergegangen.«

»Dann will ich ihnen von den merkwürdigen Ereignissen, die die Schwestern umgaben, erzählen.«

»Ich bin gespannt.«

»Die Schwestern«, begann Conan Doyle, »sind mittlerweile beide verstorben. Die jüngste erst vor einem Jahr. Aber ihre Geschichte ist bemerkenswert. Margaret und Kate Fox lebten in einfachen Verhältnissen in Hydesville im Staate New York. 1848 traten zum ersten Mal übernatürliche Vorkommnisse im Haus der Fox' auf. Die Schwestern entdeckten, dass es in ihrem Zimmer spukte. Es soll sich um einen Geist gehandelt haben, der Klopfgeräusche erzeugte und versuchte, sich den Mädchen verständlich zu machen. Im Laufe der Zeit gelang es den Schwestern, mit diesem Geist, der sich selbst Splitfoot nannte, durch Klopflaute zu sprechen. Sie wurden in ganz Neuengland berühmt. Zu Tausenden pilgerten die Besucher zu ihrer kleinen Hütte, um die Klopfgeräusche des Geistes zu hören. Und nie nahmen sie den Leuten auch nur einen Cent ab.«

»Das ist sehr löblich. Und was hat es nun mit diesem Haus am Berkeley Square auf sich?«, fragte Frederick. Gegen seinen Willen war er neugierig geworden, denn es war nicht ganz so weit entfernt wie Hydesville, New York. »Was ist so besonders daran?«

»Ich habe mich seinerzeit eingehend mit dem Haus beschäftigt«, sagte Conan Doyle. »Wenn Sie mir noch einen Brandy einschenken wollen, Mr Greenland, werde ich Ihnen erzählen, weshalb ich einen Besuch dort für höchst interessant und möglicherweise recht aufschlussreich erachte, was Geistererscheinungen und ein Weiterleben nach dem Tod angeht.«

Frederick stand auf, holte die Karaffe von der Anrichte und schenkte Conan Doyle ein, ehe er sich wieder in seinen Sessel sinken ließ.

»Danke sehr.« Er nippte kurz daran, dann stellte er sein Glas hin. »Das Haus ist schon allein seiner Geschichten wegen interessant. Erbaut wurde es, soviel ich sagen kann, Ende des letzten Jahrhunderts. Ein schlichtes, unaufdringliches Stadthaus, das jemand aus der Oberschicht für sich bauen ließ. Bemerkenswert ist die Geschichte einer Bediensteten, die in den Anfangstagen des Hauses dort Selbstmord begangen haben soll. Angeblich wird der Dachboden noch immer vom Geist dieser jungen Frau heimgesucht. Offenbar wurde sie von einem Onkel missbraucht und ...«

»Moment«, unterbrach Frederick ihn. »Sagten Sie nicht eben noch, sie sei eine Hausangestellte gewesen? Ich begreife nicht, wie da der ekelhafte Onkel hineinpasst. Was hatte er überhaupt dort zu suchen?«

»Was weiß ich«, murmelte Conan Doyle. »Wahrscheinlich besuchte er sie gelegentlich, um nach dem Rechten zu sehen.«

»Aha.« Frederick nickte langsam. Er war gespannt, was Conan Doyle aus der ganzen Geschichte machte. Immerhin schienen ihm die ersten Ungereimtheiten nicht das Geringste auszumachen. Er bezweifelte, dass er das Mr Sherlock Holmes hätte durchgehen lassen. Aber vielleicht war dieser Vergleich ungerecht. Immerhin war Holmes nichts weiter als eine Romanfigur und Conan Doyle ein Mann aus Fleisch und Blut. »Bitte erzählen Sie weiter,

Arthur«, sagte er, als er Conan Doyles beleidigte Miene bemerkte.

»Wo war ich? Ach ja, bei dem Mädchen.« Er räusperte sich umständlich. Dann sagte er: »Sie wurde also von diesem Onkel auf unsittliche Weise behandelt und stürzte sich infolgedessen aus einem der oberen Fenster, um dem Missbrauch zu entgehen.«

»Sie hätte stattdessen lieber den Onkel gestoßen«, meinte Frederick.

»Vielleicht ergab es sich nicht«, warf Oscar Wilde ein. »Oder der fürchterliche Mann war schrecklich beleibt und schwer zu bewegen.«

»Das erklärt es natürlich«, sagte Frederick.

Ohne auf ihn zu achten, meinte Conan Doyle: »Danach begann es, in dem Haus umzugehen. Edward Bulwer Lytton besuchte es einmal und schwor, er würde es sein Lebtag nicht mehr betreten. Die Wände seien elektrisch gewesen. In einem der oberen Räume habe trotz sommerlicher Temperaturen eine eisige Grabeskälte geherrscht, und obwohl sich außer ihm niemand dort aufhielt, habe er Schritte und schreckliches Ächzen und Stöhnen vernommen. Jahrzehntelang stand das alte Haus leer und verfiel. Und obgleich es noch immer in dem Ruf steht, verflucht zu sein, hat Madam Balshaw es vor einiger Zeit gemietet, um dort ihre Séancen abzuhalten.«

»Sie kann sich vor lauter Anfragen kaum retten«, meldete Wilde sich wieder zu Wort. »Sie ist, wie ich bereits sagte, *das* angesagte Medium der Stadt. Und sie lässt nur eine begrenzte Anzahl von Besuchern pro Abend zu. Wir können uns glücklich schätzen, Eintrittskarten bekommen zu haben.«

»Sie nehmen das also wirklich für bare Münze, was?«,

meinte Frederick. »Ich denke, die wird dieses Medium, diese Madam … wie hieß sie noch gleich?«

»Balshaw«, erinnerte ihn Wilde. »Madam Louisa Balshaw.«

»Ja. Die baren Münzen wird sie ebenfalls fest im Blick haben«, fuhr Frederick fort. »Ich kann mir nicht vorstellen, dass sie das um Gottes Lohn tun wird, nicht wahr?«

»Nun«, sagte Conan Doyle. »Ein bisschen kostet es natürlich. Man kann schließlich nicht verlangen, dass jemand, der über eine solche Gabe verfügt, ganz und gar ohne Honorar arbeitet. Nicht einmal Mediziner tun das.«

»Selbstredend«, sagte Frederick. »Darf ich fragen, was eine Séance bei Madam Balshaw kostet? Nur damit ich gewappnet bin.«

»Ach Gott, Freddy«, sagte Wilde. »Stellen Sie sich mal nicht so an. Sie sind immerhin kein ganz armer Mann.«

»Das war ein Reim, Oscar.« Frederick beugte sich in seinem Sessel vor und stützte das Kinn in die Hände. »Und?«

»Was, und?«

»Wie viel, Oscar?«

»Eine Guinea pro Nase.«

»Ihre Madam Balshaw nimmt es von den Lebendigen. Für ein bisschen Hokuspokus eine ganze Menge, kann ich Ihnen sagen.«

»Sie sind selbstverständlich eingeladen«, wiegelte Wilde ab. »Meine Güte, Freddy, was muss ich denn noch alles tun, um Sie einen Abend lang endlich in ein dunkles Zimmer zu bekommen?«

»Das meiste davon scheint mir großer Unsinn zu sein«, sagte Frederick. »Und ehrlich gesagt verstehe ich nicht, wie Sie und Arthur sich mit solchen Dingen beschäftigen können.«

»Die Erklärung ist ganz einfach.«

»Tatsächlich?«

»Wenn Sie mich lassen, will ich es Ihnen verständlich machen.« Conan Doyle lächelte, sah fragend zu Wilde hinüber, der bekräftigend nickte, und sagte dann: »Wir verfügen über einen offenen Geist – Vorurteile sind uns fremd. Nein – nicht bloß fremd. Wir verabscheuen sie. Vorurteile sind die Geißel der Menschheit. Sie halten uns davon ab, neue Dinge unbefangen zu betrachten. Ich denke, ich darf für Mr Wilde sprechen, wenn ich sage, wir halten nichts von Dogmen und vorgefestigten Meinungen.«

»Sie halten mich für einen Kleingeist«, sagte Frederick. »Weil ich nichts mit dem Übernatürlichen anfangen kann.«

»Nein.« Conan Doyle schüttelte den Kopf und sah Frederick ernst und unverwandt an. »Ich stelle lediglich fest, wie eng die Ketten der Konventionen Sie an das fesseln, was Sie für die einzige Wahrheit halten.«

»Ist das nicht dasselbe?«

»Beileibe nicht«, meinte Wilde.

»Ach Gott, also schön, meinetwegen.« Frederick gab sich geschlagen. »Sie haben mich überredet. Es kann schließlich nicht schaden, seinen Horizont ein wenig zu erweitern.« Wenngleich er auch keinen großen Wert darauf legte, ihn gleich bis ins Reich der Verstorbenen auszudehnen. Das ging dann doch ein Stückchen zu weit.

»Um mit dem guten alten Dr. Johnson zu sprechen«, sagte Morton, der eben selbst so leise wie ein Gespenst ins Zimmer getreten war und nun in all seiner Steifheit hinter ihnen stand. »*Ist es nicht wunderbar, dass seit der*

Schöpfung der Welt sechstausend Jahre vergangen sind und es immer noch offen ist, ob es jemals ein Beispiel dafür gegeben hat, dass der Geist irgendeiner Person nach dem Tode erschienen ist. Alle Vernunft spricht dagegen, aber aller Glaube dafür.«

Conan Doyle schlug krachend seine Hand auf den Schenkel, und Oscar Wilde kniff die Augen zusammen und schmunzelte still in sich hinein.

50 Berkeley Square, London

Masterman, der Butler im Hause Balshaw, befand sich zur selben Zeit auf seinem allabendlichen Rundgang. Die Fenster im Dachgeschoss zu überprüfen, hatte er wie immer vermieden. Das mochte Mrs Boyle tun, wenn sie es für nötig hielt. Ihm war die Etage nicht geheuer. Er hatte nachgesehen, ob die Haustür verschlossen war, alle Gaslampen heruntergedreht waren und das Feuer im Küchenofen erloschen war. Nun ging er mit einer Kerze in der Hand nach unten, um nachzusehen, ob niemand die Hintertür, die zum Hof führte, offen gelassen hatte.

Er betätigte den Messingknauf und fand sie verschlossen. Dann fiel ihm jedoch auf, dass der Schlüssel nicht steckte. Mr Balshaw bestand darauf, ihn stecken zu lassen, um es Einbrechern schwerer zu machen, die womöglich versuchten, das Türschloss mit ihren Dietrichen zu öffnen.

Er wusste, er hatte den Schlüssel nicht abgezogen. Die Köchin und das Hausmädchen ebenfalls nicht, denn sie kannten ihre Rechte und Pflichten. Möglicherweise war Mrs Boyle noch einmal draußen im Hof gewesen, oder

der Doktor. Masterman fiel ein, dass Mrs Boyle noch vor Miss Balshaw zu Bett gegangen war. Und erst danach hatte er, Masterman, die Hintertür versperrt. Kam also nur noch Dr. Gosport infrage. Der hatte die Angewohnheit, den Tag mit einer letzten Pfeife zu beschließen, und suchte oft noch in der Dunkelheit den Innenhof auf, da er selbst es nicht mochte, in einem verrauchten Zimmer zu schlafen.

Masterman nahm sich vor, ihn am folgenden Morgen um den Schlüssel zu bitten. Möglichst bevor Mr Balshaw etwas davon mitbekam. Es war Mastermans Aufgabe, für Ruhe und Frieden in diesem Haus zu sorgen. Und damit beides erhalten blieb, war es vonnöten, für einen immer gleichen, reibungslosen Ablauf zu sorgen. Um den Haushalt nicht zu beunruhigen, brauchte es einen so umsichtigen Mann wie ihn.

Der Butler machte kehrt, stieg die dunkle knarzende Treppe ins zweite Stockwerk hinauf, blies die Kerze aus und legte sich schlafen.

Mary, das Küchenmädchen, das mit einer Schale Kartoffeln eine halbe Treppe tiefer bei der Kellertür stand, hatte er nicht bemerkt.

KAPITEL 4

Meg!

Da war er! Endlich!

Mit weit ausgreifenden Schritten kam er wie ein lebendig gewordener Schatten über den Platz auf Badger zugeschritten; dürr und groß und mit schwarzen zerzausten Haaren. Im Gegenlicht der Laterne sah er beinahe aus wie ein Geist. Als er näher kam, konnte Badger ihn endlich genau erkennen. Meg rieb sich die Hände, ein breites, selbstgefälliges Grinsen im Gesicht.

»Mensch, du bist verdammt lange weg gewesen«, sagte Badger, sprang die drei Stufen hinunter und stürzte auf Meg zu, dessen hohe, dünne Gestalt im ersten Licht des Tages auf ihn zugetrottet kam. »Warum hat das denn so lange gedauert?«

»Wichtige Sachen dauern immer lange«, gab er grinsend zur Antwort, was seine große Zahnlücke entblößte. Die Erinnerung an einen gewonnenen Kampf mit ein paar Seven-Dials-Jungens, die versucht hatten, hart mit ihm umzuspringen, und Meg war mächtig stolz darauf. »Das kannst du dir merken, Badger. Wenn etwas richtig wichtig ist, geht es nicht mit der Eile.«

»Und?«, fragte er.

»Was, und?«

»Nun spann mich nicht so lange auf die Folter, Meg! Wie ist es gelaufen? Und wo warst du, verdammt noch mal?«

»Wie oft habe ich dir gesagt, du sollst nicht fluchen?«, sagte Meg. Er schlang Badger einen Arm um die Schulter und knuffte ihn mit der anderen Hand in die Seite, sodass

Badger zusammenzuckte. »Wenn du fluchst, wirst du es niemals zu etwas bringen.«

Badger wusste, dass Meg es zu etwas bringen würde. Er sprach oft genug darüber, was er einmal tun und wo er einmal leben würde.

»'tschuldigung«, sagte Badger kleinlaut.

»Und entschuldige dich bloß nicht immer«, sagte Meg. »Das lässt dich wie einen Idioten aussehen.« Er schlug sich mit der flachen Hand auf die Brust und grinste noch breiter. »Du willst wissen, wie es gelaufen ist? Erstklassig ist es gelaufen, das kann ich dir sagen. Schau mal hier.« Und damit griff Meg in die Tasche seiner an den Armen und an den Schultern schon ein wenig zu eng gewordenen grauen Jacke und förderte eine Pfeife zutage. Nicht die alte, vom vielen Gebrauch mit den Jahren gelb und grau gewordene, die er sonst immer rauchte, sondern eine neue, glänzende. Eine aus prächtigem dunklem Holz.

»Mensch, hol mich der Teufel«, entfuhr es Badger, als er das edle Stück staunend und ehrfürchtig betrachtete, das Meg ihm wie eine Trophäe in seinen ausgestreckten Händen unter die Nase hielt. »Woher hast du die denn?«

»Das möchtest du wohl wissen, was?«

»Klar will ich das. Nun sag schon. Wem hast du's abgezogen?«

»Nichts da, abgezogen«, entgegnete Meg. »Glaubst du vielleicht, mitten in der Nacht laufen hier die richtig feinen Leute herum, denen man so was einfach aus der Tasche ziehen kann?« Er schüttelte den Kopf, sodass sein dichtes schwarzes Haar noch zerzauster aussah als sonst. »Nee, nee, Badger – verdient hab ich sie mir.«

Badger war mächtig beeindruckt. Das war an sich nichts Ungewöhnliches. Er war oft von den Dingen beeindruckt, die sein Freund Meg machte. Doch diesmal konnte er kaum glauben, was er da sah und hörte. Denn diese Pfeife musste ein Vermögen wert sein. Das erkannte selbst er. Die war ein richtiger *Luxusgegenstand*, wie Meg manchmal jene teuren Dinge nannte, die zwar viel hermachten, aber nur dem Vergnügen dienten.

Normalen Leuten genügte eine Taschenuhr aus Blech, die die Zeit anzeigte. War sie aus Silber oder Gold, und hatte sie eine mit Edelsteinen verzierte Uhrenkette, dann war sie ein Luxusgegenstand.

Und diese Pfeife, die ein sehr reicher Mann in einem sehr teuren Laden gekauft und Meg gegeben haben musste, war glasklar auch ein solcher Luxusgegenstand. Da gab es für Badger kein Vertun.

Dass er mit offenem Mund dagestanden hatte, merkte Badger erst, als Meg ihm die Hand unter das Kinn legte, ihm mit sanftem Druck den Mund zuklappte und »Tja, da bleibt dir die Luft weg, was?« sagte.

Ihm war tatsächlich die Luft weggeblieben. Er konnte nicht mal richtig denken. Alles, was er sagen konnte, war: »Richtig verdient?«

Meg kaute auf seiner Unterlippe herum und tänzelte aufgeregt hin und her. »Wenn ich's doch sage. Ich hab da ein Geschäft aufgetan, damit hab ich fürs Erste ausgesorgt, Badger. Da kann ich ein Vermögen machen, wenn ich es richtig anstelle.«

»Dann will ich das auch machen, Meg«, sagte Badger, der panische Angst davor hatte, sein Freund Meg könne ohne ihn fortgehen.

»Für dich ist das nichts«, entgegnete Meg. Er hörte auf herumzuhüpfen und legte Badger beide Hände auf die Schultern.

»Warum nicht?«

»Weil ...«

»Weil, was?«

»Weil es eben so ist«, meinte Meg ärgerlich.

Badger wurde flau im Magen. Es fühlte sich an, als habe er gerade einen schweren Klumpen öligen Themseschlamms verschluckt. »Musst du was Schlimmes dafür tun?«

»Was Schlimmes?« Meg winkte ab. »Nein, Quatsch. Und jetzt hör auf damit, mir Löcher in den Bauch zu fragen, du kleiner neugieriger Rotzbengel, sonst versohle ich dir den Hintern.« Er lächelte schief. Offenbar ein kläglicher Versuch, lustig zu sein. Doch sein Lächeln wirkte aufgesetzt und unecht.

»Das glaub ich nicht«, sagte Badger. »Das glaub ich dir nicht. Wenn es nichts Schlimmes ist, kannst du es mir doch erzählen.«

»Ein andermal vielleicht.«

»Du machst mir Angst, Meg. Du hast irgendwas gemacht, was nicht gut ist. Du hast was Schlimmes gemacht. Du hast was Gefährliches gemacht. Halt mich nicht für blöd! Keiner gibt dir so was Teures, wenn es nicht gefährlich ist, was du für ihn gemacht hast.«

»Hör auf, Badger. Ich weiß genau, was ich tue, glaub mir«, meinte Meg. »Und wenn es gefährlich wäre oder schlimm oder sonst was, würd ich's dir erzählen.«

»Dann lass es mich auch machen.«

»Nein, vergiss es!« Meg rieb sich nervös mit der Hand über das Gesicht, schüttelte den Kopf. »Das geht nicht, Kleiner. Aber ich muss das machen. Mir bleibt keine andere Wahl. Ich werde langsam zu alt, das hab ich dir doch schon tausendmal erklärt.«

Das hatte er in der Tat.

Irgendwann sei eben mal die Zeit gekommen, sich nach etwas anderem umzusehen, hatte Meg eines Tages vor etwa zwei Monaten zu ihm gesagt. Man könne ja schließlich nicht ewig bei Mr Specs bleiben. Und seitdem hatte er es immer mal wieder so ganz nebenbei erwähnt.

Badger hatte wieder und wieder nachgefragt, was Meg eigentlich damit meinte, und der hatte es ihm zu erklären versucht. Wirklich verstanden hatte Badger es immer noch nicht.

»Ist es jetzt so weit, Meg?«, fragte er vorsichtig, und er spürte, wie ihm die Tränen in die Augen stiegen; er vermochte nichts dagegen zu tun. »Gehst du jetzt weg?«, fragte er. »Lässt du mich jetzt allein?«

»Mensch, Badger. Das ist das Leben von unsereins«, meinte Meg, anstatt zu antworten. »Essen, schlafen, sterben.« Er sah jetzt nicht mehr ganz so selbstgefällig und mit sich zufrieden aus wie zu Anfang. »Das ist, was mit allen passiert, die keine Eltern haben. Wer bei Menschen wie dem alten Specs untergekrochen ist, muss gucken, wo er bleibt, wenn er nicht in der Gosse enden will, das habe ich dir doch schon hundertmal erklärt. Die sagen, der nächste Winter wird vielleicht der kälteste, den es je gab. Und ich habe nicht vor, da draußen vor die Hunde zu gehen. Also muss ich weg und was anderes machen. Ich muss mich kümmern.«

»Dann nimm mich mit«, sagte Badger. »Bitte.«

»Das kann ich nicht.«

»Wieso nicht?«

»Weil es nicht geht.«

»Du willst mich los sein«, sagte Badger leise und traurig.

»Du hast eine Arbeit gefunden, die mächtig was einbringt. Und jetzt willst du mich los sein. Stimmt's?«

»Das ist Blödsinn.«

»Ist es nicht.« Badger wischte sich die aufsteigenden Tränen aus dem Gesicht. »Du traust dich bloß nicht, es mir zu sagen. Und ich dachte, du bist mein Freund.«

»Bin ich auch, Kleiner. Das bin ich. Da kannst du jede Wette eingehen.«

Badger suchte nach den richtigen Worten; nach Worten, die beschrieben, welche Gefühle und welche Ängste ihn bewegten, doch wie verzweifelt er auch nach ihnen suchen mochte, er fand sie nicht. Letztlich sagte er nur: »Meg, ich will nicht, dass du fortgehst.«

»Ich muss, Kleiner. Und das weißt du auch. Ich hab's dir erklärt.« Er tippte sich mit den Fingern an die Oberlippe. »Mir wächst ein Bart, und das ist nichts mehr für Specs. Aber wir beide, wir bleiben zusammen.«

»Ist das versprochen?«

»Sicher ist das versprochen«, sagte Meg. »Ich werde nicht mehr beim Alten unterkriechen können, das steht fest. Aber wir beide –«, wiederholte er und packte Badgers Kragen und rüttelte daran. »Wir beide sind unzertrennlich.«

»Alles, was ich kann, hab ich von dir gelernt, Meg.«

»Oh ja, das hast du. Und zusammen werden wir noch so manches Abenteuer bestehen, das sag ich dir. Nur dass du beim alten Specs bist und ich woanders. Aber wir sehen uns oft, das verspreche ich dir.« Er ließ Badgers Kragen los und klopfte ihm mit beiden Händen gleichzeitig auf die Schultern.

»Du bist mein einziger Freund, Meg«, sagte Badger und hoffte, dass er dabei so aufrichtig klang wie ein

Mann und nicht weinerlich wie eine neunjährige Memme.

»Du bist mein ganzer Stolz, Badger«, sagte Meg. Er knuffte ihn mit der Faust vor die Brust. »Heute ist ein Tag zum Feiern. Das ist er wahrhaftig.« Er zog ein Streichholz aus seiner Hosentasche, und in einer einzigen elegant geführten Handbewegung riss Meg es seitlich an seiner Schuhsohle an und setzte den Tabak im Pfeifenkopf in Brand. Paffend nahm er ein, zwei Züge, dann sog er den Rauch tief in seine Lungen.

»Ahhh«, machte er, während er den süßlich duftenden Qualm genüsslich aus Mund und Nase strömen ließ. »Das ist schon was anderes als diese Tonpfeifen.« Er hielt Badger die Pfeife hin. »Hier, nimm auch mal 'nen Zug.«

»Nein. Ich mag nicht rauchen.«

Meg hustete und nahm die Pfeife aus dem Mund. »Menschenskind«, sagte er grinsend, »was für ein großartiges Kraut. Das geht einem bis in die Zehenspitzen, sage ich dir.«

»Mr Specs sagt immer, Rauchen ist nicht gesund.«

»Der hat doch keine Ahnung. Ich bin mir sicher, der alte Specs hat noch nie im Leben einen solchen Tabak geraucht. Der will doch nur nicht, dass wir heimlich was von unserer Beute abzwacken und uns Tabak dafür kaufen, weil es von seinem Gewinn abgeht.« Er klemmte sich das Mundstück der Pfeife wieder zwischen die Zähne, rauchte und sagte: »Willst du wirklich nicht mal probieren, Kleiner? So was Gutes kriegst du so schnell nicht wieder.«

»Hör auf, mich Kleiner zu nennen«, sagte Badger ärgerlich. »Ich bin nicht klein!«

Meg hustete wieder. Erst einmal, dann noch einmal.

Im ersten Moment dachte Badger, es habe angefangen zu regnen, denn etwas Feuchtes sprenkelte sein Gesicht. Dann sah er im Zwielicht die Blutfäden auf Megs Lippen. Sie hingen ihm wie Spinnweben bis aufs Kinn.

»Dein Mund blutet«, sagte Badger überrascht.

Meg wischte sich mit dem Handrücken über die Lippen und betrachtete völlig ungläubig die hellroten Blutschlieren. »Was zum Teufel …?«, stieß er hervor.

Als Meg abermals hustete, quoll ihm ein ganzer Schwall Blut aus Mund und Nase und lief ihm am Hals herab. Entgeistert sah er Badger an. Nie im Leben würde Badger diesen Gesichtsausdruck vergessen. Meg sah aus, als könnte er nicht glauben, was da gerade mit ihm geschah. Er hustete abermals, würgte, hustete, würgte und sank auf die Knie.

»Meg!«, rief Badger entsetzt. »Meg, was hast du?«

»Badger …« Megs Stimme war ein gurgelndes Flüstern, seine Augen groß und schreckgeweitet. Immer mehr Blut quoll jetzt aus seinem Mund hervor und tropfte auf das Pflaster.

»Du brauchst einen Arzt!«

Meg blickte ihn flehentlich an. »Sag ihnen … der Geist …«

»Der Geist?«

Meg streckte die Hände aus und krallte sich in Badgers Jacke und hustete wieder. »Der Geist«, keuchte er, während noch mehr Blut aus seiner Kehle hervorgurgelte. »Sag ihnen … sie sollen sich in Acht nehmen …«

Megs Augen verdrehten sich, und Badger schrie: »Nein Meg, bitte, du darfst nicht sterben!«

»Sags … den Jungs … von … Seven Dials …«

Megs Finger, die sich in Badgers Jackenaufschlägen

verkrampft hatten, lösten sich, glitten langsam ab. Dann kippte er vornüber und schlug der Länge nach hin.

»Meg! Oh Gott, Meg!« Badger rüttelte verzweifelt an seiner Schulter. Doch Meg rührte sich nicht mehr. Die Blutlache um seinen Kopf wurde immer größer.

Billy Bob Badger schrie.

Und er schrie noch immer, als der Bobby vom nahe gelegenen Revier Bow Street mit auf dem Pflaster klappernden Stiefeln angerannt kam und sofort wie verrückt auf seiner Polizeipfeife zu blasen begann.

Zwei Straßen weiter stieg eine in einen dunklen Mantel gehüllte Gestalt, die einen Zylinderhut trug und sich den breiten grauen Schal um die untere Gesichtspartie geschlungen hatte, in eine wartende Droschke, die vor einem der Lagerhäuser in der Long Acre am Rinnstein stand.

»Wohin jetzt, Sir?«, fragte der Kutscher.

Wie bereits auf der Hinfahrt reichte der Fahrgast wortlos einen kleinen Zettel durch das ovale Fenster nach hinten zum Kutschbock hinauf.

51 Hay's Mews, Berkeley Square stand darauf.

KAPITEL 5

Chief Inspector Donald Swanson blickte auf den dürren, zusammengekrümmten Leichnam hinunter. Die Arme nach vorne ausgestreckt, so als habe er sich noch in der Sekunde seines Todes an das dahinfliehende Leben klammern wollen, lag er mit angezogenen Beinen auf dem Bauch in einer großen Blutlache, die sich auf dem Kopfsteinpflaster ausgebreitet hatte.

Der Fotograf hatte sein Kamerastativ neben Swanson aufgebaut. Zischend verbrannte das Magnesiumpulver, und der Lichtblitz erhellte für den Bruchteil einer Sekunde den dämmrigen Morgen, spiegelte sich auf dem taufeuchten Kopfsteinpflaster und blendete die uniformierten Polizisten ringsum, die sich an den Händen hielten und bemüht waren, die Schaulustigen von der Leiche fernzuhalten.

Am schlimmsten waren die Frauen. Sie hielten ihre Kinder an den Händen und versuchten, so dicht wie möglich an den Leichnam heranzukommen. Einige hoben ihre Jungen und Mädchen sogar in die Höhe, damit diese einen besseren Blick auf das Blut hatten, das wie Rotwein auf dem Pflaster glänzte.

Allmählich füllte sich die Piazza immer mehr. Die ersten Händler hatten bereits vor einer Stunde angefangen, ihre Blumen- und Gemüsestände aufzubauen, und es war keine leichte Aufgabe gewesen, sie vom Schauplatz des Verbrechens fernzuhalten. Zwanzig Yards entfernt drängten sich die Schaulustigen vor der St.-Pauls-Kirche und versuchten, an den Säulen hinaufzuklettern, um wenigstens einen flüchtigen Blick auf den toten Jungen und auf die Blutlache zu erhaschen.

Swanson betrachtete das Treiben ringsum mit Abscheu. Es war immer dasselbe. Er war froh, dass wenigstens die Zeit der öffentlichen Hinrichtungen vorüber war. Ältere Vorgesetzte erzählten gelegentlich davon, wie sich die Schaulustigen zu Tausenden vor dem Newgate Gefängnis eingefunden und den sterbenden, am Strick baumelnden Delinquenten bei ihren letzten verzweifelten Zuckungen zugesehen und sich daran ergötzt hatten. Er selbst war der Ansicht, die Schuld sei gesühnt, sobald die Strafe ausgesprochen war, und als ein Mann, der sich früher einmal mit dem Gedanken getragen hatte, Pfarrer zu werden, kam ihm dieses Betragen der schreienden Menge wie Gotteslästerung vor. Manchmal war er sich nicht sicher, wen er mehr verurteilte – den Mörder, der aus Gier oder Eifersucht einem anderen das Leben genommen hatte, oder diejenigen, die sich ginberauscht und mit weit aufgerissenen Augen am Tod des Mörders ergötzten.

»Wir müssen schleunigst untersuchen, woran dieser Junge starb«, sagte Dr. Boswell, der zuständige Polizeiarzt, und riss Swanson damit aus seinen Gedanken. Er kniete am Boden und war gerade dabei, seine Instrumente wieder in seinem abgewetzten ledernen Gladstone Bag zu verstauen. »Falls es ansteckend ist, könnte das bei diesem Wetter eine Epidemie auslösen.«

»Ansteckend?«, fragte Swanson. »Sie haben also bereits eine Vermutung, was die Todesursache angeht, Doktor?«

»Ich sehe augenblicklich zwei Möglichkeiten.«

»Und die wären?«

»Entweder seine Hauptschlagader ist gerissen, was bei einem so jungen Menschen allerdings höchst unwahrscheinlich ist, oder aber …«

»Oder aber?«

»*Mycobacterium tuberculosis* möglicherweise«, sagte Dr. Boswell. »Sehr wahrscheinlich sogar.«

»Die Schwindsucht?« Swanson war entsetzt. Er hatte als junger Mann in Schottland einen schlimmen Ausbruch der Krankheit erlebt und mochte sich gar nicht erst ausmalen, was das für eine Metropole wie London bedeutete.

»Ich fürchte, ja.« Dr. Boswell erhob sich und blickte Swanson ernst und sorgenvoll an. »Stellen Sie fest, wer mit dem toten Jungen in Kontakt gekommen ist, Chief Inspector. Wenn es sich um Tuberkulose handelt, hat er die Krankheit womöglich bereits auf andere übertragen.«

»Nun, Doktor, ich habe einige Fälle von Tuberkulose gesehen, aber niemals zuvor von einem gehört, bei dem ein solch extremer Blutverlust aufgetreten ist.«

»Wie gesagt – es könnte ebenso eine geplatzte Aorta sein. Lassen Sie den Jungen obduzieren. Und solange Sie noch kein Ergebnis haben, behandeln Sie den Fall als Tuberkuloseverdacht.«

»Selbstverständlich.«

Der Polizeiarzt verabschiedete sich, und Swanson winkte einen uniformierten Police Constable heran.

»Sir?«

»Wie heißen Sie, Officer?«, fragte Swanson.

»PC Fields, Sir.« Der junge Constable knallte die Hacken zusammen. »Revier Bow Street, Sir.«

»Schon gut. Stehen Sie bequem, bitte. Wir sind hier nicht beim Militär. Donald Swanson, Scotland Yard.« Er reichte Fields die Hand.

»Oh.« PC Fields stieß erleichtert den Atem aus. »Danke Ihnen, Sir.«

»Ihre erste Leiche, Fields?«

»Ja, Mr Swanson, Sir. Schrecklich. Und dann gleich ein

Kind. Und all die vielen Menschen, die sich das ansehen wollen. Fürchterlich ist das. Die müssten sich was schämen. Wär's ihr eigenes, würden die sicher nicht …«

»Schon gut. Ich weiß, wie Sie sich fühlen«, sagte Swanson. »Versuchen wir trotz allem sachlich zu bleiben.«

»Ja, Mr Swanson, Sir.«

»Wer hat die Leiche gefunden?«

»Ein Junge«, sagte Constable Fields. »Er wartet dort drüben.« Und er deutete auf einen Kollegen in Uniform, der auf den Stufen der St.-Pauls-Kirche saß und sich mit einem kleinen blonden Straßenjungen unterhielt. Der Constable lächelte, wie Swanson bemerkte. Also war der Kleine vorerst in guten Händen.

»Was hat er hier gemacht? Wissen Sie das?«

»Nein, Sir. So, wie es aussieht, war er gemeinsam mit dem Toten hier.«

»Gemeinsam mit dem Toten?«

»Ja, Sir. Offenbar hat er zugesehen, wie er starb.«

»Er hat alles mitbekommen?« Großer Gott, das war ja entsetzlich!

»Ich fürchte, ja.« Der Constable zog die Mundwinkel nach unten. »PC Rowlings hörte seine Schreie – das muss so gegen Viertel vor eins gewesen sein – und fand den Jungen hier vor der Leiche kniend. Viel hat er wohl bislang nicht aus ihm herausbekommen. Bloß, dass er mit dem toten Jungen befreundet war.«

»Ich werde mich mit ihm unterhalten müssen«, meinte Swanson.

»Vielleicht können Sie ihn mit zum Yard nehmen, Sir. Wir wissen ehrlich gesagt nicht, was wir mit ihm anfangen sollen.«

»Schon gut.« Swanson steckte die Hände in die Taschen.

»Ich werde mich seiner annehmen. Vielleicht kann er uns etwas mehr sagen, wenn er sich ein wenig beruhigt hat. Hat er gesagt, woher er kommt.«

»Wo er wohnt, meinen Sie?«

»Ja.«

»Nun, wenn ich ihn mir so ansehe, kann ich mir nicht denken, dass er woanders lebt als auf der Straße, Sir.«

»Er sieht noch sehr jung aus«, sagte Swanson. Und für einen Jungen seines Alters, der angeblich auf der Straße lebte, sah er äußerst gepflegt aus. Gewöhnlich waren die Kleider der Straßenkinder vom häufigen Schlafen in schmuddligen Hauseingängen verdreckt und zerrissen. Doch der Junge machte auf Swanson einen recht passablen Eindruck. Der Constable musste sich irren, dachte er. Der Kleine mochte keinen festen Wohnsitz haben, doch wie jemand, der seine Nächte unter freiem Himmel verbrachte, kam er Swanson ganz und gar nicht vor.

»Schlimm.« Der Constable machte ein betretenes Gesicht. »Die haben doch keine wirkliche Chance im Leben.«

Swanson mochte augenblicklich nicht darüber nachdenken. Wenn man die Gefühle zu nah an sich heranließ, war ordentliche Polizeiarbeit nicht mehr zu machen. »Tun Sie mir einen Gefallen, Fields«, sagte er. »Bleiben Sie bisweilen bei der Leiche und geben Sie Acht, dass niemand etwas anrührt, ehe unsere Leute hier sind. Ich will den toten Jungen im Yard haben – nicht in irgendeinem Leichenschauhaus.« Und damit ging der Chief Inspector durch den Kordon von Polizisten und durch die aufgescheuchte Menschenmenge hindurch zu dem Jungen.

50 Berkeley Square, London

Es hatte eben sechs Uhr geschlagen, als Masterman die Treppe von seinem Zimmer im zweiten Stock hinunterging.

Die Sonne schien hell und fröhlich durch die hohen Fensterscheiben, und das Fensterkreuz warf einen schiefwinkligen Schatten an die gegenüberliegende Wand. Unten in der Küche hörte der Butler die vertrauten Geräusche morgendlichen Schaffens. Der Ofen musste angefeuert und das Geschirr für den Tag vorbereitet werden. Die Speisen mussten aus der Vorratskammer geholt, die Fische für das Frühstück ausgenommen und der Tee für die Herrschaften aufgebrüht werden. Miss Balshaw trank ihn stets im Bett. Mr Balshaw nahm ihn vor dem Frühstück am Schreibtisch in seinem Zimmer ein, und Dr. Gosport, Miss Louisas Leibarzt, trank ihn meist zusammen mit Mrs Boyle im Salon.

Masterman entriegelte die Haustür, öffnete sie und nahm die erste Post aus dem Kasten bei der Tür. Draußen auf dem Gehsteig spielten bereits einige Kinder. Sie lachten, während sie auf den Gehwegplatten herumhüpften und die ersten Sonnenstrahlen genossen.

Masterman sah ihnen eine Weile zu. Dann, als er die Stimmen von Mrs Boyle und Dr. Gosport auf der Treppe vernahm, ging er ins Haus zurück, legte die Briefe auf das kleine Schränkchen neben der Salontür und wollte eben in die Küche hinuntergehen, als ihm plötzlich der fehlende Schlüssel der Hintertür wieder einfiel. Statt nach links in den Gang zum Aufenthaltsraum des Personals abzubiegen, wandte er sich wieder dem schmalen Flur zu, der zum Innenhof führte. Ehe er das ganze Haus in

Unruhe versetzte, wollte er nachsehen, ob der Doktor den Schlüssel womöglich bereits wieder an seinen Platz zurückgetan und damit jede Fragerei danach überflüssig gemacht haben mochte.

Und tatsächlich. Als Masterman an der Hintertür zum Hof anlangte, stellte er fest, dass der Schlüssel von innen steckte.

Er lächelte still in sich hinein. Manchmal erledigten sich die Dinge ganz von selbst, dachte er bei sich. All die Gedanken, die er sich gestern Nacht vor dem Schlafengehen gemacht hatte, waren hinfällig geworden. Die Herrschaft würde überhaupt nichts davon erfahren müssen. Für Ruhe und Frieden und für einen reibungslosen Tagesablauf zu sorgen, das waren seine Aufgaben. Hektik und Panik waren seine Sache nicht. Die Herrschaft würde mit ihm zufrieden sein, denn ihr war nicht einmal zu Ohren gekommen, dass es überhaupt eine Unregelmäßigkeit gegeben hatte.

Zufrieden mit sich machte der Butler kehrt und begab sich in die Küche. Es galt, die Arbeiten für den Tag zu verteilen.

KAPITEL 6

New Scotland Yard, Whitehall, London

Chief Inspector Swanson hatte gemeinsam mit dem unbekannten Jungen einen Hansom zum Yard genommen, hatte ihm von Sergeant Penwood ein einfaches Frühstück, bestehend aus gebratenen Kippers und grobem Brot mit gesalzener Butter, zubereiten lassen, das er mit Heißhunger heruntergeschlungen hatte, und war dann mit ihm hinauf in sein Büro gegangen.

Bislang hatte der kleine Kerl nicht ein Wort gesprochen, hatte die Polizisten lediglich schweigend und aus großen Augen angeblickt. Nun saß er auf dem Stuhl vor Swansons Schreibtisch, sah aus wie ein Häufchen Elend und starrte vor sich hin ins Nichts. Swanson hatte sich einen niedrigen Schemel herangezogen und sich ihm gegenübergesetzt.

»Wie heißt du, mein Sohn?«, fragte Swanson freundlich.

Der Junge antwortete nicht. Er starrte bloß weiter vor sich hin ins Leere.

Von dem Constable, der sich am Fundort der Leiche um den kleinen verschreckten Burschen gekümmert hatte, war nicht viel in Erfahrung zu bringen gewesen. Ganz augenscheinlich hatte der Junge ihm gegenüber nichts weiter geäußert, als dass er seinem Freund in der Nacht beim Sterben zugesehen hätte. Und dieses Erlebnis musste fürchterlich gewesen sein. Selbst einen Mann wie ihn hätte es mit Entsetzen erfüllt. Um wie vieles schlimmer musste es den Jungen getroffen haben, der nun hier vor ihm saß und völlig traumatisiert zu sein schien?

Swanson legte dem Jungen die rechte Hand auf die Schulter. Dann erhob er sich. Er ging um seinen Schreibtisch herum, zog die oberste Schublade auf und entnahm ihr die kleine, rechteckige Metalldose mit Erdbeerdrops, die er dort aufbewahrte. Er setzte sich wieder auf den Schemel, klappte den Deckel der Dose auf und hielt sie dem Jungen hin.

»Hier«, sagte er. »Magst du einen?« Um zu zeigen, dass sie ungefährlich waren, nahm er selber einen Drops und steckte ihn sich in den Mund. »Die Erwachsenen wollen immer, dass man sie lutscht, nicht wahr?« Er lächelte. »Ich konnte das nie. Ich zerkaue sie jedes Mal gleich.« Und er tat es.

Der Junge sah ihn weiterhin schweigend an, doch Swanson bemerkte, wie sich dessen Augenbrauen vor Überraschung ein Stückchen hoben.

Nach einer halben Ewigkeit streckte der Junge seine Hand aus und nahm zögerlich einen Drops. Ohne Swanson anzusehen, steckte er ihn sich in den Mund und zerkaute ihn. Danach schien er sich ein wenig zu entspannen. »Erdbeere«, sagte er.

Swanson stand auf, schob den Schemel beiseite und ging vor dem Stuhl des Jungen in die Hocke. Er sah ihm tief in die Augen und sagte: »Ich bin Donald. Und wie heißt du, mein Junge?«

»Badger«, sagte der Junge tonlos.

»Fein«, meinte Swanson und lächelte verbindlich hinter seinem Schnurrbart. »Badger. Das ist ein ausgefallener Name.« Er bezweifelte, dass es sein richtiger war. »Wie ist der Drops? Schmeckt er dir?«

Der Junge, der sich Badger nannte, nickte kaum merklich.

»Möchtest du etwas zu trinken haben, Badger? Einen Tee vielleicht? Oder einen Kakao?«

Der Junge schüttelte den Kopf.

»Hör zu, Badger«, sagte Swanson. »Du hast etwas Schreckliches erlebt. Und ich kann mir denken, du hast Angst. Man hat nicht gerne mit der Polizei zu tun, nicht wahr? Aber ich versichere dir, ich bin auf deiner Seite. Niemand hier wird dir etwas tun oder dich dazu zwingen, mit uns zu sprechen. Doch ich muss dir einige Fragen stellen, damit wir herausfinden, was genau geschehen ist. Verstehst du das?«

Badger nickte wieder. Sein Gesicht war nach wie vor ausdruckslos.

»Wir müssen wissen, was auf dem Markt passiert ist. Kannst du mir erzählen, weshalb du um diese Zeit ganz allein dort warst?«

»Ich war nicht allein«, sagte Badger plötzlich wie aus der Pistole geschossen und mit fester Stimme. »Ich war da mit Meg.«

»Meg?«, fragte Swanson. »Ist das der Name des toten Jungen?«

Er nickte und schlug die Augen nieder.

»Wart ihr befreundet, du und Meg?«

Wieder Nicken.

»Hör zu, Badger. Der Arzt, der Meg untersucht hat, meint, er sei möglicherweise krank gewesen und –«

»Meg ist aber nicht krank gewesen!«, unterbrach er Swanson barsch. »Er ist ganz gesund gewesen. Das, woran er gestorben ist, hat er noch nie vorher gehabt.«

Swanson war erstaunt darüber, wie zivilisiert sich Badger auszudrücken vermochte. Er fragte: »Was macht dich da so sicher?«

»Weil ich ihn kenne«, sagte der Junge. »Er war ganz gesund, als wir zum Markt gingen.«

Swanson nickte. »Er hatte kein Fieber? Er fühlte sich gut und klagte nicht über Schmerzen? Bist du dir da ganz sicher?«

»Meg hat nie über irgendwas geklagt«, sagte Badger. »Und der iss auch nie krank gewesen. Nicht heute Morgen und auch an keinem anderen Tag. Der war so gesund wie Sie und ich.«

»Möglicherweise hat er einfach nichts gesagt.«

»Meg hat immer alles gesagt«, entgegnete Badger. »Und wenn er mal was auf dem Herzen hatte, hab ich es immer sofort gemerkt.«

»Was meinst du damit – wenn er mal etwas auf dem Herzen hatte?«

»Na, Sorgen oder so.«

Swanson nickte, allerdings fragte er sich, ob das Leben dieser Jungs nicht aus einer endlos langen Reihe von Sorgen bestand. Die Sorge, sich sein Bett verdienen zu müssen, die Sorge, bei Einbrüchen und Diebstählen nicht geschnappt zu werden, die Sorge, auch am nächsten Tag noch einen Happen zu essen und ein Dach über dem Kopf zu haben. Bislang wusste er nicht, welche Art von Gossenleben dieser Junge führte. Ob er seine Nächte unter Brücken und in Hauseingängen verbrachte oder ob er einer dieser Banden angehörte, deren Mitglieder sich ihr Brot und eine dünne Suppe verdienten, indem sie für jemand anderen stahlen. Doch er hoffte, das herauszubekommen.

»Irgendwer hat ihn umgebracht«, sagte der Junge unvermittelt. »Irgendwer hat Meg was gegeben. Und das hat ihn umgebracht.«

Swanson runzelte die Stirn, doch etwas im Blick des Jungen ließ ihn stutzen. »Ermordet, meinst du?«

»Ja. Er hat was gekriegt. Ein Gift oder so was. Er hat mich bei der Kirche warten lassen. Er war eine Ewigkeit weg. Ich dachte, der kommt gar nicht mehr wieder, so lange war er weg. Doch dann kam er zurück. Und Meg war ganz gesund, als er zurückkam.«

»Wie kommst du darauf, er sei vergiftet worden?«

»Weil er mit einem Mal angefangen hat zu husten. Weil er plötzlich Blut gespuckt hat. Immer mehr hat er husten müssen. Und immer mehr Blut ist aus ihm rausgekommen. Bis er tot war.«

»Und davor ist er gesund gewesen?«

»Hab ich doch gesagt«, meinte Badger unwirsch. »Er war gesund. Meg ist erst krank geworden, als er wieder zurückkam.«

»Was habt ihr dort eigentlich vorgehabt, Badger? Ein Ding drehen vielleicht?«

»Nee.« Der Junge verschränkte die Arme vor der Brust. Swanson kannte diese Reaktion nur allzu gut. Die Verbindung war gebrochen. Entweder hatte er, Swanson, einen Nerv getroffen und genau die richtige Frage gestellt, oder der Junge verschloss sich aus einem anderen Grund.

Zu seiner Überraschung sagte Badger nach einem Moment der Stille scheinbar zusammenhanglos: »Meg war Geschäftsmann. Der machte immer mal so Sachen, um ein paar Pennies zu verdienen.«

»Weißt du denn, wohin er mitten in der Nacht wollte?«

»Sich mit wem treffen, glaube ich.«

»Hat er dir gesagt, mit wem?«

»Nein.«

»Und als er zurückkam«, sagte Swanson, »hat er dir da

erzählt, ob er jemanden getroffen hatte, um ein Geschäft abzuschließen?«

Badger nickte lebhaft. »Er war ganz aufgeregt«, sagte er und fuhr sich mit beiden Händen durchs Haar. »Meg hat gesagt, es wäre toll gelaufen und dass er da eine Sache hätte, mit der könnte er ein richtiges Vermögen machen.«

»Was für eine Sache, Badger? Hat er dir gesagt, worum es ging?«

»Meg hat mir die Pfeife gezeigt«, sagte der Junge. »Die war ein mächtig teures Ding. Die hat er wohl abgestaubt. Von einem echt feinen Pinkel muss er die gekriegt haben.«

»Hat er auch Geld bekommen?«

»Ich glaub nicht. Und wenn, hat er's mir nicht gezeigt.«

Swanson nickte. »Hast du jemanden gesehen, während du gewartet hast? Oder war jemand bei Meg, als er zu dir zurückkam?«

»Da war keiner«, sagte Badger. »Vorher nicht und nachher nicht. Ich war da ganz alleine.« Er fuhr sich wieder mit den Händen durchs Haar, öffnete den Mund, als wolle er etwas sagen, schwieg dann aber doch.

Swanson war das nicht entgangen. »Ja?«, fragte er. »Ist dir noch etwas eingefallen?«

»Weiß nicht.« Badger schüttelte den Kopf. »Vielleicht«, sagte er dann.

»Der kleinste Hinweis kann wichtig sein«, sagte Swanson. »Wenn du recht hast und dein Freund Meg nicht krank war, sondern vergiftet worden ist, dann solltest du mir alles erzählen, woran du dich erinnerst, Badger. Auch wenn es dir noch so unbedeutend vorkommt. Also – was ist dir eingefallen?«

»Da war was, was Meg gesagt hat, bevor er wegging. Er hat gesagt, wenn er nicht mehr zurückkäme, dann hätte der Geist ihn sich geschnappt.«

»Der Geist? Was kann er damit gemeint haben?«

Badger zuckte bloß wortlos mit den Schultern. Sein Gesicht war aschfahl geworden, und er sah jetzt noch trauriger aus als zu Anfang. Wahrscheinlich, dachte Swanson bei sich, setzte nun allmählich die Erkenntnis ein, seinen Freund für immer verloren zu haben.

»Du scheinst mir ein sehr tapferer kleiner Junge zu sein«, meinte Swanson, der sich fragte, wie viele Jungen in Badgers Alter wohl die Geduld und vor allem die Traute besessen hätten, dort in der Dunkelheit ganz allein auf jemanden zu warten, von dem sie nicht einmal wussten, ob er je wiederkommen würde.

»Ich bin nicht klein«, protestierte Badger.

Swanson lächelte. »Nein, natürlich nicht. Sag mal, wie alt bist du?«

Der Junge sah kurz zu Boden, dann blickte er wieder Swanson an. »Weiß nicht so genau«, sagte er dann.

»Verstehe.« Der Chief Inspector schätzte Badger auf neun oder zehn. Auch wenn er sich sicher war, dass der Junge kein richtiges Zuhause hatte, meinte er: »Deine Eltern werden sich schon Sorgen machen, Badger. Wir sollten dich heimbringen. Kennst du deine Adresse?«

»Klar kenn ich die.« Badger sah Swanson an, als habe der den Verstand verloren. »Und ich muss mal aufs Klo.«

»Oh, natürlich.« Swanson öffnete die Tür und rief draußen auf dem Gang nach Sergeant Wilson, der drei Sekunden darauf im Türrahmen erschien und wie ein Soldat die Hacken zusammenschlug.

»Ja, Sir?«

»Tun Sie mir den Gefallen und begleiten Sie den jungen Master Badger hier zur Toilette.«

»Mach ich, Sir.« Er wandte sich dem Jungen zu. »Na, dann komm mal mit, Bürschchen«, sagte er streng und ergriff ihn am Jackenärmel.

»Äh, Wilson?«

»Sir?«

»Es schadet nicht, ein bisschen freundlicher zu sein«, sagte Swanson und bemerkte zu seiner Freude, dass der Hauch eines Lächelns über Badgers ernstes junges Gesicht huschte.

»Nein, sicher nicht, Sir. Bitte entschuldigen Sie.«

»Und dann brühen Sie ihm einen Tee auf. Er sieht immer noch ganz durchgefroren aus.«

»Mach ich, Sir.« Wilson schlug wieder die Hacken zusammen, eine Angewohnheit, die noch aus seiner Armeezeit stammte und die ihm selbst Swanson in all den Jahren nicht hatte abgewöhnen können.

»Ach, und Wilson?«

»Ja, Sir?«

»Seien Sie so gut und gießen Sie einen Fingerbreit Gin hinein.«

»Ist das Ihr Ernst?«

»Wir sind bei Scotland Yard, Wilson«, entgegnete Swanson und strich augenzwinkernd seinen Schnurrbart glatt. »Wir machen keine Scherze.«

»Wie Sie wollen, Sir.«

»Aber nur einen kleinen Fingerbreit.«

»Sicher, Sir. Noch was, Sir?«

»Nein, gehen Sie nur.«

Der Sergeant versuchte statt des Ärmels nun die Hand

des Jungen zu nehmen, doch der entzog sie ihm. Jetzt war es an Swanson zu lächeln. Und für den Bruchteil einer Sekunde, ehe er von Wilson an der Schulter hinausgeführt wurde, trafen sich ihre Blicke. Später dachte Swanson noch oft darüber nach, ob er die Entschlossenheit in Badgers Augen möglicherweise hätte sehen müssen. In diesem kurzen Augenblick missdeutete er sie als Dankbarkeit. Dankbarkeit dafür, dass ein Scotland-Yard-Copper dem anderen Scotland-Yard-Copper endlich einmal gesagt hatte, wie man mit den Badgers dieser Welt umzugehen hatte.

Doch er irrte sich.

Derweil Wilson den Jungen zur Tür hinaus und auf den Flur führte, trat Swanson ans Fenster und öffnete es. Das Hufgeklapper der Pferdedroschken, die unter den alten Ulmen auf dem Embankment vorüberrasselten, und die vertrauten Geräusche des Flusses wehten mit der Morgenluft zu ihm herein: das Stampfen der Dampfmotoren, das immer lauter wurde, wenn die Boote und Kähne an ihren Anlegestellen festmachten, und die Rufe der Flussarbeiter, die sich die schweren Taue zuwarfen.

»Morgen, Sir!« Es war Sergeant Peter Phelps, der, in einen weiten Staubmantel gehüllt, froh gelaunt wie eine frische Sommerbrise ins Büro wehte, um seinen Frühdienst anzutreten. Er nahm seinen Bowler ab und warf ihn auf den Haken am Garderobenständer. Dann schloss er die Tür. »Gibt's was Neues?«

»Ein toter Junge in Covent Garden«, sagte Swanson. Er wandte sich um, blieb aber am Fenster stehen. »Wahrscheinlich natürliche Todesursache. Das meinte zumindest Dr. Boswell, der zuständige Polizeiarzt.«

»Was haben wir dann noch damit zu tun?« Phelps knöpfte seinen Mantel auf.

»Wir haben einen Freund des Toten hier, Phelps«, erklärte Swanson. »Einen kleinen Jungen. Und der ist steif und fest davon überzeugt, sein Freund sei ermordet worden.«

»Nun, Sir, wenn der kleine Junge nicht ebenfalls Arzt ist«, sagte Phelps mit einem schiefen Grinsen, »dann würde ich meinen, wir sollten uns zunächst an Dr. Boswells Einschätzung halten.« Er zog seinen Mantel aus und warf ihn über die Lehne des Stuhls, auf dem eben noch der junge Badger gesessen hatte.

»Ja«, sagte Swanson nachdenklich. »Ja, vielleicht.«

»*Verflucht! Sir?*« Das war Sergeant Wilsons Stimme. Sie klang aufgeregt, fast panisch, und kam draußen vom Gang. »*Sir!*«

Swanson schloss das Fenster, und im selben Moment wurde krachend die Tür aufgestoßen, und Wilson stürzte mit wirren Haaren ins Büro. »Großer Gott, Sir!«

»Was ist?«

»Der Junge«, sagte Wilson. »Es tut mir schrecklich leid, Sir. Ich fürchte, er ist weg.«

Das Fenster der kleinen Toilette ging auf den Hof hinaus. Und es stand offen.

»Verdammt!« Swanson schlug mit dem Handballen gegen die Wand. Er hätte es wissen müssen. Und hätte die Vernehmung im Erdgeschoss stattgefunden, er hätte auch sofort daran gedacht. Er lehnte sich aus dem Fenster. Links davon verlief an der Außenwand ein stabiles Abflussrohr. Daran war der Junge offenbar hinunter in den Hof geklettert. Ihm jetzt noch nachzulaufen, hatte keinerlei Sinn mehr. Badger war längst über alle Berge.

Swanson schloss das Fenster wieder und trat zu den Sergeants Phelps und Wilson hinaus auf den Gang.

»Es … es tut mir leid, Sir.« Betrübt blickte Wilson erst zu Swanson und dann zu Sergeant Phelps. »Ich habe vor der Tür gewartet und mit ihm geredet, aber …«

»Es ist nicht Ihre Schuld, Wilson«, sagte Swanson, dem der Kopf rauschte. »Ich hätte daran denken müssen.«

»Wer rechnet schon mit so was? Drei Stockwerke! Der Junge hätte sich den Hals brechen können.«

»Demnach wissen wir nicht mal, wo er lebt?«, fragte Phelps vorsichtig. »Höre ich das richtig heraus?«

»Das tun Sie, Phelps«, sagte Swanson mit einem tiefen Seufzer. »Das tun Sie.« Er rieb sich die Schläfen und starrte den Korridor hinunter. Dann sagte er nachdenklich: »Falls Charly Stedman feststellt, dass dieser tote Junge tatsächlich an einer ansteckenden Krankheit gestorben ist, müssen wir Himmel und Hölle in Bewegung setzen, um diesen Badger zu finden.«

»Dürfte keine einfache Sache werden, Sir«, meinte Phelps.

Und Wilson fragte: »Sie meinen, er hat sich vielleicht angesteckt?«

»Die Möglichkeit besteht. Allerdings warten wir erst mal Charly Stedmans Meinung ab.«

»Wenn der tote Junge krank war«, murmelte Wilson und starrte dabei angewidert seine Handflächen an, »dann war es dieser kleine Ausreißer sicher auch, Sir. Wir sollten uns untersuchen lassen.«

»Gehen Sie sich die Hände waschen, Wilson, und trinken Sie einen heißen Tee«, entgegnete Swanson. »Solange nicht sicher feststeht, dass er krank war, werden wir uns deswegen doch nicht verrückt machen, was?«

»Nein. Bestimmt nicht, Sir.« Der Sergeant lächelte gequält. Dann eilte er den Gang hinunter, um sich die Hände zu waschen.

»Was glauben Sie, weshalb er weggelaufen ist, Sir?«, fragte Phelps, als sie wieder zurück im Büro waren.

»Weggelaufen?« Swanson rieb sich die Stirn und schüttelte den Kopf. »Er ist nicht einfach bloß weggelaufen. Dieser Junge ist im dritten Stock aus dem Fenster geklettert. Ich glaube, er hatte schreckliche Angst.«

»Vor Ihnen, Sir?«

»Offensichtlich.«

Phelps schob die Unterlippe vor. »Und dabei sind Sie immer so nett zu Kindern«, sagte er.

»Möglicherweise fand er mich nicht nett.«

»Schwer zu glauben.« Phelps plumpste auf einen der Stühle.

Swanson kannte Kinder von Badgers Sorte. Die meisten von ihnen waren Waisen, deren Eltern entweder tot waren oder so arm, dass sie ihre Babys kurz nach der Entbindung an zwielichtige Geschäftsleute verkauft hatten. »Die Badgers dieser Welt haben eine natürlich Abneigung gegen die Polizei, Phelps. Ich fürchte, das ist die schlichte Wahrheit.«

ZWEITER TEIL

Der alte Specs

» Es ist absurd, die Menschen in gute und schlechte einzuteilen. Sie sind entweder amüsant oder langweilig. «

Oscar Wilde

KAPITEL 7

Billy Bob Badger rannte.

Sie konnten ihm so viel erzählen, wie sie wollten – die ganze Sache stank zum Himmel. Meg war nicht an irgendeiner Krankheit gestorben. Das konnten sie ihm nicht erzählen. Meg war mit irgendwas ermordet worden. Badger selbst war nach wie vor fest davon überzeugt, dass es Gift gewesen war.

Er betastete die Beule über seinem linken Auge, dort, wo er beim Herunterschlittern am Abflussrohr mit einem verfluchten Mauervorsprung zusammengestoßen war, und versuchte sich zu entspannen. Das Bett bei Mr Specs zog er jeder verdammten Zelle im Yard oder dem Waisenhaus vor. Es mochte hart sein, aber es war immerhin ein Bett. Und es war sicher. Die meisten Jungs, die er kannte, verbrachten ihre Nächte auf der Straße. Ihre Betten waren die zugigen Hauseingänge zwischen High Holborn und Saffron Hill oder die dreckigen Hinterhöfe am Fluss.

Es war bereits nach sieben am Abend, als Badger das schiefwinklige Haus am Saffron Hill erreichte, in dem er und die anderen Kinder beim alten Specs lebten.

Seit er heute Morgen aus dem Toilettenfenster geklettert und abgehauen war, hatte er sich versteckt gehalten. Die Coppers schienen an jeder Straßenecke zu stehen. Badger hatte angenommen, sie würden nach ihm suchen. Meg hatte ihn oft vor den Polypen gewarnt, wie gewitzt die waren und dass sie Bilder von flüchtigen Verbrechern zeichneten und sie überall in London verteilten. Also hatte er sich etwas Dreck ins Gesicht geschmiert, seine auffällige Jacke in ein Gebüsch am Themseufer gestopft, damit man ihn nicht gleich daran erkannte, und war auf vielen Umwegen nach Holborn und schließlich zurück zum Saffron Hill gelangt.

In Mr Specs' Haus war nichts so, wie es schien. Auf den ersten Blick wirkte es klein, eher winzig, mit zwei Fenstern nach vorn und einem Fenster nach hinten heraus. Eingeklemmt zwischen zwei wesentlich größeren Häusern, die auch nicht besser in Schuss waren, hockte es wie ein verängstigtes Tier in einer schmalen, namenlosen Seitengasse. Betrat man es durch die Vordertür, gelangte man in den Wohnraum. Darin stand nichts weiter als ein einzelner Tisch aus grobem Holz mit zwei wackeligen Stühlen. Vor den Fenstern hingen von Mäusen angenagte Vorhänge, und eine Wäscheleine spannte sich von einer Wand zur anderen. Bis auf ein kleines, hüfthohes Bücherregal, in dem eine Bibel und einige Ausgaben von Dickens standen, und einen verrosteten alten Ofen waren die Wände leer. Bilder gab es keine. Doch wie bereits gesagt, in Mr Specs' Haus war nichts so, wie es schien. Denn in Wahrheit war es voller geheimer Gänge. Die meisten dienten zur Flucht. Einer jedoch führte über eine Leiter hinter einer doppelten Holzwand zum Dachboden hinauf. Von dort aus musste man auf dem Bauch liegend unter den Bohlen bis zu einer geheimen Holzklappe kriechen, die den Zugang zu einem verborgenen Zimmer des Nachbarhauses versperrte.

Und diesen Weg nahm Billy Bob Badger jetzt.

Als er schließlich den versteckten Riegel zur Seite schob und auf Händen und Knien durch die Geheimklappe ins Hinterzimmer kroch, stand der alte Mann wie ein Mahnmal vor ihm.

»Wo kommst du her, Junge?«, fragte Mr Specs. Er war

ein fast glatzköpfiger, habichtdünner Mann mit einer langen, gebogenen Nase, auf deren Rücken ein schlichter Kneifer mit runden Brillengläsern thronte.

Seine Stimme war leise, aber ihr Klang so schneidend wie ein sehr dünnes Messer.

»Ich …«, war alles, was Badger hervorbrachte, ehe ihn die Ohrfeige traf.

Schützend nahm er die Arme hoch. Wenn Mr Specs wütend war, dann blieb es nicht bei einem Schlag, das wusste er schon.

»Ich red' mit dir, Junge!« Die dürre, sehnige Hand sauste abermals auf Badger herab, traf diesmal jedoch nur seinen linken Unterarm. Was treibst du dich seit gestern da draußen herum, du verdammter kleiner Nichtsnutz? Wo bist du die ganze Zeit gewesen?«

»Meg …«, sagte Badger rasch, als Mr Specs erneut ausholte. »Meg … er … er ist tot!« Er kniff die Augen zusammen und wartete auf den nächsten Schlag. Doch der kam nicht.

»Was?«, hauchte Mr Specs. Die Hand des Alten verharrte mitten in der Luft. Mit einem Mal schien alle Kraft aus ihr gewichen zu sein. Aus dem Augenwinkel sah Badger, dass sie sogar angefangen hatte zu zittern.

Im ersten Moment dachte er, Mr Specs würde gleich anfangen zu weinen. Auch wenn er sich das kaum vorstellen konnte, genauso sah Mr Specs aus, wie er so dastand, die Hand wie eingefroren mitten im Schlag. Und die Augen vor lauter Entsetzen ganz groß.

Badger kam es vor, als stünde Mr Specs eine ganze Ewigkeit so da. Doch dann sank die Hand ganz langsam herab, und der alte Mr Specs trat unsicher einen Schritt zurück.

»Was? Tot?«, fragte er. Seine Stimme klang heiser, fast wie das hohe knarrende Geräusch, das die Geheimklappe machte, wenn man hindurchkroch. Mr Specs sah auf einmal aus, als sei er um Jahre gealtert. Das wenige Haar an dessen Hinterkopf kam Badger nun viel weißer und dünner vor, und sein Gesicht sah aus, als habe es jemand genommen, wie eine alte Zeitung zusammengeknüllt und es ihm wieder über den Schädel gestülpt, als wäre es eine Maske.

Badger nickte stumm.

Mr Specs wischte sich mit seiner dünnen, faltigen Hand über den Mund und schluckte heftig. Sein ausgeprägter Adamsapfel fuhr in seinem dürren Hals auf und ab wie die schweren Lasten in den Lagerhallen am Tobacco Kai, wo die Schiffe aus Übersee ihre Ladung löschten. Badger ertappte sich dabei, wie er diesem Hoch und Runter mit schaudernder Faszination zusah und sich daran erinnert fühlte, wie jemand mit einem Messer von innen einen Leinensack aufschnitt.

»Wir war'n in Covent Garden«, sagte Badger schließlich. Er verfiel immer in diesen gewöhnlichen Straßenslang, wenn er mit Mr Specs sprach. Meg hatte mit Badger nie so gesprochen, aber er hatte ihm geraten, sich dem alten Mann anzupassen.

Rede mit ihm, wie er mit dir redet, hatte er stets gesagt. *Versuch niemals schlauer zu sein als der alte Specs. Wenn er spitzkriegt, dass du mehr in der Birne hast als er, kriegt er es mit der Angst. Und dann jagt er dich fort.*

Warum das so war, hatte Badger anfangs nicht recht verstanden. Aber einmal hatte er mitbekommen, wie Jones, der Junge mit dem Holzbein, Mr Specs ganz unschuldig gefragt hatte, ob die Pferdedroschken nicht

»Hansoms« statt »Hansons« hießen, wie der alte Specs es immer aussprach. Und da hatte er sich Jones gepackt, ihm mit wutverzerrtem Gesicht das Holzbein abgerissen und ihn damit halb totgeprügelt. Die Schreie hatte Badger noch immer im Ohr. Danach war der kleine Jones-Junge nur noch für Putzarbeiten und das Entleeren der Nachttöpfe gut gewesen. Bis er eines Tages plötzlich verschwunden war.

Badger hatte seine Lektion gelernt. Der kleine Jones indessen war seit einem Jahr tot. Das jedenfalls hatte Meg ihm erzählt, als der Junge nicht mehr wiedergekommen war.

Badger selbst hielt sich an der Hoffnung fest, der kleine dünne Jones sei bloß fortgerannt und habe irgendwo da draußen in der kalten Welt einen warmen Platz gefunden; bei Leuten, die ihn bei sich aufgenommen und ihn lieb hatten.

Niemand hat einen kleinen Kerl mit einem Holzbein lieb, hatte Meg gesagt, dann aber rasch hinzugefügt, es könne natürlich sein, dass Jones Glück gehabt hatte, pfiffig, wie er war.

»Covent Garden?« Mr Specs beugte sich zu Badger herunter. »Was habt ihr da verlorn gehabt, verflucht noch eins?«

»Meg hat mich mitgenommen«, sagte Badger und schluckte. »Ich weiß nich, was er da gewollt haben kann.«

»Das iss nich euer Revier da draußen. Da habt ihr nichs zu suchen.« Er streckte den Arm aus und deutete mit seinem knöchernen Zeigefinger auf den Fußboden. »Dass hier iss euer Revier. Und was anderes nich!«

»Meg hat nich gesagt, was er da will«, sagte Badger schnell.

»Und nu iss er tot?«

»Tot«, echote Badger, und ein Gefühl von eisiger Kälte kroch ihm von seinem Herzen aus in die Kehle. »Die Polypen war'n da.«

Mr Specs riss die Augen auf. »Die Coppers?«

»Die Coppers, ja.«

»Ham se dich mitgenommen?«

Wieder nickte Badger.

»Was ham se dich gefragt?« Mr Specs machte einen Schritt auf ihn zu, doch als er sah, wie Badger zusammenfuhr, blieb er stehen. »Ham se dich ausgefragt? Wo du her bist und so?«

»Ich hab nichts gesagt.«

»Aber gefragt ham se dich, oder was?«

»Ja, ham se«, gab Badger zögerlich und mit schwacher Stimme zu. »Ham mich gefragt, was ich mit Meg da gewollt hab.«

»Und, was habt ihr gewollt?«

»Hat Meg nich gesagt. Ehrlich nich.«

Mr Specs atmete tief und rasselnd ein. Dann nahm er seine runde Brille ab, putzte sie an einem Zipfel seiner Jacke und setzte sie wieder auf. Eine volle Minute stand er einfach nur da und blickte auf Badger herab. Dann fragte er: »Wo ham se ihn hingebracht?«

»Ins Krankenhaus«, vermutete Badger.

»Unsinn.« Mr Specs schüttelte unwirsch den Kopf. »Leichen bring' die nich ins Krankenhaus. Leichen wern untersucht und dann komm die ins Leichenschauhaus. In welches ham die die Leiche gebracht?«

Die Leiche ... Badger schluckte entsetzt. Für ihn war sein Freund Meg noch immer Meg. »Weiß ich nich«, antwortete er. »Wirklich nich.«

»Und du hast keinen Schimmer, was er da gewollt hat?«

»Nein, Sir. Mr Specs, Sir.«

»Ich finds schon noch raus«, zischte Specs und zog die Nase hoch. »Und wenn ich merke, du hast mich angekrückt, dann setzt es was, das versprech ich dir. Dann erlebste was, das wirste dein Lebtag nicht mehr vergessen.« Er wandte sich um.

»Ich sag die Wahrheit«, versicherte Badger abermals. »Ich hab keine Ahnung, was Meg da zu schaffen hatte. Aber da war was komisch ...«

Mr Specs' Kopf ruckte herum. »Komisch wars? Habt wohl mächtig gelacht, denk ich mir, wenn's so komisch war.«

»Seltsam wars«, verbesserte Badger sich kleinlaut. »Meg hat was Seltsames gesagt, als er ...« Ihm stiegen die Tränen in die Augen.

»Als er was?«

»Als er gestorben iss«, sagte Badger und wischte sich die Augen. »Als er da gelegen hat und das ganze Blut aus ihm rausgekommen iss.«

»Fang jetzt nur nich an zu flennen«, knurrte der alte Specs. »Raus damit! Was hat er gesagt?«

»Von den Seven-Dials-Jungens geredet hat er.«

»Seven Dials?« Mr Specs blickte ihn wütend an. Speichel rann ihm von den Lippen, und er wischte sich mit dem Ärmel über den Mund. »Was hat Meg mit den Seven-Dials-Jungens zu schaffen? Gar nichts! Hab ich nich immer gesagt, ihr sollt euch fernhalten von denen? Hab ich's gesagt? Hab ich, verflucht noch eins!« Seine runden Brillengläser schienen Funken zu sprühen.

»Ja«, sagte Badger kleinlaut. »Ja, Mr Specs.«

»Ihr wart nich in Covent Garden. Ihr wart in Seven Dials! Ich hab recht, nicht wahr?«

»Nein. Nein, warn wir nich«, jammerte Badger, als der alte Specs ausholte und ihn abermals schlug. »Bloß in Covent Garden warn wir! Meg hat nur davon geredet! Und was von 'nem Geist hat er gesagt.« Schützend hielt er sich beide Arme über den Kopf.

»Von 'nem Geist ...« Mr Specs ließ von ihm ab, kniff die Augen zusammen und drehte sich halb von ihm weg. »Geh ins Bett«, sagte er leise. Er machte eine flatternde Bewegung mit der Hand. »Geh mir aus den Augen, Junge. Ich muss nachdenken.«

New Scotland Yard, Whitehall

Chief Inspector Swanson hatte die wenigen Habseligkeiten des toten Jungen von der Covent Garden Piazza vor sich auf dem Schreibtisch ausgebreitet und starrte darauf.

Wären sie doch nur in der Lage, zu ihm zu sprechen.

Das dachte er häufig, wenn er es mit einem Mordfall zu tun hatte. All die stummen Zeugen, die dabei gewesen waren.

Aus dem Sammelsurium gewöhnlicher und äußerst minderwertiger Allerweltshabseligkeiten stach ein einziger Gegenstand hervor. Eine neue Pfeife aus edlem Holz.

Er hob sie hoch und betrachtete sie im Licht der Lampe.

Die Pfeife schien höchstens ein, zwei Mal angezündet worden zu sein und sah sehr kostbar aus. Kein Gegenstand, den man bei einem Jungen von der Straße vermuten würde. Sicherlich hatte er sie irgendwo gestohlen. Auf ehrlichem Wege war es einem Straßenjungen unmöglich, sie zu erwerben. Nach Swansons Schätzung würde sie selbst ihn einen Monatslohn kosten.

Der kleine Badger hatte darauf bestanden, sein Freund Meg habe sie als Bezahlung für etwas erhalten. Swanson hoffte, dass sich dieser Fall nicht zu einem zweiten Cleveland-Street-Skandal auswuchs. Damals im Sommer '89 waren unkeusche Vorgänge im Haus Nummer 19 Cleveland Street der Auslöser für einen der aufsehenerregendsten und unangenehmsten Skandale seit Menschengedenken gewesen.

Alles begann mit einem harmlosen Versehen. In der ersten Juliwoche war aus einem Zimmer des Londoner Hauptpostamtes in St. Martin's Le Grand eine kleinere Menge Geldes gestohlen worden. Die Beamten vor Ort verdächtigten fälschlicherweise den unterbezahlten fünfzehnjährigen Telegrafenboten Thomas Swincow und ordneten eine Leibesvisitation an. Die bei ihm gefundene Summe übertraf in der Tat die seiner normalen Einkünfte bei Weitem, doch der Junge versicherte glaubhaft, mit dem Diebstahl nichts zu tun zu haben. Seinen Angaben zufolge hatte er das Geld von einem Herrn namens Hammond in Cleveland Street erhalten – als Lohn für ein paar private Arbeiten gewissermaßen …

Im Verlauf der Vernehmungen offenbarte Swincow einige Details: Sein gleichaltriger Kollege Henry Newlove hatte ihn eines Tages gefragt, ob er nicht Lust auf ein paar rasch verdiente Scheine habe, und ihm jene Adresse in Cleveland Street genannt. Seither sei er in Nummer 19 einigen steifen Gentlemen zur Hand gegangen und habe ihre Hüftleiden geheilt.

Swansons Kollegen, die gegen Ende des Verhörs vor lauter Unbehagen immer unruhiger auf ihren Stühlen herumrutschten, erfuhren zuletzt zwei weitere Namen: George Wright und Charles Thickbroom, beides Jungen von siebzehn Jahren.

Der von ihnen informierte Chief Inspector Fred Abberline fuhr umgehend in die Cleveland Street, um dort den unsittlichen Kuppler Hammond und dessen Faktotum Newlove zu verhaften. Doch er fand lediglich Letzteren vor; Charles Hammond, der eigentliche Drahtzieher des Männerbordells, war ihm entkommen. Obwohl sich Newlove bei seiner Festnahme darüber beschwerte, dass man ihn bestrafe, während hoch angesehene Parlamentsmitglieder ungeschoren davonkämen, wurden die vier Jungen wegen widernatürlicher sexueller Handlungen mit erwachsenen Männern vor dem Magistrates' Court angeklagt. In der Folge nahm sich die Presse – allen voran William Stead, Herausgeber der Pall Mall Gazette – der Jungen an und brachte prominente Namen ans Licht. Häufige Kunden des übel beleumdeten Hauses waren beispielsweise Lord Arthur Somerset und der Earl of Euston gewesen. Unbestätigten Gerüchten zufolge sollte auch Albert Victor, der Duke of Clarence und schwerhöriger Enkel Victorias, die Dienste der Lustknaben in Anspruch genommen haben. Vor Gericht behauptete Euston, er habe das Haus für ein Frauenbordell gehalten und es deshalb aufgesucht; man widerlegte seine Behauptung, und er wurde zu einem Jahr Haft verurteilt. Somerset besaß nicht den Mut, sich einer Verhandlung zu stellen, und floh ins Exil nach Frankreich.

Swanson konnte nur hoffen, dass die Geschäfte, von denen der Junge vor seinem Tod zu seinem Freund Badger gesprochen hatte, nichts mit dieser ekelhaften Art von Diensten zu tun hatten. Swanson hingegen fiel nichts

Sittliches ein, was die Bezahlung mit einer solch hochwertigen Pfeife rechtfertigen mochte.

Er versuchte, die Gedanken daran fürs Erste zu verdrängen, verstaute die letzten irdischen Besitztümer des Jungen in einer Schachtel und bat Sergeant Wilson, sie runter zu Stedman zu bringen. Möglicherweise konnte der etwas daraus machen. Die Wissenschaft schritt schließlich stetig schneller voran.

Dann zog Swanson sich sein Jackett über und machte sich auf den Weg zum Commissioner.

KAPITEL 8

Tief im Bauch des Norman-Shaw-Gebäudes arbeitete jener Fachbereich der Metropolitan Police, dessen Sinn und Zweck nur die wenigsten Beamten des Yard verstanden – die forensische Abteilung. Die meisten hielten die feuchten Gewölbe, in denen die Sergeants Stedman, Collins und Hunt bei Tag und Nacht ihren Dienst versahen, für ein kurioses Überbleibsel längst vergangener Alchemistentage. Doch es gab Ausnahmen. Zwei von ihnen waren Detective Sergeant Peter Phelps und Chief Inspector Swanson.

Während der Chief Inspector die Sergeants Penwood und Wilson nach Covent Garden entsandt hatte, um in Erfahrung zu bringen, ob irgendjemand in der vergangenen Nacht rund um den Tatort Beobachtungen gemacht hatte, die ihnen wenigstens einen Anhaltspunkt geben könnten, hatte er Peter Phelps hinunter in die ungeliebten Gewölbe der Forensik geschickt. Sie lagen noch ein Stockwerk unter dem Kriminalmuseum und entbehrten jeder Art von Komfort. Nicht einmal Gelder für Uhren hatte das Innenministerium jenen Beamten zugestanden, die dort bei schlechtem Licht und noch schlechterer Luft ihre hochmodernen und oftmals unorthodoxen Arbeiten verrichteten.

Swanson selbst hatte sich zu Fuß auf den Weg zum Polizeirevier in der Bow Street gemacht. Vielleicht, so dachte er, war ja einem der dort in der Gegend patrouillierenden Constables etwas Ungewöhnliches aufgefallen.

Ein parfümiertes Taschentuch auf Mund und Nase gepresst, trat Sergeant Phelps ein und schloss die schwere

Tür hinter sich. Doch der penetrante Geruch von Salmiakgeist und der süßliche Gestank des Todes ließen sich kaum übertünchen.

Collins und Hunt waren nirgends zu sehen. An einer Werkbank der Tür gleich gegenüber stand Detective Sergeant Charles H. Stedman, eine Pipette in der Hand, und träufelte gerade etwas Säure auf eine Probe, die er zwischen zwei Pinzetten eingeklemmt hatte.

Phelps räusperte sich, um auf sich aufmerksam zu machen, und Stedman wandte sich zu ihm um.

»Ah, wie schön, Besuch – Tee?« Und er deutete auf einen schmierigen Erlenmeyerkolben, der auf einem Bunsenbrenner stand und in dem eine grünliche Flüssigkeit vor sich hinköchelte.

Phelps ignorierte das Angebot geflissentlich und sagte stattdessen: »Chief Inspector Swanson schickt mich. Er möchte wissen, wie weit Sie mit der Untersuchung des Jungen aus Covent Garden sind.«

»Das hier sind all seine Habseligkeiten«, sagte Stedman. Auf dem Tisch lagen ein Stück Seife, ein Kamm, ein zusammengefaltetes Halstuch, ein kleiner Lederbeutel und zwei Pfeifen – die eine alt, abgenutzt und aus Ton, die andere makellos und aus edlem Holz angefertigt. Sie schien neu und teuer gewesen zu sein.

»Viel hat er nicht besessen«, sagte Phelps.

»Nein. Im Geldbeutel sind nur ein paar Viertelpennies.«

Phelps leckte den Bleistift an und vermerkte alles in seinem Notizbuch. »Können Sie uns schon sagen, woran der Junge gelitten hat?«

»Ich kann Ihnen zumindest sagen, woran er nicht gelitten hat«, antwortete Stedman. »Ich hatte nämlich einen Arzt vom Gesundheitsamt hier, mit dem ich die

Obduktion durchgeführt habe. Nun – die Vermutung des Polizeiarztes hat sich nicht bewahrheitet. Der Junge hatte weder die Tuberkulose noch eine geplatzte Aorta.« Er ging zu einer Emailleschale hinüber, die auf der Werkbank zwischen all den Messingapparaten stand. Er nahm eine Pinzette auf und deutete damit auf etwas, das Phelps zunächst für einen großen grauen Schwamm hielt. »Sehen Sie her, Sergeant. Das hier ist seine Lunge.« Stedman hob den grauen Schwamm heraus und schnitt mit einem Skalpell eine Scheibe davon ab.

Phelps, der aus Erfahrung wusste, dass in diesen Gewölben alles geschehen konnte, erwartete schon, Stedman würde das Stückchen Lunge nehmen und es zum Anbraten in eine Pfanne mit Butter werfen. Vorsorglich hielt er sich die Hand vor den Mund und schielte nach dem Besuchereimer, in den er sich bei einem anderen Fall schon einmal erbrochen hatte. Er war fast ein wenig erstaunt, als Stedman das Stück lediglich in eine weitere flache Schale legte, ihm eine große Lupe reichte, das Skalpell aus der Hand legte und mit dem Zeigefinger auf mehrere hellrote Bereiche deutete.

»Die Lunge ist stark eingeblutet«, erklärte Stedman. »Die Frage ist nur, warum?« Er griff wieder nach dem Skalpell. »Sehen Sie her«, fuhr er fort, nahm es in die rechte Hand und ritzte zu Phelps Entsetzen damit seinen linken Daumen an. Ein dicker Bluttropfen quoll aus der kleinen Wunde. Stedman ließ ihn auf einen gläsernen Objektträger fallen. Dann nahm er eine Art Haarnadel in die andere Hand und wartete.

Phelps zog die Mundwinkel herunter. »Was nun?«

»Haben Sie einen Augenblick Geduld, Phelps.« Stedman schob sich die Lupenbrille, die er bislang auf der

Stirn getragen hatte, auf die Nase und beugte sich über den Objektträger. »Blut gerinnt nach einiger Zeit«, erklärte er. »Es verklebt und bildet eine feste Masse. Hätte es diese Eigenschaft nicht, würden Wunden, die einem Menschen zugefügt werden, nicht verheilen. Das Blut würde einfach immer weiter aus der Wunde fließen. Und am Ende würde dieser Mensch verbluten.« Er stocherte in dem Blutstropfen herum, um zu zeigen, dass er nun allmählich fester wurde.

Phelps nickte. »Verstehe. Aber worauf wollen Sie hinaus?«

»Sehen Sie sich jetzt einmal diese Blutprobe an. Sie stammt von dem verstorbenen Jungen.« Stedman nahm einen weiteren Objektträger und träufelte aus einer Pipette etwas Blut darauf. »Gleich werden Sie den Unterschied erkennen.« Stedman fummelte seine Taschenuhr hervor und hielt sie dem Sergeant hin. »Warten wir ein, zwei Minuten.«

Die beiden Männer schwiegen, während die Sekunden und Minuten vertickten. Schließlich steckte Stedman die Taschenuhr wieder ein, nahm abermals die Nadel zur Hand und stocherte nun in dem zweiten Blutstropfen herum. Er war nach wie vor flüssig und ließ sich verwischen.

»Das Blut gerinnt nicht«, stellte Phelps verblüfft fest. »Liegt das daran, dass es von einem Toten stammt?«

»Nein.«

»Und woran liegt es dann?«

»Das ist das Dumme«, sagte Stedman. »Ich weiß es noch nicht.«

Während der Mond durch das kleine glaslose Loch von einem Fenster hereinschien und die anderen Jungen neben ihm schnarchten oder sich unruhig und im Schlaf zuckend in ihren einfachen Betten wälzten, dachte Badger darüber nach, was mit seinem Freund Meg geschehen sein konnte und was die Nachricht bedeutete, die Mr Specs am Abend geschrieben hatte, ehe er das Haus verließ.

Dieser Polyp mit dem Schnurrbart glaubte, Meg sei krank gewesen, aber das stimmte nicht. Meg war so gesund gewesen wie immer.

Badger verstand bestimmt nicht viel von Medizin und solchen Sachen wie Krankheiten und Ärzten, aber er verstand eine Menge vom Leben. Und er konnte sich seinen Reim auf die Dinge machen, weil er logisch dachte. Das hatte er von Meg gelernt.

Meg war ganz und gar gesund gewesen, als er ihn, Badger, mit nach Covent Garden genommen hatte. Er war erst krank geworden, als er von diesem Treffen zurückgekommen war.

Badger starrte an die rissige graue Decke und versuchte sich vorzustellen, warum.

Denk nach, Badger, denk ganz genau nach, hörte er Megs Stimme in seinem Kopf flüstern. *Was ist geschehen? Was ist da mit mir passiert? Und was habe ich zu dir gesagt?*

»Du hast so viel gesagt, Meg«, flüsterte Badger, und ein Gefühl der Hoffnungslosigkeit machte sich in seiner Brust breit wie eisiger Nebel. »O Meg, du hast immer so viel gesagt. Das kann ich mir nicht alles merken.«

Klar kannst du das!

»Nein, dazu bin ich zu klein!«, entfuhr es ihm eine Spur zu laut.

Pipps, der jüngste von Mr Specs' Schützlingen, ein

sechsjähriger knochendünner, rothaariger Bursche, der im Bett neben ihm lag, hörte auf zu schnarchen, rollte sich grunzend auf die Seite und stützte den Kopf auf die Hand. »Hä?« Verschlafen blickte er Badger an. »Iss es schon Zeit?«

»Pssst«, machte Badger. Er hielt sich den Zeigefinger an die Lippen. »Schlaf weiter, Pipps. Hast bloß schlecht geträumt.«

Er wartete, bis Pipps sich wieder in seine dünne Decke gewickelt hatte und er das leise, gleichmäßige Atmen des Schlafes vernahm. Dann fuhr er fort, sich Gedanken um seinen Freund Meg zu machen. Seinen toten Freund Meg, dessen Stimme sich in seinen Gedanken so echt anhörte, als säße er hier auf Badgers Bettkante.

Du musst zu den Jungs von Seven Dials gehen, Badger.

»Das kann nicht dein Ernst sein«, flüsterte Badger. Er hielt sich die Hand wie eine Muschel vor den Mund, während er sprach. »Du hast mir immer wieder gesagt, ich solle mich fernhalten von denen. Du hast gesagt, die sind gefährlich.«

Du weißt, ich bin da auch oft gewesen.

»Aber immer ohne mich. Ich kenn die Jungs nicht.«

Die sind nicht ungefährlich, hörte er Megs Stimme sagen, während er hinaus in den Nachthimmel blickte. *Trotzdem musst du hingehen. Das hab ich dir gesagt.*

All diese Gedanken nagten an ihm mit ihren Rattenzähnen. Und da war noch etwas, was ihn beschäftigte: der alte Specs.

Er war merkwürdig gewesen, noch merkwürdiger als sonst, nachdem Badger den Geist erwähnt hatte. Und etwas im Blick des alten Mannes hatte Badger mit Grauen erfüllt. Er vermochte nicht genau zu sagen, was es gewesen war, aber er hatte dieses ungute Bauchgefühl bekommen, und es ließ ihn einfach nicht mehr los.

Er rollte sich auf die Seite. Der Mond stand hoch am Himmel, in der oberen linken Ecke des Fensters.

Mr Specs hatte sich nach unten ins Haus verzogen, sobald er Badger ins Bett geschickt hatte. Doch der war ihm heimlich gefolgt. Eingeklemmt in dem engen Hohlraum zwischen Wand und Holztäfelung hatte Badger den alten Mann durch einen Spalt zwischen den Brettern beobachtet.

Specs hatte einige Bogen Papier aus dem Regal gezogen und mit Bleistift eine Nachricht darauf geschrieben. Dann hatte er sie in einen Umschlag gesteckt und damit das Haus verlassen.

Kaum war er fort, war Badger aus seinem Versteck gekrochen und zum Tisch geschlichen, auf dem die losen Blätter lagen.

Nur Minz und Maunz, Specs' räudige alte Katzen, hockten wie übergroße Ratten am Boden und blinzelten ihn aus ihren grünen Augen böse an.

Rasch nahm er den Bleistift zur Hand und strich flach damit über den Papierbogen, auf den Specs die Nachricht geschrieben hatte. Wie so vieles hatte Meg ihn auch das gelehrt.

Nach kurzer Zeit lag eine Kopie der Nachricht vor ihm.

Sie las sich wie folgt: *51 Hay's Mews, Berkeley Square*

Er hatte weder einen blassen Schimmer, was die Notiz bedeutete, noch, wo diese Straße lag. Er wusste nur, der alte Mann hatte sie in Eile geschrieben, weil Badger ihm erzählt hatte, wie Meg zu Tode gekommen war.

Im Schlafraum war es nun mucksmäuschenstill. Sogar der dürre Pipps war wieder friedlich eingeschlafen und hatte zu schnarchen aufgehört. Seine Augenlider zuckten im Traum.

Badger schlug die Decke zur Seite, schlüpfte in seine Kleider und schlich auf Zehenspitzen aus dem Schlafraum, kletterte die Leiter hinunter und öffnete die Vordertür.

Als er in die sternklare Nacht hinaustrat, schlug irgendwo eine Kirchturmuhr die elfte Stunde.

9 Tite Street, Chelsea

Zur selben Zeit saß Frederick Greenland in einem schaukelnden Hansom, eine grobe graue Decke auf den Beinen, und befand sich auf dem Weg nach Chelsea. Mit Oscar Wilde hatte er ausgemacht, ihn abzuholen. Die Droschke bog um die Straßenecke, passierte eine Gruppe von zerlumpt aussehenden Kindern, die – sah man einmal von der späten Stunde ab – allein ihrer Kleider wegen in einer feinen Gegend wie Chelsea wie Fremdkörper wirkten, und kam unweit von Wildes Haus auf der gegenüberliegenden Straßenseite zum Stehen.

Frederick wusste gleich, dass etwas nicht stimmte.

Wilde stand, seinen Spazierstock und ein Paar Lederhandschuhe in der Hand, vor der Treppe seines Hauses und stritt sich gestikulierend mit einem gedrungen aussehenden Mann mit Glatze.

Frederick hielt dem Kutscher eine Pfundnote hin und bat ihn zu warten. Dann überquerte er schnellen Schrittes die Straße.

»Tun Sie das, Kendon«, hörte er Wilde sagen. »Solch

ein Angebot dürfen Sie sich nicht entgehen lassen. Sechzig Pfund! Ich würde es selbst tun, nur fehlt mir die Zeit.«

Der Mann, der Kendon hieß, machte daraufhin einen wütenden Satz auf Wilde zu und versuchte mit beiden Händen den Pelzkragen seiner Überjacke zu greifen.

Wilde hingegen war schneller. »Mein lieber Freund und Kupferstecher«, sagte er, und der Knauf seines Spazierstocks sauste erbarmungslos auf die Finger des Mannes herab. »Das würde ich an Ihrer Stelle lieber bleiben lassen, Kendon. Sie wollen sich doch nicht unglücklich machen, junger Mann.«

»Das werden Sie noch bereuen«, krächzte der Mann und rieb sich die schmerzende rechte Hand. »Das verspreche ich Ihnen.«

»Seien Sie nicht töricht, Kendon. Die einzigen Dinge im Leben, die es sich überhaupt zu bereuen lohnt, sind die Dinge, die man aus Feigheit unterlassen hat. Also versprechen Sie mir nichts, was Sie nicht auch halten können, denn ich unterlasse kaum etwas und finde allmählich sogar Vergnügen an der Klopferei.«

Der Mann wich einen Schritt zurück.

»Lassen Sie augenblicklich diesen Gentleman in Frieden!«, rief Frederick. »Andernfalls rufe ich nach der Polizei.«

»Sieh einer an, noch so ein süßer warmer Fratz«, sagte Kendon mit einem öligen Grinsen und spie vor Frederick aus.

Der hielt dem Kerl drohend den Zeigefinger unter die Nase. Er vermochte nicht zu sagen, was ihn wütender machte – das rüpelhafte Verhalten Wilde gegenüber oder dass dieser Kendon ihn als Homosexuellen bezeichnet hatte. »Gehen Sie!«, sagte er. »Noch ein Wort, Mann, und ich vergesse mich.«

»Ruhig Blut, Freddy«, sagte Wilde, trat zwischen die beiden Männer und hielt sie auf Abstand. »Ich bin mir sicher, der gute Kendon wird uns nicht länger belästigen. In Wahrheit sind wir nämlich dicke Freunde, nicht wahr?« Und er gab ihm mit seinen Handschuhen einen Klaps auf die rechte Wange.

»Ich komme wieder, *Mister* Oscar Wilde«, knurrte Kendon.

»Dessen bin ich mir sicher«, meinte Wilde. Er deutete eine Verbeugung an und sah zu, wie Kendon davonstapfte; mitten durch die Gruppe der Kinder, die lachend auseinanderstoben und in alle Himmelsrichtungen davonrannten.

»Was zum Teufel wollte der Kerl von Ihnen?«, fragte Frederick.

»O, er hat mich wegen eines Briefes erpresst, der kleine Schleicher«, sagte Wilde leichthin. »Jemand hat ihm wohl sechzig Pfund dafür geboten, wie er meinte, aber er wäre unserer alten Freundschaft wegen so freundlich gewesen, ihn mir für die gleiche Summe zu überlassen.«

»Sechzig Pfund für einen einfachen Brief?«

»Nun, Sie kennen ja meine Gesinnung, Freddy.« Wilde stützte sich nonchalant auf seinen Stock. »Manchmal bin ich in meinem Überschwang wohl eine Spur poetischer, als es gut für mich wäre.«

»Was haben Sie dem Kerl gesagt?«

»Ich riet ihm, sofort zu verkaufen«, antwortete Wilde. »Wäre ich an seiner Stelle, ich würde das Geld nehmen. Mir hat man niemals eine solche Summe für etwas gegeben, das ich geschrieben habe.«

Frederick lachte. »Sie sind anders als jeder, den ich kenne.«

»Selbstredend bin ich anders. Ich bin immer anders. Es ist ohnehin die einzige Möglichkeit zu leben: sich aus der Masse zu bewegen. Das Gewöhnliche ist dermaßen ordinär, dass es zu Recht vergessen wird. Das andere, das Besondere, ist das Einzige, was bleibt.«

»Denken Sie das wirklich? Denn ich fürchte, eines Tages werden Sie die Quittung dafür bekommen. Macht Ihnen das keine Angst?«

»Angst? Nein.« Er schüttelte den Kopf. »Wir leben in einer aufgeklärten, modernen Welt. Die Menschen, dessen bin ich mir sicher, werden lernen, mit der Andersartigkeit ihrer Mitbürger umzugehen. Nehmen Sie nur die vegetarische Idee. Auch sie wurde anfangs als widernatürlich verachtet. Der Dichter Shelley war ein früher Verfechter des Vegetarismus. Und nun hängen selbst G. B. Shaw und Tolstoi ihm an. Eines Tages, mein lieber Frederick, entschloss sich irgendjemand, fortan nur noch Gemüse und Bananen zu essen, obgleich er einen köstlich gewürzten Braten sicherlich ebenso zu genießen wusste, einfach weil er sich dafür entschied. Bei mir ist es nichts anderes. In meinem Fall sind natürlich die Frauen der Braten.«

»Ich staune nur, wie Sie trotz allem immer noch Ihren Humor behalten, Oscar.«

»Humor«, sagte Wilde, »kann bisweilen eine sehr ernste Angelegenheit sein, Freddy. Und nun kommen Sie, ich werde mir doch von einem Taugenichts wie Kendon nicht diese herrliche Nacht verderben lassen.«

KAPITEL 9

Billy Bob Badger hatte einen Verdacht.

Und er hatte einen Plan.

Meg mochte tot sein, und Meg mochte vergessen werden von dieser Welt, weil er nichts getan hatte, was es wert gewesen war, in der Times abgedruckt zu werden. Aber Meg würde nicht einfach so von der Erdoberfläche verschwinden. Dafür würde er, Badger, schon sorgen. Er würde herausbekommen, weshalb sein bester Freund hatte sterben müssen. Und er würde dafür sorgen, dass derjenige, der das getan hatte, dafür bezahlte.

Denn Billy Bob Badger war sich einer Tatsache sehr sicher: Meg war nicht an irgendeiner schlimmen Krankheit gestorben. Meg war gestorben, weil er diesen Mann getroffen hatte, von dem immer wieder die Rede gewesen war. Der musste ihm ein Gift verabreicht haben, oder eine Spritze. Irgendetwas, was Meg dazu gebracht hatte, sein ganzes Blut auf die Straße zu spucken.

Vielleicht konnte er tatsächlich etwas herausfinden, wenn er sich bei den Jungs im Viertel von Seven Dials umhörte. Und er könnte ganz sicher etwas herausfinden, wenn er sich den Polizisten an die Fersen heftete. Letzteres würde nicht ganz so einfach zu bewerkstelligen sein, dachte er, aber es würde schon klappen – irgendwie. Immerhin hatte Meg ihm und den anderen Jungs immer wieder gepredigt, wie wichtig es war, sich unsichtbar machen zu können, wenn man an Informationen heranwollte. Und darin, auch das hatte Meg ihnen stets lang und breit erklärt, waren Kinder einfach die Besten, denn sie erregten keinen Verdacht, weil kaum jemand auf sie achtete. Gut, manchmal wurde man von den Erwachsenen verjagt, aber das war nicht schlimm. Man schlich sich eben einfach wieder hin. Und wieder, und wieder.

»Ihr müsst wie die Tauben auf dem Trafalgar Square sein«, hatte Meg ihnen erklärt, und es hatte jedes Mal geklungen, als spräche er von einer weit entfernten exotischen Welt. »Wenn die euch wegschicken, flattert ihr einfach wieder zurück.«

Meg war der Größte darin gewesen, wie die Tauben zu sein.

Wie oft war Badger mit ihm draußen auf dem Markt von Covent Garden unterwegs gewesen oder unten zwischen Holborn und dem Gewimmel der Fleet Street, wo die meisten Londoner Zeitungen ihre Büros hatten. Dort waren sowieso alle dermaßen beschäftigt, dass sie einen nicht bemerkten, und Badger hatte Meg dabei zugesehen, wie der sich angeschlichen und – na ja, eben das getan hatte, was zu tun war.

Bei den Zeitungsleuten musste man vorsichtig sein. Die hatten ihre Augen überall. Versuchen konnte man es bei denen eigentlich nur, wenn sie sich im Bells Pub trafen und schwatzend an der Theke standen. Meg hatte immer einen Heidenrespekt vor ihnen gehabt.

Heidenrespekt – das Wort hatte er sowieso immer benutzt, wenn er was von jemandem hielt.

Die Toffs ließen sich am leichtesten beklauen. Die Toffs, das waren Gentlemen in Anzügen und mit Zylinderhüten auf dem Kopf. Wie in Bewegung geratene Statuen sahen sie aus mit ihren steifen Rücken und den erhobenen Köpfen. Sie staksten zwischen den anderen Menschen herum, als wateten sie durch hüfthohen klebrigen Schlamm und bemerkten eigentlich nie, wenn ihnen dieser Schlamm die

Taschenuhren und Geldbeutel aus den teuren Mänteln und Westen zog.

Wie das zu bewerkstelligen war, hatten sie bei Mr Specs gelernt. Es war eine harte Schule gewesen.

Das, was sie bei ihren Streifzügen durch London erbeuteten, wurde bei Mr Specs abgegeben. Dafür bot er ihnen ein warmes Bett und zwei Mahlzeiten am Tag. Das war kein schlechtes Geschäft. Die meisten Kinder, die ohne Eltern aufwuchsen, kamen ins Waisenhaus oder lebten auf der Straße. Das konnte im Frühling und Sommer ganz gut sein, aber im Winter war es die Hölle.

Badger selbst hatte noch nie zuvor einen Toten gesehen – Meg war der Erste gewesen, und das hatte so unwirklich ausgesehen, so falsch, dass er es bis jetzt noch nicht richtig begriffen hatte. In dem einen Moment hatte er noch mit ihm gesprochen, und im anderen hatte Meg in dieser riesigen Lache aus Blut gelegen und war nicht mehr Meg gewesen. Bloß noch eine leere Hülle, die nichts mehr von seinem Freund gehabt hatte. Aber Meg hatte Badger von den toten Kindern erzählt, die der Winterwind mit sich fortgenommen hatte. Von den kalten, weißen Körpern, die zusammengekauert in den Hauseingängen und Hinterhöfen lagen, weil der eisige Wind ihnen alle Wärme und damit das Leben ausgesaugt hatte. »Weggeweht«, wie Meg sagte. »Die meisten haben ihre Augen geschlossen«, hatte er ihm erzählt. »Die meisten, aber nicht alle«, hatte er gesagt. »Sie merken gar nicht, wie sie immer mehr sterben, bis es zu spät ist. Sie werden müde, und manche ziehen sich in der Kälte sogar noch die Hemden und Hosen aus, weil sie sich einbilden, es könne gar nicht so kalt sein in der Welt. Sie wissen nicht mehr, was kalt und was warm ist, so sehr frieren sie. Und dann schlafen sie ein. Für immer.«

Badger, der in mancher Nacht vor Kälte zitternd in seinem Bett in Mr Specs' Unterkunft am Saffron Hill gelegen und sich in seine klamme dünne Decke gekuschelt hatte, konnte das kaum glauben. Denn die Kälte hielt ihn immer wach. »Ich kann doch nicht schlafen, wenn es so kalt ist«, hatte er damals zu Meg gesagt. Und der hatte ihn nur traurig und wissend angesehen und gesagt: »Das ist eine Kälte, Badger, die du noch nie erlebt hast. Und wenn du sie erlebst, dann erlebst du sie doch nicht, denn dann bist du tot.«

Meg hatte Badger erzählt, dass er im Winter das Waisenhaus und auch das Bett in Mr Specs' Haus jedem anderen Ort auf der Welt vorzog. »Versuche niemals im Winter draußen zu schlafen, Badger. Merk dir das. Das geht nicht gut. Jedenfalls nicht lange.«

»Du hast gesagt, ›aber nicht alle‹, Meg«, hatte Badger entsetzt gehaucht. Und wie so oft hatte Meg so viel geredet, dass er gar nicht mehr wusste, was Badger meinte.

»Was?«

»Du hast gesagt, die meisten hätten die Augen geschlossen«, hatte Badger gesagt. »Die meisten, aber nicht alle. Warum haben manche die Augen offen, Meg?«

»Weil der Tod schneller ist als ein Gedanke«, hatte Meg gesagt. »Weil ihnen manchmal die Zeit fehlt, sie noch zu schließen. Sie frieren einfach ein und sind tot, noch ehe sie es überhaupt merken.«

»Das ist furchtbar.«

»Ich weiß, Badger. Deswegen erzähle ich es dir ja. Und deswegen musst du dich kümmern, hörst du? Lange vor dem Winter. Denn irgendwann bist du zu alt für Mr Specs. Irgendwann ist die Zeit gekommen, da liegt ein anderer Junge in deinem Bett. Und Decken sind im Winter Mangelware. Du musst aufpassen, dass du Land gewinnst, bevor jemand anderes deine Decke bekommt.«

»Warum?«, hatte Badger gefragt. Denn auch wenn Mr Specs manchmal grob und ungerecht zu ihnen war, so kümmerte er sich die meiste Zeit über doch sehr um sie. Er sorgte dafür, dass sie alle etwas von ihm lernten, er gab ihnen zu essen und ein Bett. »Warum sollte Mr Specs mein Bett jemand anderem geben?«

»Weil du zu alt geworden bist, Badger.«

»Zu alt? Das verstehe ich nicht. Was hat das Alter damit zu tun?«

Meg hatte die Augen verdreht und sich die Haare gerauft. »Weißt du, weshalb Mr Specs nur Kinder bei sich aufnimmt?«

»Weil sie nicht so viel essen?«

»Das auch«, hatte Meg geantwortet. »Aber es gibt noch einen anderen Grund. Kannst du ihn dir nicht denken?«

Badger hatte sich das Hirn zermartert. Hatte überlegt, welchen Grund Mr Specs wohl dafür hatte, einen Haufen Kinder, aber keine Erwachsenen bei sich aufzunehmen. Er konnte noch so lange darüber nachdenken, er fand den Grund nicht. Die einzigen beiden Gedanken, die ihm halbwegs vernünftig vorkamen, waren das Essen und weil die Betten zu klein waren für Erwachsene. Und das sagte er Meg auch.

»Ich will dir verraten, warum«, hatte Meg gesagt und dann eine lange Pause gemacht. Badger starrte ihn an, abwartend. Er sah in Megs ernstes Gesicht, in das sich beinahe so etwas wie Traurigkeit geschlichen hatte. Auf alle Fälle lag ein dunkler Schatten darauf. Und auch wenn Meg es sich nicht anmerken lassen wollte, so hatte Badger doch den Eindruck, Megs Augen hätten sich mit Tränen gefüllt.

»Warum, Meg? Nun sag schon.«

»Weil Kinder nicht auffallen. Das ist der Grund, weshalb der alte Specs sie bei sich aufnimmt. Sie können für ihn klauen oder ganz einfach jemanden für ihn belauschen, ohne dass einer was bemerkt. Niemand beachtet sie.«

»Belauschen? Was soll ihm das bringen?«

»Na, er will an Geheimnisse kommen.«

»Und was will der alte Specs damit?«

»Du bist mir vielleicht ein naiver Tropf, Badger«, hatte Meg lachend gesagt, den Kopf geschüttelt und Badger durch die Haare gewuschelt. »Die Leute erpressen natürlich! Jedenfalls – irgendwann bist du zu alt dafür. Dann musst du sehen, dass du weggehst, ehe Specs dich verjagt.«

Meg hatte in letzter Zeit häufig davon gesprochen, weggehen zu müssen. Badger war dann jedes Mal ganz kalt ums Herz geworden. Allein die Vorstellung, Meg könne ihn verlassen und er müsse sich dann ganz allein in dieser Welt zurechtfinden, erfüllte ihn mit Furcht.

»Du kannst nicht einfach so weggehen, Meg«, hatte er gesagt. »Ohne dich komme ich doch nicht zurecht.«

»Dann musst du eben lernen, alleine zurechtzukommen, Badger«, hatte Meg gesagt, ihm die Hand in den Nacken gelegt, ein bisschen zugedrückt und gelacht.

Und nun war Meg wirklich einfach so fortgegangen, doch auf eine ganz andere Weise, als er, und sicher auch Meg, sich das immer vorgestellt hatten. Auf eine ganz und gar schreckliche Weise. Und er hatte wieder diesen Satz gesagt.

Badger biss die Zähne ganz fest zusammen, bis die

Muskeln seines Kiefers zu schmerzen anfingen, und ballte die Hände in seinen Hosentaschen zu Fäusten.

Dann musst du eben lernen, alleine zurechtzukommen, Badger.

Jetzt war es so weit. Ab jetzt würde er alleine zurechtkommen müssen. Und er würde es für seinen Freund Meg tun.

Er überquerte die Straße hinter einem dahinschaukelnden Hansom Cab und ging mit hochgeschlagenem Kragen die Südseite der High Holborn in Richtung Westen. Es wehte ein milder, beinahe warmer Wind, und dennoch fröstelte ihn.

Warum, dachte er bei sich, ist es nur so verdammt schwierig, die Erinnerungen festzuhalten? Er hatte in den letzten Stunden nichts anderes getan, als an Meg zu denken. Und dennoch – das wurde ihm gerade in dem Moment bewusst, als sein rechter Fuß den Gehsteig der anderen Seite berührte – fiel es ihm schwer, sich genau an Megs Gesichtszüge zu erinnern. Da war ein Bild. Aber es wurde aus irgendeinem Grund immer blasser und unschärfer, je mehr er sich anstrengte, sich daran zu erinnern.

Ein Satz, den Meg einmal gesagt hatte, kam ihm plötzlich und ungefragt in den Sinn: »Die Welt wird größer und größer, wenn jemand stirbt, den du lieb hattest, Badger.«

Badger hatte das damals seltsam gefunden. Es kam ihm völlig widersinnig vor. Warum sollte die Welt größer werden, wenn man jemanden verlor? Er hätte gedacht, dass sie eher kleiner würde. Denn wenn man von einer Sache etwas wegnahm, musste sie doch kleiner werden, oder nicht? Wenn man einen Laib Brot vor sich hatte, und jemand stahl einem die Hälfte, so blieb viel weniger für einen selbst.

Er hatte Meg gefragt, wie er das meine. Hatte ihm gesagt, dass er das für den größten Unsinn hielte, den er je gehört hatte. Aber Meg hatte nur geantwortet: »Du wirst schon sehen, wie es ist.«

Badger, der vor Meg noch niemals jemanden verloren hatte, den er lieb gehabt hatte, oder sich wenigstens nicht daran erinnern konnte, wie es war, wenn man einen lieben Menschen für immer verlor, hatte das einfach nicht verstanden. Es war doch gut, wenn etwas größer wurde. Und wie konnte es gut sein, wenn jemand, den man lieb hatte, starb?

Jetzt, während er durch den anbrechenden Tag in Richtung Westen ging, wurde es ihm schlagartig klar.

Die Welt wird größer und größer, wenn jemand stirbt, den du lieb hattest, Badger, hörte er Megs immer fröhliche Stimme in seinem Kopf sagen.

Und da verstand er es.

Natürlich wurde die Welt größer, wenn jemand starb. Aber nur deshalb, weil sie mit einem Mal viel leerer wurde.

Dann war er da.

Casket Lane.

Ein Ort, an den er sich allein nicht einmal im Traum gewagt hätte. Doch Meg hatte es so gewollt.

Badger atmete tief ein, straffte seinen Rücken und bog in die nach Abfall stinkende, unbeleuchtete Gasse ab, die zur Brauerei führte.

DRITTER TEIL

Seven Dials

» *Die Frauen haben einen wunderbaren Instinkt für die Dinge. Sie bemerken alles – mit Ausnahme des Offensichtlichen.* «

Oscar Wilde

KAPITEL 10

Die Jungs saßen mit verschränkten Beinen auf den Fässern und nuckelten an ihren Pfeifen, als Badger den Hinterhof der kleinen Brauerei in der Casket Lane erreichte.

Das Kopfsteinpflaster glänzte vom Regen. Die Gesichter der Burschen – der Jüngste vielleicht zehn und der Älteste höchstens vierzehn Jahre alt – erschienen ihm wie die uralter Richter; voller Lebenserfahrung, die trotz der fehlenden Jahre tiefe Furchen hineingeritzt hatte.

Mit versteinerten Mienen sahen sie ihn an, als er um die Ecke bog. Und mit versteinerten Mienen starrten sie ihn an, als er sich vor sie hinstellte und sich überlegte, was er als Erstes sagen sollte.

Ihm wurde ganz flau im Magen. Meg hatte sich bestimmt stets weltmännisch gegeben, wenn er hierherkam. Hatte sich gegeben wie ein Diplomat oder Politiker, wenn er mit ihnen sprach.

Badger jedoch hatte kaum den Mut, den Mund aufzumachen. Sein Hals fühlte sich trocken an, und seine Beine, die an den Knien merklich zitterten, schienen ihm sagen zu wollen: »Hau bloß ab hier, Badger. Sieh zu, dass du Land gewinnst. Du hast hier nichts verloren. Die hauen dich zu Brei, wenn du nicht Reißaus nimmst.«

Badger versuchte, sich seine Angst nicht anmerken zu lassen. Er hatte eine Aufgabe. Und sie würde ohne die Jungs nicht ordentlich funktionieren. Er brauchte ihre Hilfe. Er würde sie bitten müssen, ihn zu unterstützen. Selbst auf die Gefahr hin, dass sie ihn auslachten, oder noch schlimmer, ihn vertrimmten und halb tot in der Gosse liegen lassen würden.

»Hallo«, sagte er. Seine Stimme klang vor lauter Aufregung viel zu hoch, das bemerkte er selbst. Er klang nicht halb so weltmännisch wie Meg. »Ich bin Billy. Meine Freunde nennen mich Badger.«

»Wir sind aber nicht deine Freunde, bartloser Billy«, sagte der älteste Junge, der, der auf dem obersten Fass hockte. Und die anderen brachen in höhnisches Gekicher aus.

Es verstummte jedoch abrupt, als der Junge oben auf dem Fass eine rasche Handbewegung machte. Er schwang elegant die langen dünnen Beine vom Fass und sprang zu ihm auf die Straße herunter. Langsam ging der große dünne Junge auf Badger zu. Wenige Zentimeter vor ihm blieb er stehen. Der große dünne Junge verschränkte die Hände hinter seinem Rücken und beugte sich so weit zu Badger herunter, dass sich ihre Nasen beinahe berührten. Dann entblößte er eine Reihe brauner Zahnstummel und fragte: »Glaubst du an Gott, bartloser Billy?«

Badger fragte sich, was Meg wohl in einer solchen Situation getan hätte. Hatte Meg an Gott geglaubt? Die Antwort lautete: Nein, das hatte er nicht. Er sah den Jungen vor sich an, und auch die anderen, die im Halbschatten saßen und nichts weiter taten, als darauf zu warten, was ihr Anführer ihnen vorgab. »Wenn du Angst hast, Badger«, hatte Meg oft zu ihm gesagt, »dann darfst du dir das auf keinen Fall anmerken lassen. Auf keinen Fall! Hörst du? Wenn du es dir anmerken lässt, hast du schon verloren.« Das gab ihm ein gutes Gefühl.

Meg mochte tot sein, Meg mochte gestorben sein, aber all sein Wissen war noch immer in dieser Welt.

Badger stemmte die Hände in die Hüften und sagte mit fester Stimme: »Ich bin Realist. Einen Gott gibt es nicht. Darwin hat das bewiesen«, fügte er hinzu.

Das schien den großen Jungen zu verunsichern. Er sah Badger an, als habe er ein Wort benutzt, das er noch nie zuvor gehört hatte. »Darwin. So, so. Bist ein richtiger Schlaumeier, wie?«, fragte er.

»Ehrlich bin ich«, antwortete Badger. »Nichts weiter.« Und tief drinnen spürte er, wie Meg ihm auf die Schulter klopfte. *Genau,* hörte er ihn flüstern. *Lass dir kein X für ein U vormachen. Das sind nur die Jungens aus Seven Dials.* Und Badger würde sich kein X für ein U vormachen lassen. Dazu hatte er zu viel von Meg gelernt. »Und du kommst mir vor wie ein Feigling. Nicht mal deinen Namen zu sagen traust du dich.«

»Ho! Ho! Hör sich das einer an«, sagte der große dünne Junge mit Spott in der Stimme. »Da ist aber einer mal ganz mutig.«

Die anderen Jungs auf den Fässern lachten.

»Und?«, fragte Badger. »Wie heißt du?«

»Für dich bin ich *Gott,* bartloser Billy.«

»Und ich bin hier«, begann Badger, »um etwas mit dir zu besprechen.«

Der Junge, der sich Gott nannte, straffte seine Schultern, doch Badger bemerkte das leichte, unsichere Zucken um die Mundwinkel des Gottes mit den braunen Zähnen. Er hob beide Arme.

Für Badger sah er wie ein Pfarrer aus, der sich anschickte, seine Gemeinde zu segnen. Dann schnippte er mit den Fingern, und zwei der Jungs, die oben auf den Bierfässern gesessen hatten, sprangen herunter.

Sie stellten sich rechts und links vor dem großen Jungen

auf, verschränkten ihre Finger, wölbten die Handflächen nach außen und ließen ihre Knöchel knacken. Ein schreckliches Geräusch. Laut und drohend klang es in Badgers Ohren.

Übertriebenes Gehabe ist immer ein Zeichen von Schwäche, hörte er Meg irgendwo in seinem Hinterkopf sagen. *Die Jungs verstecken sich dahinter, um einem Angst zu machen. Aber ich kann dir was sagen, Badger: Wer wirklich mutig ist, braucht keine großen Gesten.*

»Ich will bloß ein paar Informationen haben«, sagte Badger, der sich nach wie vor unbedeutend und klein vorkam und sich fragte, was er hier überhaupt machte. Allein der Gedanke an Meg, an all das Blut auf dem feuchten Pflaster und daran, was er zuletzt zu ihm gesagt hatte, verlieh ihm den Mut, nicht einfach davonzulaufen.

»Sieh an«, sagte Gott. »Er will etwas von uns.« Gott lachte. Und die beiden Jungs, die zu seiner Rechten und Linken gestanden und ihre Knöchel hatten knacken lassen, grinsten Badger mit einer Mischung aus Boshaftigkeit und Schadenfreude an.

»Jungens, die was wollen«, fuhr Gott fort, »die kriegen was auf die Bollen.«

Badger, der keine Ahnung hatte, was das Wort *Bollen* bedeutete, machte instinktiv einen Schritt rückwärts. Schon der Klang des Wortes sprach von Prügel.

Badger hob die Hände, die Handflächen vorgestreckt. »Ich möchte keinen Ärger mit euch Jungs«, sagte er schnell und mit so fester Stimme, wie es ihm in diesem Moment eben möglich war.

Den Ärger hast du schon.

Die Antwort war in seinem Kopf, noch ehe die beiden Knöchelknacker auf ihn zusprangen, ihn bei den Handgelenken packten und ihm die Arme auf den Rücken drehten.

»Den Ärger hast du schon«, sagte der vierzehnjährige Gott mit den braunen Zähnen, und es klang wie ein Echo seiner eigenen Gedanken. »Du kommst hier raus zu uns und quasselst uns voll.« Langsam ging er auf Badger zu, die Arme ausgebreitet, als wolle er ihn umarmen. »Du hast ja keine Ahnung, mit wem du es zu tun hast, du kleiner Hosenscheißer.«

Badger keuchte. Verzweifelt versuchte er, sich aus dem unbarmherzigen Griff der beiden anderen Jungs zu befreien.

Gott blieb vor Badger stehen.

»Na, wo sind deine mutigen Worte jetzt?« Mit spöttischem Blick sah er ihn an. Dann rammte er Badger unvermittelt erst die linke Faust in den Bauch und schlug ihm anschließend mit der rechten mitten ins Gesicht.

Badger stöhnte auf. Der erste Schlag in den Magen raubte ihm für Sekunden den Atem, der zweite brach ihm die Nase.

KAPITEL 11

50 Berkeley Square,
eine halbe Stunde vor Mitternacht

Oscar Wilde bezahlte den Fahrer. Und während die Droschke kehrt machte und holpernd den Square in Richtung Fitzmaurice Place hinunterfuhr, stiegen Frederick und Wilde bereits die fünf breiten Marmorstufen hinauf, über die man zur Haustür gelangte. Zwei flackernde elektrische Lampen, die rechts und links der Haustür angebracht waren, warfen ihr künstliches Licht auf den Gehsteig und die Stufen und ließen schillernde Lichtreflexe verspielt auf den polierten Steinplatten blitzen.

Wilde zog den Klingeldraht und wartete.

So standen sie vielleicht eine Minute schweigsam nebeneinander, bis sie von drinnen das eilige Klack-Klack harter Lackschuhe vernahmen. Die Tür wurde nach innen geöffnet, und ein hagerer älterer Herr erschien mit strengem Blick auf der Schwelle. Sein Haar war licht, auf der linken Seite sorgfältig gescheitelt und an den Koteletten, die fast bis auf das gekerbte Kinn hinabreichten, ergraut.

»Sie wünschen, Gentlemen?« Seine Stimme war die eines lebenslangen Butlers; unaufdringlich und von einem warmen, vollen Klang. Im Gegensatz zu Fredericks eigenem Butler, Morton, verzog dieser hier seinen Mund zu einem Lächeln.

»Das, mein Guter, ist Mr Greenland. Und ich bin Oscar Wilde, der berühmte Dichter«, stellte Wilde sie mit einer übertriebenen Verbeugung vor. »Wenn Sie also die Liebenswürdigkeit besäßen, uns bei Madam Balshaw zur Séance anzumelden; sie erwartet uns.«

Für einen kurzen Moment glaubte Frederick, ein alarmiertes Aufblitzen in den Augen des Butlers zu erkennen, dann aber lächelte er freundlich, nickte ihnen zu und forderte sie mit einer schlichten Handbewegung auf, einzutreten. In der Halle ließ er sie stehen und entschwand schnellen Schrittes durch eine dem Eingang gegenüberliegende Tür, die er hinter sich ins Schloss fallen ließ.

»Ihre Madam Balshaw muss mächtig viel Geld mit ihrem Hokuspokus verdienen«, flüsterte Frederick.

Wilde nickte nachdenklich und sah ihn mit gewölbter Augenbraue an. »Warum, in Gottes Namen, flüstern Sie, Freddy?«, fragte er.

»So große Räume erinnern mich immer an Museen mit ihren Echos«, antwortete er. »Man hat mich gelehrt, in Bibliotheken und Museen leise zu sprechen. Außerdem bin ich in eben so einem Haus aufgewachsen. Ich weiß nicht, ob ich es Ihnen irgendwann einmal erzählt habe, aber in meinem Elternhaus flüsterten alle. Und meine kleine Schwester sprach überhaupt nicht. Es war ein totes Haus, wie dieses hier. Nur mein Vater sprach manchmal etwas lauter.«

»Es war ein totes Haus?«, fragte Wilde. »Was meinen Sie damit?«

»Ich weiß es selbst nicht so genau«, erwiderte Frederick. »Was ist ein totes Haus? Nun, eines ohne Leben, würde ich sagen. Es ist nur so ein Gefühl, das man hat, wenn man solch ein Haus betritt. Von außen erscheint es einem lebendig, im Innern aber …« Er schauderte.

»Was Sie meinen, das ist ein leeres Haus«, sagte Wilde.

»Nicht unbedingt, Oscar«, entgegnete er. »In so mancher

verlassenen Burgruine steckt mehr Leben als in einem toten Haus.«

»So, so.«

»Lassen Sie es mich anders ausdrücken«, sagte Frederick. »In solchen Häusern schlägt kein Herz, wenn Sie verstehen, was ich meine. Das Einzige, was dort schlägt, ist vielleicht eine schwermütige Standuhr, die ebenfalls tot ist und die übrige Zeit nichts weiter von sich gibt als ein beständiges Ticken.« Resigniert zuckte er mit den Schultern. »Es ist eben bloß ein unbestimmtes Gefühl. Und wer kann schon von sich behaupten, er könne ein Gefühl in Worte fassen?«

Wilde schien es vorzuziehen, nicht weiter darauf einzugehen.

Die Tür, durch die der Butler sie verlassen hatte, wurde geöffnet, unverzüglich wieder geschlossen, und ein kräftiger dunkelhaariger Mann Mitte dreißig trat ihnen lächelnd entgegen. Er trug einen Smoking, und, wie Frederick bemerkte, am kleinen Finger seiner linken Hand funkelte ein goldener Brillantring wie erstarrtes Feuer. »Guten Abend, Gentlemen«, sagte er, und Frederick fiel auf, dass auch er seine Stimme zu einem Flüstern gesenkt hatte. »Ich bin Victor Balshaw. Ich hörte, Sie wollen zu meiner Schwester.«

»Ganz recht, Mr Balshaw«, sagte Wilde in äußerst liebenswürdigem Ton. »Wir brennen geradezu darauf, an der heutigen Séance teilzunehmen. Ist Conan Doyle schon da?«

»Er ist vor wenigen Minuten eingetroffen«, entgegnete Balshaw. »Nur – es gibt da ein Problem, Gentlemen.«

»Ein Problem?« Wildes Lächeln gefror. »Welcher Art?«

»Sie, Mr Wilde sind angemeldet. Ihr Begleiter hingegen –« Sein Blick ruhte auf Frederick. »Ich fürchte, er wird an der Séance heute Nacht leider nicht teilnehmen können.«

»Warum nicht?«

»Es ist schlicht unmöglich, Mr Wilde.«

»Unmöglich ist ein großes Wort. Es klingt immer so schrecklich ausweglos«, sagte Wilde. »Und in der Regel wird es völlig grundlos benutzt, besonders dann, wenn man ihm das kleine Wörtchen ›schlicht‹ voranstellt. Ich würde gern den Grund dafür erfahren.«

»Der Grund, Sir, ist: Wir verfügen nur über eine begrenzte Anzahl an Plätzen am Tisch. Und da Ihr Begleiter nicht angemeldet war …« Er zuckte entschuldigend die Achseln.

»Ich bin ohnehin etwas müde«, wandte Frederick lahm ein. »Abgesehen davon glaube ich nicht an die Existenz von Geistern«, setzte er hinzu. »Ich bin nur hier, weil Mr Wilde mich dazu überredet hat.«

»Mein guter Mann«, sagte Wilde, ohne auf Fredericks Worte zu achten, und legte Balshaw eine Hand auf den Oberarm. »Ungewöhnliche Umstände bedürfen ungewöhnlicher Lösungen. Es dürfte wohl keine Schwierigkeiten machen, für meinen lieben hochgeschätzten Freund Mr Greenland ganz einfach einen weiteren Stuhl dazuzustellen, nicht wahr?«

»So einfach ist das nicht, Mr Wilde.«

»Na, na, ich kann mir nicht denken, dass Sie es wahrhaftig vorziehen, mir nicht nur das Geld zurückzuzahlen, das ich bereits für das Vergnügen, Ihre Schwester zu sehen, gezahlt habe, sondern außerdem all den wenig schmeichelhaften Klatsch hören wollen, den ich schwatzhafter böser Kerl bloß wegen eines fehlenden Stuhls bei den nächsten Abendgesellschaften verbreiten könnte.«

»Oscar, ich bitte Sie«, sagte Frederick, dem das Ganze unendlich peinlich war. »Ich werde mir eine Droschke zurück nach Bloomsbury nehmen und vielleicht ein andermal wiederkommen.«

»Papperlapapp.« Wilde fuchtelte mit den Händen. »Sie werden nichts dergleichen tun. Ich habe nicht einen ganzen Abend lang umsonst auf Sie eingeredet. Mit Stuhl oder ohne, Freddy – Sie kommen mit.« Er wandte sich wieder dem Bruder des Mediums zu. »Ein Schemel langt auch. Sie sehen ja, wie pflegeleicht mein Freund Mr Greenland ist. Sie werden gar nicht bemerken, dass er überhaupt da ist.«

Und damit schob er Frederick an Victor Balshaw vorbei gänzlich in die Eingangshalle hinein.

Chief Inspector Donald Swanson saß in der Küche seines Hauses in Kennington am Tisch und schob mit der Gabel das kalte Fleisch auf dem Teller herum. Er hatte keinerlei Appetit. Selbst an dem Glas Porter, das Annie ihm zum Essen eingeschenkt hatte, war er nicht interessiert. Gott sei's gedankt war er allein, denn Annie war bereits vor einer Stunde zu Bett gegangen. Um nichts in der Welt wollte er ihr das Gefühl geben, er wüsste ihr liebevolles Umsorgen nicht zu schätzen. Er würde das Fleisch in eine Seite der Times einwickeln und es morgen früh ins Büro mitnehmen. Das Bier würde er einfach wieder verkorken und in den Vorratskeller zurückbringen.

Er seufzte, legte die Gabel neben den Teller und stützte das Kinn in seine Hände.

Heute hatte er versagt.

Der einzige Mensch, von dem er glaubte, er könne, womöglich ohne es selbst zu ahnen, etwas Licht ins Dunkel bringen, war unauffindbar. Auch war es Charly Stedman noch nicht gelungen, festzustellen, woran der Junge von Covent Garden gestorben war. Nur eine ansteckende Krankheit wollte er definitiv ausschließen.

Am Nachmittag hatte Swanson dem Commissioner Bericht erstattet. Edward Bradford, ein Mann, der sich dem Chief Inspector für gewöhnlich sehr gewogen zeigte, hatte angedeutet, dass er es für wenig sinnvoll hielt, den Tod eines Straßenjungen als Mordfall zu führen und die kostbare Zeit der Kriminalabteilung zu vergeuden, solange nicht eindeutig feststand, dass überhaupt ein Mord verübt worden war. Swanson hatte ihm erklärt, das Gegenteil sei der Fall. Solange die Todesumstände nicht explizit auf eine bestimmte Krankheit zurückzuführen seien, würde er alles in seiner Macht Stehende tun müssen, um Informationen herbeizuschaffen. Und dazu waren nun mal Dutzende von Beamten notwendig. Ganz gleich, was es kostete. Und ganz gleich, ob der Tote nun ein Straßenjunge war oder ein reicher Geschäftsmann.

Commissioner Bradford hatte schließlich eingelenkt und hinzugefügt: »Wenn Sie binnen achtundvierzig Stunden nichts vorzuweisen haben, was eine Mordermittlung rechtfertigt, legen Sie den Fall zu den Akten. Achtundvierzig Stunden, Swanson. Mehr kann ich Ihnen beim besten Willen nicht geben. Sie wissen, wie zappelig der verdammte Innenminister ist. Bevor er uns einen Penny gibt, trägt er ihn in den Palast, um ihn der Königin zum Polieren vorzulegen. Er sitzt auf den Geldern wie eine Henne auf ihren Eiern.«

Achtundvierzig Stunden.

Swanson hatte geschluckt und genickt. Commissioner Bradford war ein aufrechter und ehrenwerter Mann, für den Herkunft und Stand eines Menschen keinen Unterschied machten, das war Swanson bewusst. Er kannte ihn seit Jahrzehnten und noch aus der Zeit, als Bradford ein einfacher Sergeant in Hendon gewesen war. Das, was er über den reichen Geschäftsmann gesagt hatte, tat Swanson jetzt leid. Er würde sich beizeiten beim Commissioner für diesen Fauxpas entschuldigen müssen.

Achtundvierzig Stunden.

Swanson rieb sich die müden Augen. Es hatte keinen Zweck, länger hier sitzen zu bleiben. Und an Schlaf war ohnehin nicht zu denken. Den würde er nicht finden, solange die Gedanken an den Jungen, den er heute Morgen hatte davonlaufen lassen, ihn verrückt machten. Er schob den Stuhl zurück. Und nachdem er Annie eine Nachricht auf den Küchentisch gelegt und das kalte Fleisch in zwei Lagen Zeitungspapier eingewickelt hatte, zog er sich seinen Mantel an und verließ das Haus.

Kennington war keine Gegend, in der es an jeder Straßenecke einen Droschkenstand gab. Er würde wohl eine Weile laufen müssen, ehe er einen Hansom fand, der ihn zum Yard nach Whitehall bringen würde.

Dunkelheit und Schmerzen.

Als Badger wieder zu Bewusstsein kam, fühlte sich sein Gesicht an, als sei er mit dem Kopf unter die Räder eines Pferdefuhrwerks geraten, als sei es eine einzige blutige Masse. Seine Nase und auch seine Augen waren geschwollen und pochten vor Schmerz.

Er lag auf dem Boden, auf Stroh, wie er glaubte, denn

etwas Raues stach ihm in den Nacken. Wo war er hier? Und wie zum Teufel war er hierhergekommen? Das Letzte, woran er sich erinnerte, war die Gasse, die zum Hof der Brauerei in Seven Dials führte.

Mühsam rappelte er sich hoch, bis er auf den Knien hockte, mühte sich ab, die blutverschmierten Augenlider zu öffnen, versuchte zu schauen, wo er sich befand. Doch nur das linke Auge ließ sich überhaupt einen Spaltbreit öffnen; dennoch konnte er nichts von seiner Umgebung erkennen. Es musste stockfinster sein. Oder aber er war plötzlich blind geworden.

Eisiges Entsetzen durchfuhr ihn. Konnte das sein? Konnte es sein, dass er blind war? Konnte es sein, dass er nie wieder würde sehen können? Er hob beide Hände und betastete vorsichtig Augen und Nase. Sie kamen ihm riesenhaft vergrößert vor, und seine Nase war beinahe ganz verschwunden. Zwischen Wangen und Augen ertastete er dort, wo bislang seine Nase gewesen war, nichts weiter als eine leichte Erhebung.

Das Knarren einer Tür. Dann flackerndes grelles Licht und knirschende Schritte. Das metallische Klappern einer stinkenden Petroleumlampe.

Wenigstens sah Badger das Licht. Er konnte sein Augenlicht also nicht ganz verloren haben.

»Du willst uns das Geschäft kaputt machen«, hörte er den großen Jungen sagen, der ihn geschlagen hatte.

»Lass mich in Ruhe«, jammerte Badger. Er rutschte rückwärts. Doch halb blind, wie er war, konnte er nichts gegen den Jungen vor sich ausrichten. Alles, was er sah, war die verschwommene dürre Gestalt, die sich gegen die am Boden stehende Petroleumlampe abzeichnete. »Ich weiß nichts von euren Geschäften.«

»Was hast du mit dem Geist zu schaffen?«, fragte der Junge, der sich Gott genannt hatte.

»Ich weiß auch nichts von einem Geist.« Er hatte die Worte kaum ausgesprochen, da traf ihn auch schon ein Tritt in die Seite. Stöhnend fiel Badger auf den Rücken. »Ich hab wirklich keine Ahnung, was du meinst.«

»Red keinen Unsinn, du kleine verschissene Ratte«, zischte eine andere Stimme. Sie kam von irgendwo hinter dem Lampenlicht. Ganz deutlich erkannte Badger darin die Stimme eines Mannes, wenngleich der sich auch Mühe gab, in einem leisen und hohen Tonfall zu sprechen. »Was hat dein toter Freund mit dem Geist zu schaffen gehabt?«

»Meg?«

»Meg, ja«, flüsterte die Stimme. »Du weißt sehr genau, was er von dem Geist wollte.«

»Das weiß ich nicht«, sagte Badger, und abermals traf ihn der Schuh in die Seite. Die andere diesmal.

»Rede!«

Badger wusste nicht, was dieser fremde Mann und die Jungs von ihm wollten. Er war doch nur hierhergekommen, um selbst etwas zu erfahren und weil Meg gesagt hatte, er solle sie warnen. Er nahm den Arm vors Gesicht und wischte sich mit dem Jackenärmel über das linke Auge, um besser sehen zu können. Sofort durchzuckte wieder dieser entsetzliche pulsierende Schmerz sein Gesicht.

»Rede, habe ich gesagt!« Badger sah, wie der Mann langsam hinter dem Licht hervortrat. Er war dünn und groß, und für einen winzigen Moment glaubte Badger dessen riesige runde Augen aufblitzen zu sehen, als würde Feuer in ihnen lodern, wie in denen der Dämonen in den Penny Dreadfuls, die Meg ihm manchmal vorgelesen hatte. Dicht vor ihm blieb der Mann stehen, ein einziger dürrer Schatten, der bedrohlich vor ihm aufragte. Der Mann schien eine Hand in die Hosentasche zu stecken, und als er sie wieder hervorzog, hielt er ein Messer darin. Die Klinge blitzte ebenso hell, wie es zuvor dessen Augen getan hatten. »Rede, oder es wird dir übel bekommen«, sagte der Mann.

Und da erkannte Badger, warum die Augen des Mannes aufgeleuchtet hatten und er mit dieser seltsam verstellten Stimme sprach.

Der Mann war haarlos, dünn und alt. Und er trug eine Brille.

Und diese Brille gehörte Mr Specs.

KAPITEL 12

50 Berkeley Square, Mayfair

Der Raum, in den man sie geführt hatte, ein verhältnismäßig kleines Zimmer im ersten Stockwerk, war abgedunkelt. Lediglich zwei schwache Gaslampen an den gegenüberliegenden Wänden verbreiteten ihr schwaches Licht. Die Mitte des Raums wurde von einem großen runden Mahagonitisch beherrscht, um den sieben Stühle standen; sechs davon mit niedrigen Lehnen.

»Bitte nehmen Sie Platz, meine Herrschaften«, sagte Victor Balshaw. Seine Stimme klang übertrieben salbungsvoll, wie Frederick fand. Er hatte sich auf dieses Spektakel, von dem er sich rein gar nichts versprach, überhaupt nur um Conan Doyles und Oscars willen eingelassen. Die beiden schienen das Ganze mit einer gewissen Ehrfurcht zu betrachten, wobei Frederick in Wildes Fall nicht sicher war, ob die nicht auch gespielt sein mochte. Er selbst kam sich wegen der Szene unten in der Halle wie das fünfte Rad am Wagen vor. Zwar hatte Victor Balshaw letzten Endes eingelenkt, aber er hatte keinen Zweifel daran gelassen, was er von Fredericks Anwesenheit hielt.

Außer Frederick, Conan Doyle und Oscar Wilde waren drei weitere Personen anwesend.

Ein älterer Gentleman mit eisengrauem Haar und Backenbart, der sich ihnen als Sir William Orping vorgestellt hatte; neben ihm, und damit Frederick gegenüber, saß eine elegant gekleidete Dame namens Olivia van Bergen. Sie war extra für diese Séance vom Kontinent her angereist. Frederick schätzte sie auf Ende fünfzig.

Der Sechste im Bunde war ein hellblonder, gut aussehender junger Mann. Er sprach mit schwedischem Akzent. Seinen Namen hatte er nicht genannt.

Ein mit kunstvollen Schnitzereien verzierter Stuhl mit hoher Lehne war frei geblieben. Dort, so nahm Frederick wenigstens an, würde das Medium sitzen. Er war gespannt, wie Madam Balshaw aussehen würde. Seine Vorstellung von einem Medium war recht vage und wenig schmeichelhaft: eine knochige alte Jungfer, in bunte, wallende Tücher gewickelt und das Haar zu einem hohen Turm auftoupiert. Wer mit den Toten in Verbindung stand, mutmaßte er, der müsse selbst bereits an den Grenzen zum Totenreich wandeln.

Ein Stapel weißer Kärtchen lag zwischen einer brennenden Kerze auf einem Teller und einem Schälchen aus Bronze auf Madam Balshaws Platz. Jeder der Anwesenden – Frederick eingeschlossen – hatte auf Victor Balshaws Geheiß seinen Namen auf eines davon geschrieben. Mehr, so hatte er ihnen erklärt, müsse seine Schwester nicht wissen, um sich bei ihren Voraussagen nicht von Titeln oder vornehmen Adressen ablenken zu lassen. Ehe er hinausgegangen war, hatte er die illustre Gruppe nachdrücklich daran erinnert, wie fragil das Band zwischen dieser Welt und dem Jenseits sei – unter keinen Umständen dürfe gesprochen werden, es sei denn, Madam Balshaw würde es ausdrücklich verlangen.

Dann hatte er sie mit sich und ihren Gedanken allein gelassen.

Während der nächsten Minuten herrschte Stille. Allein das Kohlegaslicht an den Wänden flackerte und zischte.

Allesamt saßen sie schweigend da, blickten mit gesenkten Köpfen auf ihre Hände oder starrten gedankenverloren die stuckverzierte Zimmerdecke an.

Schließlich wurde eine Tür in der Wandtäfelung geöffnet, und eine junge Frau betrat gemächlichen Schrittes den Raum.

Das musste Madam Balshaw, das Medium, sein.

Ihr Gesicht wurde von einem schwarzen Schleier verhüllt, der ihr bis weit über die Schultern und den Rücken hing. Sie trug ein hochgeschlossenes Kleid gleicher Farbe, das Frederick an die Trauerkleider der guten alten Königin erinnerte. Nur eines war anders: Miss Balshaw war mindestens einen Kopf größer als die Königin, und sie hatte eindeutig die bessere Figur.

Womöglich trug sie Trauer, um den Anlass ihres Hierseins noch einmal zu unterstreichen. Immerhin waren sie im Begriff, die Toten anzurufen.

Madam Balshaw setzte sich, derweil ihr Bruder ihr den Stuhl zurechtrückte. Dann nahm sie den Schleier ab und ließ ihn zu Boden gleiten. Ein vollkommeneres Gesicht hatte Frederick noch niemals zuvor gesehen. Schweigend sah sie die Anwesenden der Reihe nach an. Dann sagte sie leise: »Jemand ist unter uns, der voller Zweifel ist.« Sie blickte Frederick an. Und lächelte.

Der grunzte ungewollt. Dermaßen plump hatte er sich das Spektakel dann doch nicht vorgestellt. Natürlich war jemand unter ihnen, der an alledem die größten Zweifel hatte. Er selbst. Und da er Victor Balshaw gegenüber keinen Hehl daraus gemacht hatte, war selbstverständlich auch das Medium davon unterrichtet.

Madam Balshaw wandte sich nun den Kärtchen zu. Sie nahm die erste Karte vom Stapel vor sich, las den Namen darauf und behielt sie in der linken Hand. Als ein Gong erscholl, schloss sie die Augen. Ihre Lider begannen zu zucken, als würde sie träumen. Mit einem Mal warf sie ruckartig den Kopf zurück. Ein gurgelndes Murmeln entrang sich ihrer Kehle. Dann schlug sie plötzlich wieder die Augen auf. Ihr Blick war leer und scheinbar ins Nichts gerichtet.

»Er wird nicht zurückkehren«, sagte Madam Balshaw, mit einer Stimme, die dermaßen düster klang, als käme sie direkt aus den Tiefen der Gräber. »Es tut mir leid, das sagen zu müssen. Er hat Ihnen nichts als Lügen erzählt. Er hält sich gegenwärtig nicht im Sudan auf, sondern hier in London. Die Briefe, die Sie erhielten, wurden von einem Mittelsmann an Sie geschickt.«

Olivia van Bergen hatte die Hände vor den Mund geschlagen. Ihre erschrockenen traurigen Augen, die verrieten, dass sie das, was sie hörte, bereits geahnt, aber nicht hatte wahrhaben wollen, füllten sich mit Tränen.

Das Medium schaute sie direkt an. »Haben Sie eine Frage dazu, Ma'am?«

»Ja«, schluchzte sie. »Ja, die habe ich. Ich muss wissen, wo ich ihn finden kann. Bitte sagen Sie mir, wo in London Phillipp sich aufhält.«

»Suchen Sie ihn nicht, Ma'am«, sagte Madam Balshaw mit ernster Stimme. »Es hätte keinen Zweck und würde Ihnen bloß zusätzlichen Schmerz bereiten. Ihr Gatte hat sich in eine andere Frau verliebt. Doch er hat Vorsorge für Sie getroffen. In nächster Zeit werden Sie einen Brief von ihm erhalten, der alles erklären wird.«

Mrs van Bergen wollte eben etwas entgegnen, da hob Madam Balshaw mahnend die Hand. »Nein«, sagte sie, offensichtlich als Antwort auf die nicht gestellte Frage.

»Das wird er nicht. Er wird mit dieser Frau glücklich werden. Er liebte sie bereits, ehe er Sie kannte, Ma'am. Nur durch einen unglücklichen Umstand hatten sich die beiden aus den Augen verloren. Nein, Ma'am, er ist fort. Doch auch Sie werden wieder glücklich werden. Das verspreche ich Ihnen. Es gibt da einen Mann, um einiges jünger als Sie, der Ihnen sehr zugetan ist. Noch vor Ablauf des Jahres wird er Ihnen seine Liebe gestehen. Mit ihm werden Sie wahrhaftiges Glück erfahren.«

Mrs van Bergen nickte zaghaft. Sie zog ihr Spitzentaschentuch aus dem Ärmel und wischte sich die Augen.

Frederick war entsetzt, mit welcher Überzeugungskraft Madam Balshaw sprach und welchen Eindruck ihre Worte augenscheinlich auf Mrs van Bergen machten. Wenn dieses Medium nicht wirklich mit der Geisterwelt in Kontakt stand, was er bezweifelte, war das ganze Theater an Geschmacklosigkeit kaum zu übertreffen.

Madam Balshaw hatte unterdessen die Hand erhoben, das Kärtchen an der Kerzenflamme entzündet und es in die Bronzeschale gelegt, wo es vollständig verbrannte.

Danach begann das zweifelhafte Schauspiel von Neuem. Sie nahm die nächste Karte auf, schloss wieder die Augen, zuckte wie in Trance und öffnete sie wieder. Diesmal galten ihre Worte offenbar dem jungen Mann mit dem schwedischen Akzent, denn er hob augenblicklich den Kopf, als Madam Balshaw mit ernster Stimme zu sprechen begann.

»Ihre Sorgen sind unberechtigt, Sir. Die Papiere sind in Sicherheit. Niemand wird ihr Fehlen bemerken. Sie haben Freunde im Konsulat. Sie sollten weniger an sich selbst und Ihr Fortkommen denken und jenen mehr Beachtung schenken, die Ihnen selbstlos Unterstützung zukommen lassen, ohne dafür eine Gegenleistung zu erwarten, sonst werden Sie sie verlieren. Fragen Sie nicht«, fuhr sie im selben ernsten Tonfall fort. »McMillen ist der Name. Danken Sie ihm.«

Auch die zweite Karte wurde in Brand gesteckt und verbrannte in der Bronzeschale.

Madam Balshaw hob die nächste Karte auf. Sie blickte Frederick an, dem plötzlich das Herz bis zum Hals schlug. Er spürte, wie ihm das Blut in die Wangen stieg. Verblüfft sah er ihr dabei zu, wie sie seine Karte ohne Umschweife gleich an die Kerze hielt und in die Schale warf, noch ehe sie auch nur ein Wort gesprochen hatte.

»Da haben wir ja unseren Zweifler«, sagte sie. »Sie waren nicht angemeldet, Sir. Und mein Bruder hätte Sie um ein Haar an der Tür abgewiesen.« Sie lächelte.

Um das zu wissen, dachte Frederick wieder, musste man wahrlich keine Hellseherin sein. Das verriet einem der gesunde Menschenverstand.

Umso erstaunter war er, als sie ihm zuzwinkerte und meinte: »Sie haben recht. Das habe ich natürlich von meinem Bruder erfahren. Damit behelligen wir die Geister nicht. Victor sorgt sich stets um mich, wissen Sie? Und nun sind Sie hier, weil Mr Wilde sich durchgesetzt hat«, sagte sie. »Dafür bin ich ihm dankbar. Denn Sie sind ein freundlicher Mann, Mr Greenland. Jeder Streit ist Ihnen zuwider. Allerdings neigen Sie dazu, es jedem in Ihrer Umgebung recht machen zu wollen. Das ist zwar ehrenwert, aber nicht immer gut für Sie selbst. Sie sollten gelegentlich ein Deut mehr Rückgrat zeigen.« Sie neigte den Kopf. Die Ernsthaftigkeit, die ihre Voraussagen bislang begleitet hatte, schien verflogen zu sein.

Frederick wurde ganz anders. Er glaubte an diesen

Hokuspokus nicht, und er vermeinte das theatralische Schauspiel zu durchschauen, aber dennoch ... Dennoch wurde er das Gefühl nicht los, Madam Balshaws Blicke wären imstande, seine Stirn zu durchdringen, und ihre grünen Augen könnten direkt in seine geheimsten Gedanken blicken.

»In Kürze«, fuhr sie fort, »wird jemand auf Sie zukommen. Eine Frau, das sehe ich deutlich. Sie kennen einander noch nicht sehr lange, und dennoch wird sie Ihnen ihr Herz ausschütten und sich Ihnen anvertrauen. Sie werden kaum glauben, wie Ihnen geschieht, da Sie sich selbst geringer einschätzen, als Sie es tatsächlich sind.«

Gegen seinen Willen überlegte Frederick, wer diese Frau wohl sein mochte. Selbst wenn all das an den Haaren herbeigezogener Unsinn war, wer hörte es nicht gern, wenn man ihm eine verheißungsvolle Zukunft prophezeite.

»Sie werden diese Dame sofort für sich einnehmen«, sagte Madam Balshaw. »Ob es die große und erfüllende Liebe ist, liegt allerdings noch in den Sternen.«

Frederick stieß einen kurzen Seufzer aus, während das Medium die nächste Karte zur Hand nahm und wieder in Trance verfiel.

»Ihre Gattin ist krank«, sagte sie. »Sie befindet sich in einem Land mit hohen, zerklüfteten Bergen. Die reine Luft wird ihrer Gesundheit guttun, wie Sie es sich erhofften. Doch wird sich ihr Zustand bald wieder auf beklagenswerte Weise verschlechtern. Es tut mir leid, es sagen zu müssen: Sie wird sterben. Bedenken Sie jedoch, dass es für Ihre Frau wie auch für Sie eine Erlösung sein wird.«

Conan Doyle hob leicht das Kinn und deutete ein Nicken an. Frederick konnte sehen, wie er die Zähne aufeinanderbiss, denn die Muskeln seines kräftigen Kiefers traten deutlich hervor.

»Wie Sie selbst wissen«, sagte Madam Balshaw, »wartet das Glück auf Sie. Ich werde den Namen der jungen Dame nicht aussprechen – Sie kennen sie lange genug, um selbst zu wissen, dass ich die Wahrheit sage. Sie wird Ihr Glück werden, das ist gewiss. Gemeinsam mit ihr werden Sie Ihre gewohnte Umgebung verlassen und an den Ort ziehen, an dem Sie Ihren gemeinsamen Lebensabend verbringen.« Sie hob die Hand, wie sie es auch schon bei Mrs van Bergen getan hatte. »Wie lange Ihre Gattin noch bei Ihnen sein wird, lässt sich gegenwärtig nicht bestimmen. Lange jedoch währt ihre Frist auf Erden nicht mehr. Auf der anderen Seite wird sie bereits erwartet.«

Conan Doyles Karte ging in Flammen auf und verbrannte in der Bronzeschale. Noch ehe die Flammen das Papier vollends aufgezehrt hatten, nahm sie die vorletzte Karte zur Hand und schien in derselben Sekunde auch schon wieder in Trance zu verfallen. Frederick fragte sich, weshalb das wohl in seinem Fall nicht geschehen war.

»Ihr Sohn ist unsicher, Sir William«, sagte sie, wieder ohne jemanden anzusehen. »Er hat das Gefühl, er sei Ihrer nicht würdig. Ein ums andere Mal war er versucht, Ihnen zu schreiben. Die Erinnerung an das, was Sie bei Ihrer letzten Begegnung mit ihm gesagt haben, hat ihn jedoch davon abgehalten, diese Briefe jemals zu beenden, geschweige denn, sie abzusenden. Viele böse Worte sind zwischen Ihnen gewechselt worden.«

Sir William Orping machte ein Geräusch wie ein schnaubendes Pferd.

»Das Wetten hat er aufgegeben. Die Frau, die sich bei

ihm aufhält, hat einen anderen Menschen aus ihm gemacht. Ob er sie Ihnen vorstellen wird, hängt davon ab, ob Sie den ersten Schritt tun. Und sollte er mit ihr vor Ihnen stehen, müssen Sie lernen, niemanden nach seinen Eltern zu beurteilen. Ein guter Charakter hat nichts mit Geburt oder Vermögen zu tun.« Sie blickte ihn an. »Sie haben eine Frage, Sir William; bitte stellen Sie sie.«

»Was muss ich tun, damit mein Sohn zu mir zurückkehrt?«

»Springen Sie über Ihren Schatten. Er ist es, den er am meisten fürchtet. Ihr Sohn hält sich in Wapping unter dem Namen Benjamin Casper versteckt. In einem Haus, das sich The Black House nennt. Schicken Sie ihm ein Telegramm.« Sir Williams Karte wurde, wie alle anderen zuvor, ein Opfer der Flammen.

Madam Balshaw atmete tief ein. Sie hob das letzte Kärtchen auf, mit beiden Händen diesmal, so als koste es sie große Anstrengung. Sie alle waren sich der Tatsache bewusst, dass es sich um Oscar Wildes Karte handelte, als sie den Kopf in den Nacken legte und die Augen schloss. Als sie sie wieder öffnete, klang ihre Stimme traurig und aufmunternd zugleich.

»Die Welt wird Sie niemals vergessen, Mr Wilde. Das ist die gute Nachricht. Die schlechte ist, dass Sie mächtige Feinde haben. Sie legen es darauf an, Sie zu vernichten. Und mit vernichten meine ich auslöschen. Noch haben Sie die Wahl zwischen zwei Möglichkeiten: kämpfen und verlieren. Oder aufgeben und gewinnen. Ganz gleich, wie Sie sich entscheiden, Sie werden für Ihre Überzeugungen leiden müssen. Entweder der Liebe oder der Ehre wegen. Wählen Sie den Kampf, verlieren Sie beides, und man wird Sie auf Jahrzehnte verschmähen. Entscheiden

Sie sich jedoch für die Flucht und kehren Britannien den Rücken, bleibt Ihnen wenigstens die Ehre.«

Wilde verzog keine Miene. Mit dem Anflug eines Lächelns auf den vollen Lippen saß er mit verschränkten Händen da und hörte ihr aufmerksam zu. Als Madam Balshaw geendet hatte, war es Wilde, der die Hand hob.

»Ja?«, fragte sie. In ihrem Ton schwang keinerlei Überraschung mit.

»Madam«, sagte er, »angenommen, ich bliebe in England, würde es mich meinen Ruhm kosten?«

»Nein«, gab sie zur Antwort. »Nein, Mr Wilde, das würde es nicht.«

KAPITEL 13

Badger war wieder allein.

Um ihn herum war nichts als Dunkelheit. Das, was in den letzten Stunden geschehen war, hatte ihm eines gezeigt: Hier war er in Lebensgefahr! Falls sie wiederkamen, schlugen sie ihn womöglich tot. Wenn er recht hatte und der hagere Mann mit der verstellten Stimme wirklich Mr Specs war, dann stimmte hier etwas nicht. Dann stimmte sogar ganz gewaltig etwas nicht. Dann hatte er sich nämlich in allem, was er bislang von Mr Specs gedacht und geglaubt hatte, getäuscht.

War es das, was Meg damals gemeint hatte, als er ihm gesagt hatte, irgendwann müsse man sehen, wo man bliebe? War jetzt für ihn womöglich die Zeit gekommen zu sehen, wo er selbst blieb?

Er nahm all seine Kraft zusammen und rollte sich auf die Seite. Jeder Knochen im Leib tat ihm weh. Der große Junge hatte ihm mehrfach in die Seite getreten, und ein schlimmer Schmerz flammte heiß in seinen Rippen auf, als er jetzt versuchte, sich aufzurichten.

Badger tastete wieder nach seinem Gesicht. Es war noch immer schrecklich angeschwollen. Selbst wenn er seine Wangen und das, was von seiner Nase übrig geblieben war, nur mit den Fingerspitzen betastete, fuhr ihm eine Woge pochenden Schmerzes durch Wangen und Augen. Er vermochte nach wie vor nur das linke Auge zu öffnen, aber wenn es ihm gelang, auf die Beine zu kommen, wenn es ihm gelang, sich aufzurichten und die Wände nach einer Lücke oder einem losen Brett abzutasten, dann konnte er vielleicht auch aus seinem Gefängnis ausbrechen.

Und wenn die Lücke noch so klein ist, Badger, hörte er Megs Stimme in seinem Kopf. *Du bist der Beste, wenn es ums Rein- und Rausschlüpfen geht.*

»Ja!«, sagte er zu sich selbst und auch ein bisschen zu Meg. »Ja, das bin ich.«

Er atmete tief ein und rollte sich ruckartig auf den Bauch, wobei er stöhnend den Atem ausstieß, um die Schmerzen in seinen Rippen zu unterdrücken. Auf dem Bauch liegend robbte er über den Boden, bis er plötzlich mit den Händen einen Gegenstand vor sich berührte. Er war hart und lang. Womöglich konnte er ihn als Waffe oder Rammbock benutzen. Zunächst glaubte Badger, dass es sich einfach um einen dicken Holzpfahl handelte. Dann jedoch ertastete er das bewegliche Gelenk aus Metall in dessen Mitte und die steifen Gurte an dem einen und den ledernen Schnürschuh an dessen anderem Ende.

Eine Prothese! Ein künstliches Bein aus Holz!

Genauso eines hatte der dürre Jones getragen, als er verschwand.

Erschrocken ließ Badger die Prothese fallen. Erst nach einer Verschnaufpause hatte er wieder genügend Kraft und Mut geschöpft, um sie noch einmal in die Hand zu nehmen.

Sehen konnte er kaum etwas, doch er wusste, wenn dies das künstliche Bein des kleinen Jones-Jungen gewesen war, eben jenes Bein, mit dem der alte Specs den armen dürren Kerl damals so erbarmungslos verprügelt hatte, dann hatte Meg doch recht behalten – dann war Jones nicht mehr am Leben. Dann hatte er doch keine freundliche Familie gefunden, die einen Jungen mit einem Holzbein lieb haben würde. Dann war er einfach tot. Und dann würde ihn, Badger, ganz sicher das gleiche Schicksal ereilen.

Er musste hier so schnell wie möglich raus!

Es gelang Badger, sich auf die Hände zu stützen und sich an einem dicken Seil, das an der Wand baumelte, so weit hochzuziehen, bis er wieder kniete.

Keuchend vor Schmerz und Anstrengung hievte er sich mit aller Kraft in die Höhe, bis er auf den Füßen stand. Schnaufend stand er sekundenlang da, schwankte und hielt sich krampfhaft mit beiden Händen an dem Seil fest, bis seine Fingerknöchel schmerzten.

Er musste fort sein, ehe die anderen zurückkamen. Wenn sie ihn noch einmal traten, wenn sie ihm noch einmal Schmerzen zufügten, dann war es um ihn geschehen, dann würde er aufgeben müssen, das wusste er. Und so weit durfte es nicht kommen.

Hektisch tastete er sich halb blind in der Finsternis an den Wänden entlang. Irgendwo musste doch eine Tür sein.

Irgendwo musste eine Öffnung sein.

Irgendwo ...

Dann hatte er plötzlich den kalten Griff eines Türknaufs in der Hand.

Panisch drehte er ihn. Ein leises, metallisches Klicken ertönte, als der Riegel zur Seite schnappte. Mit einem Ruck zog er die knarrende Brettertür auf und taumelte ins Freie.

Und ohne viel von dem zu erkennen, was vor ihm lag, begann Badger zu laufen.

New Scotland Yard, Whitehall

»Was tun Sie denn hier, Sir?« Sergeant Clarence Penwood kam Swanson auf der Treppe entgegen, einen Stapel

Akten unter dem Arm. »Wollten Sie nicht nach Hause gehen?«

»Ich bin zu Hause, Penwood«, sagte Swanson. »Gibt es was Neues im Fall des toten Jungen?«

»In der Tat, Sir. Police Inspector Mackintosh vom Revier Bow Street hat eben einen Boten geschickt. Sie haben einen Kutscher ausfindig gemacht, der gestern Nacht zur fraglichen Zeit einen verdächtigen Mann von Covent Garden zum Berkeley Square gefahren hat. Benahm sich merkwürdig. Sprach wohl nicht ein Wort und hielt dem Fahrer nur einen Zettel mit der Adresse hin.«

»Wie sah der Mann aus?«

»Wettergegerbt und stank nach Bier, wie alle Kutscher, nehme ich an, Sir.«

»Der Verdächtige, Penwood.«

»Natürlich, Sir. Zu dumm ...« Er errötete. »Ich hab den Bericht hier. Warten Sie.« Und er fing an, in den Mappen aus grauem Karton zu suchen, die er bei sich trug. Hastig blätterte er sie durch und zog schließlich einen dünnen Stoß Papiere hervor. »Da haben wir ihn schon, Sir. Ist nicht viel, aber immerhin ein Anfang, was?«

»Danke, Penwood. Ist Sergeant Phelps im Haus?«

Penwood deutete mit dem Daumen nach unten. »Ist bei Sergeant Stedman.«

Swanson bedankte sich abermals und bat Penwood um eine Tasse Tee. Er solle sie ihm auf den Schreibtisch stellen, er würde ihn trinken, nachdem er Charly Stedman aufgesucht hatte. Inspector Mackintoshs Bericht überflog er, während er nach unten in die feuchte Kälte des Kellergeschosses ging. Auf den ersten Blick gab er nicht viel her. Ein schweigsamer Mann, der sich von Long Acre, einer Querstraße nördlich der alten Piazza, zu einem Haus am Berkeley Square hatte fahren lassen. Auffällig war seine elegante Kleidung gewesen. Er hatte einen schwarzen Anzug und einen Zylinder getragen und um das Gesicht einen Schal, sodass allein seine Augen zu erkennen gewesen waren. Mackintosh hatte eine Abschrift der Befragung des Kutschers beigefügt.

An einem Absatz blieb Swanson hängen.

Mackintosh: Was hat er gesagt, zu welcher Adresse er wollte?

Benson: Nichts. Hat mir bloß einen Zettel gegeben. Mit der Adresse, wo er hinwollte. Genau wie auf der Hinfahrt.

Mackintosh: Haben Sie beobachtet, wohin er ging, nachdem er ausgestiegen war?

Benson: Verschwand in dem Gang zwischen Nummer 51 und dem Running Horse. Das Pub an der Ecke. Nehme an, er wohnt in 51.

Genau wie auf der Hinfahrt, dachte Swanson. Der Mann hatte den Kutscher also gebeten, auf ihn zu warten. Warum, fragte er sich, fuhr jemand mitten in der Nacht von Mayfair nach Covent Garden? Um jemanden zu treffen womöglich? Für die Oper oder das Theater war es bereits zu spät gewesen. Vielleicht hatte es gar nichts zu bedeuten, doch es war ungewöhnlich und im Moment alles, was er hatte. Er würde den Rest in Ruhe lesen, wenn er sich von Charly und Phelps auf den neuesten Stand hatte bringen lassen.

Sergeant Peter Phelps und Charles Stedman drehten sich zu ihm um, als Swanson das feuchte, in gelbes Kohlegaslicht getauchte Gewölbe betrat und die Tür hinter sich ins Schloss drückte.

»Was tun Sie denn hier, Sir?«, fragte Sergeant Peter Phelps überrascht.

»Konnte nicht schlafen«, entgegnete Swanson. »Der Junge ging mir nicht aus dem Kopf. Haben Sie schon was für uns, Charly?«

»Nichts Konkretes.« Er seufzte und meinte dann: »Allerdings habe ich eine Vermutung.«

»Nun?«

»Vielleicht Waldmeister«, meinte Stedman.

»Waldmeister?« Swanson hätte um ein Haar gelacht. Er sah Stedman ungläubig an. »Sprechen wir über dasselbe Thema, Charly?«

Phelps' Gesichtsausdruck nach zu urteilen, ging ihm eine ähnliche Frage durch den Kopf.

»Der Grund für die fehlende Blutgerinnung«, erklärte er. »Waldmeister oder Tonkabohnen möglicherweise. Wie Sie sich erinnern werden, hatte ich Sie auf die Blutungen in der Lunge der Leiche hingewiesen, und bislang fehlte mir der Auslöser dafür. Nun – ich denke, ich habe ihn ausfindig gemacht. Es handelt sich um Cumarin in Verbindung mit irgendeinem anderen Stoff, den wir noch nicht genau kennen. Aber ich würde auf Pilzsporen tippen.«

Phelps hatte seinen Notizblock gezückt. »Können Sie das auch so ausdrücken, dass ich es notieren kann?«

»Der unglückselige Junge starb vermutlich, weil er sich versehentlich mit Rattengift infizierte«, erklärte Stedman. »Es verhindert die Blutgerinnung und führt zu Blutungen der inneren Organe.«

»Ein Unfall?« Phelps sah etwas enttäuscht aus. »Das ist alles?«

»Sehr wahrscheinlich.« Stedman nahm seine Lupenbrille ab und legte sie zwischen die beiden emaillierten Teebecher, die vor dem Reagenzienhalter auf seinem Arbeitstisch standen.

»Niemand nimmt versehentlich Rattengift zu sich«, sagte Swanson. »Ich hörte, es schmecke extrem bitter.«

»Man könnte ihn gezwungen haben, Sir«, gab Phelps zu bedenken.

»Nein. Dann hätte er bestimmt seinem Freund Badger davon erzählt. Das dürfen wir ausschließen.«

»Tonkabohnen und eben auch Waldmeister enthalten große Mengen von Cumarin«, sagte Stedman. »Jemand könnte es dem Jungen in hoher Dosis verabreicht haben – dann sehr wahrscheinlich oral oder intravenös.«

Phelps, der seinen Notizblock aufgeklappt hatte, ließ den Bleistift sinken. Er sprach kein Französisch.

»Nur haben wir ein Problem.« Stedman rieb sich die hohe zerfurchte Stirn. »Cumarin allein hat diese Wirkung nicht in ausreichender Stärke. Man müsste schon einen ganzen Eimer voll Bohnen mit Waldmeister zu sich nehmen, um innere Blutungen auszulösen.«

»Der Junge hat Blut gespuckt«, meinte Swanson. »Dafür muss es doch eine plausible Erklärung geben.«

»Ich bin mir sicher, die gibt es, Donald. Sehen Sie, meiner Ansicht nach muss er sich irgendwo aufgehalten haben, wo er es in genügend großer Menge einatmen konnte. Das würde seinen schnellen Tod erklären. Es ist von Fällen berichtet worden, wo Farmer sich Vergiftungen zuzogen, weil sie ihr Heu falsch lagerten. Verrottet es, wird es von Pilzen befallen. Atmet man diesen Staub ein, kann es durchaus zu Blutungen der Bronchien und der Lunge kommen. Auf den Schiffen, die Tee von

Indien nach Europa brachten, kam es zu ähnlichen Vorfällen.«

»Zeigen Sie mir einen Ort in Covent Garden, an dem Heu gelagert wird, Charly. Außerdem erklärt das noch nicht, woher der Junge die kostbare Pfeife hatte«, meinte Swanson, der sich daran erinnerte, was Badger ihm darüber gesagt hatte.

»Die wird er jemandem gestohlen haben.« Stedman zuckte leicht mit den Schultern. »Ganz einfach.«

»Nicht um diese Zeit«, sagte Swanson. Diese Lösung war ihm zu einfach.

»Und was, wenn der Junge irgendwo eingebrochen ist?«, meldete sich Sergeant Phelps zu Wort. »Irgendwo, wo er sich mit dem Rattenvertilgungsmittel oder diesem Cumarin vergiftete? In ein Teelager vielleicht. Er durchsucht die Räume, atmet das Gift ein, findet die Pfeife und haut wieder ab.«

»Das wäre durchaus möglich«, sagte Stedman. »Dann hätten wir es nach wie vor mit einem bedauernswerten Unfall zu tun.«

Donald Swanson schüttelte den Kopf. »Das glaube ich nicht«, sagte er. »Warum hätte Meg seinen Freund dann bitten sollen, an der Kirche auf ihn zu warten? Warum nahm er ihn nicht mit? Einbrüche und Taschendiebstähle sind das tägliche Brot dieser Jungs. Nein, wenn Meg irgendwo hätte einbrechen wollen, wäre es doch nur klug gewesen, seinen Freund mitzunehmen und ihn Schmiere stehen zu lassen. In der Gegend wimmelt es nur so von Polizisten. Das Revier Bow Street ist ein Bienenkorb. Außerdem will Meg die Pfeife als Lohn für etwas bekommen haben, da war sich Badger sehr sicher.«

»Auch wenn Sie nicht glauben, dass viel dabei herauskommt, sollten Sie sich nach einem Lagerhaus umsehen und feststellen, ob in jener Nacht irgendwo eingebrochen worden ist«, sagte Stedman.

»Großer Gott, Sir!« Phelps' Gesichtsausdruck versteinerte sich plötzlich. Er sah aus, als habe er selbst eine Prise Rattengift genommen. »Die Pfeife!«

»Was ist damit?«

»Das ist die Lösung, Sir.« Der Sergeant stieß einen Lacher aus und schlug sich mit dem Handballen vor die Stirn. »Das Rattengift. Dieses Cumarin. Es war in der Pfeife.«

»Sie meinen, er hat das Gift geraucht?«, fragte Stedman mit hochgezogenen Augenbrauen. »Ein netter Gedanke, Sergeant. Ich fürchte allerdings, Sie sind auf dem Holzweg, mein Bester. Denn verbrennt man die Sporen und das Cumarin, geht die Wirkung verloren.«

»Das ist nicht das, was ich meine«, sagte Phelps. »Was, wenn das Gift als Staub im Mundstück verborgen war? Der Mörder schenkt dem Jungen die Pfeife, und sobald er sie raucht, ist er dem Tode geweiht, denn er atmet dieses Zeug ein. Sie haben selbst gesagt, es würde zu den Todesumständen passen.«

Stedman nickte nachdenklich.

»Sie sind ein verdammtes Genie, Phelps«, rief Swanson. »Haben Sie das Mundstück untersucht, Charly?«

»Nein. Nein, daran hatte ich nicht gedacht«, sagte Stedman kleinlaut. »Ich hole es unverzüglich nach.« Und fahrig griff er nach einem der beiden emaillierten Teebecher auf dem Tisch. Er nahm einen Schluck, verzog kurz angewidert das Gesicht und stellte den Becher wieder hin. »Wie ungeschickt«, sagte er. »Das war die Urinprobe des Jungen.«

KAPITEL 14

»Nun denn – was halten Sie von Madam Balshaw?«, fragte Wilde, als er und Frederick später zu zweit draußen unter der Lampe vor dem Haus Nummer 50 standen und der kalte Wind ihre Haare zerzauste. Er hatte die Frage gestellt, ohne Frederick anzusehen. Das Medium hatte sich unmittelbar nach der Séance ohne ein weiteres Wort zurückgezogen. Und nachdem sich auch die übrigen Gäste davongestohlen hatten – Conan Doyle war als Erster gegangen –, waren Oscar Wilde und Frederick Greenland als Letzte zurückgeblieben. Wildes Blick war starr geradeaus auf den baumbestandenen Park gerichtet.

»Eine fürchterliche Person«, sagte Frederick wenig überzeugend, denn Madam Balshaws grüne Augen gingen ihm nicht mehr aus dem Sinn. Bei dem bloßen Gedanken an sie beschleunigte sich der Schlag seines Herzens. »Schrecklich. Sie hat bloß fantasiert wie eine Verrückte. Und mich hat sie wie einen Idioten dastehen lassen.« Er stieß ein lächerliches kleines Lachen aus. »Ich hätte kein Rückgrat – also ich bitte Sie.«

»Ich halte Madam Balshaw für eine begnadete Seele. Sie verfügt über Gaben, wie nur wenige sie besitzen.«

»Aber es war doch alles blanker Unsinn, was sie von sich gegeben hat«, stellte Frederick fest. »Sie hat Ihnen geraten, sofort ins Ausland zu gehen. Ich frage mich, was sie sich einbildet.«

»Sie ist nicht die Erste, die mir ein solches Schicksal prophezeit hat«, sagte Wilde.

»Tatsächlich?«

»Vor einigen Jahren ließ ich mir aus der Hand lesen, habe ich Ihnen nie davon erzählt?«

»Oh, doch. Von Lord Arthur Savile und Ihrem Mr Podger hörte ich bereits. Bitte verschonen Sie mich.«

»Nein, nein.« Wilde schüttelte lebhaft den Kopf. »Davon rede ich nicht. Es handelte sich um eine Frau. Ihren Namen habe ich vergessen, und es liegt Jahre zurück. Sie las in meinen Händen. Und ob Sie es glauben oder nicht, sie sagte mir voraus, ich würde es eines Tages aus eigener Kraft zu großem Ruhm bringen. Und durch eigene Kraft würde ich diesen Ruhm zerstören.«

»Das bedeutet nicht das Geringste«, meinte Frederick. »Das nennt man Zufall oder sonst was. Frauen wie Madam Balshaw darf man nicht trauen. Sie sind zu schön, um wahr zu sein.«

»Sie sind zu schön, um wahr zu sein, Freddy?«

»Sind Sie auch Hellseher, oder habe ich das eben laut gesagt?«

Wilde schloss schmunzelnd die Augen. »Sie sind der einzige Lichtschimmer in einer sich immer mehr verfinsternden Welt, Frederick. Sie sind der Hauch einer Lachfalte in einem ansonsten todernsten Gesicht.«

»Ich verstehe nicht, was das bedeuten soll.«

»Ich fürchte, es bedeutet, ich habe Sie endgültig verloren, mein Freund«, sagte Wilde. Und er sah dabei unendlich traurig aus.

New Scotland Yard, Whitehall

Auf dem Korridor brach unvermittelt ein Tumult los. Donald Swanson hörte die Beamten draußen herumpoltern und durcheinanderrufen. Und Sergeant Penwoods heisere aufgeregte Stimme. »Sir! Sir!« Dann flog die Bürotür auf. »Sir! Der Junge! Er ist wieder da!«

Badger sah fürchterlich aus. Er vermochte sich kaum auf den Beinen zu halten. Wie ein Sack Reis stand er im Türrahmen. Sein Gesicht war angeschwollen und blutverschmiert. Auf den ersten Blick sah Swanson, dass die Nase des Jungen gebrochen war. Und wenn er Pech hatte, würde Badger auch sein rechtes Auge verlieren.

»Um Gottes willen, Junge!« Ohne darauf zu achten, wohin sie fielen, warf Swanson die Papiere, die er in der Hand gehabt hatte, auf den Tisch, sprang sofort auf und eilte an Badgers Seite. Er ergriff den linken Arm des Jungen, um ihn zu stützen, und führte ihn zum Stuhl vor dem Schreibtisch. Er wandte sich wieder Penwood zu. »Holen Sie einen Arzt, Clarence. Aber schnell. Sofort!«

Badger blickte Swanson aus zugeschwollenen Augen an. »Die haben mich umbringen wollen«, hauchte er. Er rutschte unbeholfen und offenbar unter Schmerzen vom Stuhl herunter und taumelte auf Swanson zu. »Die haben mich umbringen wollen«, wiederholte er noch einmal. »Totschlagen wollten die mich. Totschlagen, wie sie es mit Meg und dem dürren Jones gemacht haben.«

»Wer? Wer hat dir das angetan, Junge?«

»Der alte Specs und die anderen«, sagte er leise. Dann schlang er die Arme um Swansons Taille und begann hemmungslos zu weinen.

Badgers Nase war gebrochen, wie Swanson es vermutet hatte. Doch das Auge würde der Junge nicht verlieren. Dr. Boswell, der Polizeiarzt, hatte die Wunden versorgt und gesäubert. Für die Nase kam indessen jede Hilfe zu spät. Aber Swanson war sich sicher, Badger würde das schiefe Ding wie eine Trophäe tragen. Wie er ihm mit einem Grinsen erzählt hatte, war die Nase seines toten Freundes Meg ebenfalls gebrochen gewesen. Und Meg sei immer mächtig stolz darauf gewesen.

Die Ehre der Straßenkinder, dachte Swanson. Er selbst war einfach froh, dass Badger noch lebte und nun in der Not zu ihm zurückgekehrt war. Der Junge hatte ihm alles erzählt. Von Mr Specs und dessen Haus der verlorenen Kinder, von den Taschendiebstählen und davon, wie der alte Mann auf Badgers Schilderung von Megs letzten Worten reagiert hatte. Dass er von einem Geist gesprochen hatte, schien den alten Mann in Unruhe versetzt zu haben.

Jetzt hielt Swanson das Blatt Papier mit der Bleistiftkopie von Mr Specs' Notiz in Händen, das der Junge mitgebracht hatte.

51 Hay's Mews, Berkeley Square

Es war dieselbe Adresse, die der unbekannte Mann im schwarzen Anzug in jener schicksalhaften Nacht dem Kutscher in Covent Garden gegeben hatte. Morgen würde Swanson sich dort einmal umsehen.

Derweil Badger in Sergeant Wilsons Teeküche heißen Kakao trank und sich von den Strapazen der letzten Nacht erholte, schrieb Swanson seinen Bericht für Commissioner Bradford. Nun konnte kein Zweifel mehr daran bestehen, dass es sich bei dem Tod des Jungen um vorsätzlichen Mord handelte.

Doch wohin mit Badger? Der hatte schreckliche Angst vor diesem Mr Specs und fürchtete, er könne ihm noch immer nachstellen und versuchen, ihn zu töten. Hier im Yard konnte er selbstverständlich nicht ewig bleiben.

Und auf die Straße konnte er ihn ebenfalls nicht zurückschicken. Eine Weile hatte Swanson darüber nachgedacht, Badger bei sich in Kennington aufzunehmen. Annie jedoch hatte mit den Kindern und dem Haushalt mehr als genug zu tun, und wenn er Dienst hatte und es tatsächlich hart auf hart kam, war kein Mann im Haus, der auf den Jungen aufpasste.

Nein – der einzige Mensch, der überhaupt infrage kam, lebte in Bloomsbury; eine Gegend, die ihm sicher genug vorkam. Ein guter Freund, der über genügend Geld und einen unerschöpflichen Vorrat an freier Zeit verfügte. Jemand, dem es auf eine Person mehr oder weniger im Haus nicht ankam.

Morgen würde er sehen, ob er Badger bei Frederick Greenland unterbringen konnte.

Und anschließend würde er diesen Mr Specs ausfindig machen. Und dann gnade ihm Gott.

VIERTER TEIL

50 Berkeley Square

» Egoismus besteht nicht darin, dass man sein Leben nach seinen Wünschen lebt, sondern darin, dass man von anderen verlangt, dass sie so leben, wie man es wünscht. «

Oscar Wilde

KAPITEL 15

Es war am folgenden Tag um die Mittagsstunde, als es an der Haustür von Nummer 49 Gordon Square läutete und Frederick Greenland seinen Butler Morton wenig später die Treppe zum Salon heraufkommen hörte, um den Besucher anzukündigen.

Die Vorhänge waren aufgezogen, und durch die hohen Sprossenfenster schien warm die Sonne herein.

Frederick, der niemanden erwartete, hatte ausgestreckt auf dem Sofa gelegen, vor sich hingedöst und an die Séance vom Vorabend gedacht. Auch wenn er das ganze Spektakel für eine mächtige Farce hielt, die auf Kosten der Gutgläubigkeit der Menschen ging, die daran teilgenommen hatten, konnte er doch nicht verleugnen, dass Madam Balshaw, das Medium, einen gewissen Eindruck auf ihn gemacht hatte. Jedes Mal, wenn er an sie dachte …

»Sir.« Morton erschien in der Tür und riss ihn aus seinen Träumereien. »Sie haben Besuch.«

»Danke.« Frederick setzte sich auf. »Wer ist es?«

»Eine junge Dame, die Sie zu sehen wünscht.« Der Butler hatte es kaum ausgesprochen, da betrat besagte Dame auch schon den Salon.

Es war Madam Balshaw. Sie trug ein hochgeschlossenes blaues Sommerkleid, lehnte ihren kleinen Sonnenschirm gegen die Türeinfassung und deutete einen Knicks an. »Mr Greenland.«

»Madam!« Frederick war mit einem Satz auf den Beinen. »Was für eine freudige Überraschung. Was führt Sie zu mir?«

Sie lächelte ihn an. »Ich bin gekommen, um mich

danach zu erkundigen, wie Ihnen die Séance gestern Nacht bekommen ist.«

»Gut«, sagte er. »Ja, gut.« Er kam sich wie ein Trottel vor und spürte, wie er unter ihren Blicken errötete. »Kommen Sie«, sagte er rasch. »Setzen wir uns doch. Morton wird uns Tee und Gebäck bringen. Nicht wahr, Morton?«

»Sehr wohl, Sir.« Und er schwebte hinaus wie ein Geist.

»Ich gewann den Eindruck, Sie seien – wie soll ich sagen – schockiert gewesen.«

»Nein, nein. Schockiert ist nicht das richtige Wort«, sagte Frederick ein wenig verlegen, denn er fühlte sich von ihr ertappt. »Aber ich will ganz offen zu Ihnen sein. Ich … ich habe ein Problem mit den Geistern.«

»Ich weiß, Sie glauben nicht daran«, entgegnete sie. »Dabei haben Sie gestern selbst erlebt, wie sie durch mich mit dem Diesseits kommunizieren.«

Frederick lächelte. Er schaute in Madam Balshaws wunderschöne Augen und dachte, dass er sich lieber über ein anderes Thema unterhalten würde. Irgendetwas Unverfängliches. Dann sagte er jedoch: »Nun ja – bei den Dingen, die man auch auf andere Weise herausfinden kann, sind die Geister meiner Erfahrung nach immer sehr mitteilsam.« Er räusperte sich. »Doch was die wirklich wichtigen angeht – na ja, da sind die Prophezeiungen doch stets sehr nebulös.«

»Sie haben also Erfahrung mit Séancen«, sagte sie mit leiser Stimme und einem deutlich belustigten Tonfall. »Das wusste ich gar nicht, Mr Greenland.«

»Es tut mir aufrichtig leid. Ich wollte nicht sarkastisch klingen.«

»Sie haben gehört, was ich gestern während der Séance zu Ihnen gesagt habe«, meinte sie.

»Das war … höchst interessant«, gab er zu. »Allerdings … wer hört nicht gern solche Dinge über sich selbst? Da glaubt vermutlich jeder den Geistern.«

»Das waren nicht die Geister, Mr Greenland«, sagte sie mit einem schüchternen mädchenhaften Blick. »Das war ich selbst.«

»Die Prophezeiung …« Fredericks Herz machte vor Freude und Aufregung einen Sprung. »Sie sprachen …«

»Von mir selbst.« Sie blinzelte und lächelte mit zusammengepressten Lippen. »Halten Sie das für unschicklich?«

Frederick bemerkte zu seiner Erleichterung, dass auch ihre Wangen sich mit einer leichten Röte überzogen. Er wollte eben etwas entgegnen, als Morton hereinkam.

Er trug das Silbertablett mit dem Tee vor sich her. Doch er war nicht allein. Chief Inspector Donald Swanson war bei ihm. »Der Herr vom Yard, Sir«, verkündete Morton steif.

Nachdem Frederick Madam Balshaw und den Chief Inspector miteinander bekannt gemacht hatte, sagte er: »Madam Balshaw ist ein sehr bekanntes Medium, müssen Sie wissen. Ich nahm gestern an einer Séance in ihrem Haus am Berkeley Square teil. Es war eine … interessante Erfahrung.«

»Eine Geisterbeschwörerin?«, sagte Swanson.

»Wenn Sie so wollen, Chief Inspector«, entgegnete sie freundlich. »Sie sind ein Skeptiker; genau wie Mr Greenland.«

»Ich schätze, das ist meinem Beruf geschuldet, Madam.« Er lächelte hinter seinem Schnurrbart.

»O, nicht all Ihre Kollegen sind Skeptiker, Sir. Wenn ich Ihnen verraten würde, für welche Ihrer Vorgesetzten beim

Yard ich bereits Kontakt mit den Verstorbenen aufgenommen oder die Zukunft gedeutet habe, Chief Inspector, Sie würden sich wundern.«

Swansons Gesicht zeigte keinerlei Regung. »Darf ich Ihnen eine Frage stellen?«, fragte er dann. Als sie nickte, fuhr er fort: »Woher bekommen Sie Ihre Informationen?«

Frederick stand schweigend dabei. Er fühlte sich unbehaglich. Mit einem Mal war er vom Gastgeber zum Zuschauer geworden.

»Die Geister sprechen zu mir.«

»In welcher Form, Madam?«

»So, wie Sie zu mir sprechen«, meinte sie. »Ach … es ist nicht ganz simpel, es zu erklären.«

»Ich bitte um Verzeihung«, fuhr Frederick dazwischen. Er hob die Hand und deutete auf den Tisch, auf dem Morton das Teegeschirr aufgetragen hatte. »Wir wollen ihn nicht kalt werden lassen.«

»Ich bin untröstlich, Mr Greenland«, sagte Madam Balshaw. Sie nahm seine Hand. »Ich werde nicht bleiben können. So leid es mir tut, ich muss mich verabschieden, Gentlemen.«

Frederick sah sie irritiert an. »Sie wollen bereits gehen? Aber wir haben noch nicht einmal den Tee zu uns genommen.«

»Und wir sind kaum dazu gekommen, uns zu unterhalten, Mr Greenland«, sagte sie mit einem Seitenblick auf Swanson. »Der Chief Inspector hat Sie bestimmt nicht aufgesucht, um sich mit mir über Geister zu unterhalten. Er hat etwas Wichtiges mit Ihnen zu besprechen, das spüre ich. Doch wenn Sie mögen, so kommen Sie mich doch in nächster Zeit einmal besuchen.«

»Sehr gern, Madam Balshaw.«

»Bitte nennen Sie mich Louisa«, sagte sie. »Oder Miss Louisa, wenn Ihnen das lieber ist«, fügte sie hinzu.

Frederick errötete wieder. »Wann immer Sie wollen, Miss Louisa«, sagte er.

»Was halten Sie von morgen Abend?«

»Morgen Abend bereits?« Er hatte wohl eine Spur zu überrascht geklungen, denn sie hob sofort damenhaft die Hand und sagte schnell: »Oder ein andermal, wenn es Ihnen lieber ist.«

»Nein, nein. Morgen ist großartig. Ich werde Sie abholen. Sagen wir um sieben?«

»Liebend gern, aber –« Sie schlug kurz die Augen nieder. Dann sah sie ihn wieder an. »Ich würde es vorziehen, wenn wir uns in einem Pub in der Nähe treffen könnten. Wissen Sie, mein Bruder sieht es nicht gern, wenn ich Herrenbesuch bekomme. Und unser Doktor würde mich am liebsten ganz wegschließen.« Sie stieß ein kleines verschämtes Lachen hervor. »Ich glaube manchmal, er hat ein bisschen Angst davor, dass ich mich verlieben und anderweitig verheiraten könnte.«

»Natürlich, das ist verständlich, Miss Balshaw. Ich meine, Louisa.« Du lieber Himmel, was redete er denn da? Am liebsten wäre er augenblicklich im Boden versunken. »Ich meine … also, sicher … wir wollen niemanden verärgern, nicht wahr? Ich … selbstverständlich können wir uns in diesem Pub treffen.«

»Es ist das Running Horse in den Hay's Mews«, sagte sie, den Blick unverwandt auf Frederick gerichtet. »Also abgemacht, Mr Greenland. Ich werde mich einfach heimlich durch die Hintertür schleichen.« Sie zwinkerte ihm verschwörerisch und wenig damenhaft zu. »Es gibt da eine schmale Gasse, die von unserem Haus zu den Mews führt.«

Er nickte und reichte ihr den Sonnenschirm.

»Auf Wiedersehen, Mr Greenland«, sagte sie und knickste. »Auf Wiedersehen, Mr Swanson.«

Der Chief Inspector verbeugte sich dezent. »Ma'am.«

Als sie gegangen war, legte Swanson Frederick eine Hand auf den Arm und führte ihn zum Sofa. »Mr Greenland«, sagte er ernst. »Das war ein sehr aufschlussreiches Gespräch. Wir müssen uns über gewisse Dinge unterhalten.«

»Worüber, Chief Inspector?«

»Zunächst möchte ich Sie bitten, eine Zeit lang einen kleinen Jungen bei sich aufzunehmen, der kein Zuhause mehr hat, Mr Greenland – lassen Sie ihn Morton in der Küche helfen, meinetwegen. Der Mann wird auch nicht jünger.« Und als Frederick ihn nur dümmlich und mit offenem Mund ansah, setzte er hinzu: »Und dann müssen Sie mir von Ihrer neuen Bekanntschaft und von diesem Geisterhaus am Berkeley Square erzählen.«

KAPITEL 16

Auf dem Gehsteig vor der Haustür von Nummer 50 Berkeley Square spielte eine Gruppe von fünf, sechs Jungen. Ausgelassen schlugen sie mit ihren kurzen Spielzeugpeitschen einen großen Reifen zwischen sich hin und her, hielten jedoch fast augenblicklich inne, als der Kutscher den Hansom an den Rinnstein lenkte.

Einer von den größeren Jungs schnappte sich den Reifen und hängte ihn sich über den Arm, als der Hansom vollends zum Stehen kam und der Gaul schnaubend auf der Stelle trat. Die Kinder mochten vielleicht zehn Jahre alt sein, eher neun. Und sie stoben wie von einem plötzlichen Windstoß erfasstes Herbstlaub auseinander, als Chief Inspector Swanson und dann Sergeant Phelps, der erst noch den Kutscher bezahlte, aus dem Wagen stiegen. In einiger Entfernung blieben die Kinder am schmiedeeisernen Zaun des Hauses stehen und sahen neugierig zu ihnen herüber.

Auf der Hauptstraße schob sich klappernd und rasselnd der Verkehr vorüber. Vierspännige Kutschen, unzählige Mietdroschken und die lästige Pferdebahn, die alle achthundert Yards hielt, um einen Pulk Geschäftsleute oder Spaziergänger auszuspucken, die es offenbar verlernt hatten, zu Fuß zu gehen, verstopften bei Tage Londons Straßen. Bald würde man jedermann erlauben, ein Fuhrwerk zu lenken. Und am Ende erstickte die Hauptstadt an dampfenden Pferdeäpfeln; mit ihrer Beseitigung kam die Stadtreinigung schon jetzt kaum noch nach. Linderung brachte auch die neue U-Bahn nicht, die von Baker

Street zwei Stationen bis wer weiß wohin führte und die Swanson noch nie benutzt hatte. Zügen, die unter der Erde fuhren, traute er nicht – unter die Erde käme er noch früh genug.

Swanson war froh, dass Mr Greenland zugestimmt hatte, Badger vorübergehend zu beherbergen. Der Mann lebte immerhin ganz allein in einem großen Haus und konnte Gesellschaft gebrauchen. Swanson konnte sich denken, dass Badger ihn mächtig auf Trab halten würde.

Phelps zog den Klingeldraht.

Die Tür wurde geöffnet, und ein sympathisch aussehender Butler ließ sie ein und führte sie in einen hellen Salon mit kostbarer Morristapete im ersten Stock, wo er sie warten ließ und davoneilte, um Mr Victor Balshaw, den Hausherrn, zu holen.

Als er erschien und Swanson ihm seinen Ausweis hinhielt, ließ er keinerlei Zweifel daran, wie wenig ihm die Anwesenheit der Polizei in seinem Haus gefiel. Natürlich habe er von dem toten Jungen auf der Covent Garden Piazza gehört, es habe ja in allen Zeitungen gestanden. Und: Nein, er habe nichts dagegen, wenn der Sergeant mit dem Hauspersonal sprach. Masterman, der Butler, führte Phelps hinunter. Victor Balshaw und Swanson blieben im Salon.

»Ich bin mir sicher, Sie haben Ihre Gründe, uns zu behelligen, Chief Inspector«, sagte er. Er stand am Kamin, eine Zigarette in der Hand, die er jedoch noch nicht angezündet hatte. »Auch wenn ich mir nicht vorstellen kann, was wir mit der Sache zu schaffen haben. Meine Schwester ist ein berühmtes Medium. Wenn sich herumspricht, dass sie mit dem Tod eines kleinen Jungen in Verbindung gebracht wird, kann sie das ihre Reputation kosten.«

»Das ist mir durchaus bekannt, Mr Balshaw«, sagte Swanson, der wieder in dem Sessel gegenüber dem Sofa Platz genommen hatte. »Trotzdem bin ich gezwungen, Ihnen allen einige Fragen zu stellen.«

»Alles, worum ich Sie bitte, ist ein wenig Diskretion.«

»Selbstverständlich«, sagte Swanson. »Bitte setzen Sie sich doch, Sir.«

»Ich würde es vorziehen, stehen zu bleiben, Chief Inspector.« Balshaw riss eines der Zündhölzer an, entzündete damit die Zigarette und warf es in den erloschenen Kamin.

»Ganz wie Sie wollen.« Swanson stand auf. Für die Fragen, die er zu stellen beabsichtigte, war es besser, wenn Miss Balshaws Bruder sich in seiner, Swansons, Gesellschaft wohlfühlte. Nur allzu oft hatte er die Erfahrung gemacht, dass die Menschen Herz und Mund verschlossen, wenn sie sich unter Druck gesetzt fühlten. Und das wollte Swanson unter keinen Umständen riskieren.

Langsam ging er auf Mr Balshaw zu, blieb neben ihm am Kamin stehen und fragte: »Wäre es vermessen, Sie um eine Zigarette zu bitten, Sir?«

Victor Balshaws Gesicht hellte sich augenblicklich auf. »Nein, nein. Natürlich nicht.« Er klappte das silberne Zigarettenetui auf und hielt es Swanson hin.

»Danke sehr, Sir«, sagte Swanson. »Ich weiß das sehr zu schätzen.« Er steckte sich die Zigarette zwischen die Lippen und wartete, bis Balshaw sie ihm angezündet hatte. Dann inhalierte er tief, stieß den Rauch mit einem erleichterten Seufzer aus und sagte: »Das Ganze nimmt einen ganz schön mit, was?«

»Ich weiß nicht einmal, worum genau es geht«, sagte

Balshaw. »Bislang ergingen Sie sich lediglich in Andeutungen, es gäbe eine Verbindung zwischen dem Mord an diesem Jungen in Covent Garden und unserem Haus. Was hat es damit auf sich, Chief Inspector. Das würde ich gern erfahren.«

»Es gibt gewisse Hinweise, dass der Junge, der ums Leben kam, mit jemandem aus diesem Haus in Kontakt stand.«

»In welcher Weise?«

»Wir haben einen Verdächtigen, Sir.«

»Worauf warten Sie dann noch?«, wandte Balshaw ungeduldig ein. »Dann verhaften Sie den Mann.«

»Nun, ganz so einfach ist das nicht. Wir wissen nicht, wer er ist. Oder sie«, fügte Swanson hinzu. »Alles, was wir wissen, ist, dass sich eine Person zur fraglichen Zeit – also vorgestern Nacht gegen ein Uhr – in einer Droschke hierher in die Nähe des Berkeley Square bringen ließ.«

»Chief Inspector, ich bitte Sie.« Balshaw blickte ihn an, als spräche er mit einem dummen Jungen. »Es muss Dutzende von Menschen geben, die sich nachts in diese Gegend fahren lassen.«

»Nun, diese Person wurde dabei beobachtet, wie sie zu diesem Haus ging.«

»Wer hat diese Beobachtung gemacht?«

»Der Droschkenkutscher«, erklärte Swanson. »Es konnte zwar nicht das Gesicht des Mannes erkennen – in Wahrheit war er sich nicht einmal sicher, ob es sich überhaupt um einen Mann handelte –, aber er sah ihn in der kleinen Gasse verschwinden, die zur Rückseite des Hauses führt.«

Balshaw nickte langsam, zog noch einmal an seiner Zigarette und schnippte sie dann halb angeraucht in den

Kamin. »Das begreife ich nicht. Was kann er hier gewollt haben?«

»Das versuchen wir festzustellen, Sir. Ich würde nun gern mit Ihrer Schwester sprechen, Sir.«

»Sie dürfen Louisa nicht überfordern«, sagte er. »Sie ist äußerst sensibel, müssen Sie wissen. Ich halte es nicht für gut, ihr von dem Mord zu erzählen.«

Donald Swanson rechnete beinahe damit, Miss Louisa würde ihm sagen, sie habe seinen Besuch bereits erwartet, doch das Gegenteil war der Fall. Als die junge Frau den Salon betrat, blickte sie ihn eine Sekunde lang überrascht an. Dann lächelte sie und kam auf ihn zu.

»Das nenne ich eine Überraschung«, sagte sie strahlend und streckte Swanson die Hand entgegen. Er nahm sie und deutete einen Handkuss an. »Was kann ich für Sie tun? Mit wem Ihrer Lieben soll ich Kontakt aufnehmen?«

»Ich bin aus einem anderen Grund hier, Madam. Ihr Bruder bat mich, Ihnen gegenüber nichts davon zu erwähnen. Leider jedoch komme ich nicht umhin …«

»Worum geht es?«, unterbrach sie ihn.

»Um Mord, Madam«, sagte Swanson ernst.

»Mord?« Ihr Gesicht schien zu versteinern. Sie erbleichte und ließ sich auf die Sofakante nieder. »Um Gottes willen. Wer ist denn ermordet worden?«

»Ein Junge. In Covent Garden.«

Sie nickte. »Wie kann ich Ihnen helfen?«

»Wir wissen, dass sich ein Verdächtiger in jener Nacht hierher zu diesem Haus fahren ließ. Und der Junge erwähnte einen Geist, ehe er starb. Wir sehen da eine Verbindung. Deshalb muss ich Ihnen einige Fragen stellen.«

»Ja«, sagte sie. »Ja, selbstverständlich.«

»Mr Greenland erzählte mir von der Séance gestern Nacht. Und von den Geistern, mit denen Sie Kontakt aufnehmen. Was hat es mit ihnen auf sich?«

Sie sah ihn an, schien zu überlegen. Dann sagte sie nur: »Ist das eine ernst gemeinte Frage, Chief Inspector?«

Er nickte.

»Sie …« Ihre Hände flatterten in der Luft. »Sie sprechen mit mir.«

»Die Geister?«

»Die Geister, ja.«

»Und was sagen sie Ihnen?«

»Dinge«, antwortete sie. »Über die Menschen, die zu mir kommen und meine Hilfe suchen. Ob ein Ehemann seiner Gattin treu ist oder wo der verlorene Sohn sich aufhält – derlei Dinge.« Sie schenkte ihm ein schwaches Lächeln.

Nichts, was man nicht auch auf andere Weise herausfinden konnte, dachte Swanson bei sich. Dazu bedurfte es der Geister nicht. »Wie geht das vonstatten?«, fragte er. »Wie sprechen die Geister mit Ihnen? Halten Sie eine Séance ab?«

»Ja, manchmal«, gab sie zu. »Aber nicht immer.« Sie erhob sich, trat einen Schritt in den Raum hinein, arrangierte fahrig und halbherzig die Blumen, die in einer großen Kristallvase auf einem kleinen runden Tischchen standen, und sagte: »Sie sprechen auch zu mir, wenn ich alleine bin. Wenn ich zu Bett gehe. Das ist sehr häufig der Fall.«

»Ich möchte nicht, dass Sie glauben, ich würde mich über Sie lustig machen wollen oder Ihre Überzeugung ins Lächerliche ziehen – dazu gibt es zu vieles in der

Welt, von dem wir noch nichts verstehen. Die Elektrizität zum Beispiel ist nach wie vor wie Zauberei für mich. Dennoch bin ich erst einmal geneigt, derlei Dinge mit nüchternem Verstand anzugehen. Ich muss herausfinden, ob der sterbende Junge mit dem Wort ›Geist‹ womöglich jemanden aus diesem Haus gemeint haben könnte. Oder jemanden, der mit den Geistern zu sprechen vermag.«

»Denken Sie, er könnte mich damit gemeint haben? Nicht jedermann ist dazu in der Lage, die Schleier zwischen den Welten zu lüften und einen Blick auf die andere Seite zu werfen. Diese Gabe ist ein seltenes Geschenk. Und die besitze in diesem Haus allein ich.«

Swanson hatte den Eindruck, einer Frau gegenüberzustehen, die zumindest selbst fest daran glaubte, diese Gabe zu haben. Verletzen mochte er sie nicht. Zu seiner Vorstellung von menschlichem Zusammenleben gehörte es auch, einem jeden seine Meinung zu lassen, auch wenn man sie selbst noch so ablehnenswert finden mochte. »Ich möchte Ihnen wirklich nicht das Gefühl geben, Sie seien in irgendeiner Weise verdächtig, Madam«, sagte er schließlich. »Alles, was ich will, ist zu verstehen, was der Junge gemeint haben mag, als er von dem Geist sprach.«

Erstaunt blickte sie ihn an. »Vermutlich genau das: einen Geist«, antwortete sie.

»Es fällt mir schwer, das zu glauben.«

»In meiner Welt sind Geister etwas völlig Normales, Chief Inspector. In diesem Haus sowieso. Es ist voller Geister. Das war bereits so, ehe wir hier einzogen. Mrs Boyle hat mir davon erzählt.«

»Sie haben mich neugierig gemacht, Madam«, sagte Swanson. »Wären Sie in der Lage, mit dem … wie soll ich mich ausdrücken – mit dem Geist des toten Jungen Kontakt aufzunehmen? Könnte er uns sagen, wer ihn getötet hat?«

»Sie sind ein merkwürdiger Mann, Mr Swanson«, sagte sie, scheinbar ein wenig belustigt. »Ist Ihnen das bewusst? Eben noch hätte ich Stein und Bein geschworen, Sie würden meine Voraussagen als Scharlatanerie entlarven wollen, und nun überraschen Sie mich. Ich vermag ehrliches Interesse zu erspüren, wissen Sie?«

»Wie gesagt, ich möchte Sie nicht verunglimpfen«, meinte Swanson. »Und ich darf sagen, dass ich auch bei Ihnen spüre, dass Sie die Séancen nicht betreiben, um Ihre Kundschaft hinters Licht zu führen.«

»Danke, Mr Swanson.«

»Daher wiederhole ich meine Frage«, sagte Swanson. »Wären Sie in der Lage, mit dem Geist des toten Jungen Kontakt aufzunehmen?«

»Ja«, sagte sie langsam. »Ich denke schon.«

Swanson schwirrte der Kopf. Einerseits wünschte er sich, es wäre so einfach, doch andererseits sträubte sich alles in ihm gegen den Gedanken, ein Medium könne einfach so das Opfer eines Mordes nach seinem Mörder fragen. Selbst wenn sie ihm einen Namen nannte, hätte das vor Gericht niemals einen Beweiswert. Was er benötigte, waren stichhaltige Fakten.

Trotzdem fragte er: »Was würden Sie brauchen, um es zu versuchen?«

»Den Namen des Jungen«, sagte sie. Sie ging zum Sofa zurück und setzte sich wieder.

»Es ist schwer zu glauben, dass es so einfach sein soll«, sagte er.

»Sie sind eher ein Denker, nicht wahr?« Sie sah ihn

jetzt ganz offen an. »Sie haben Probleme damit, Dinge einfach hinzunehmen, oder irre ich mich da?«

»Nein«, sagte Swanson. »Sie irren sich nicht. Vermutlich ist es meinem Beruf geschuldet, dass ich alles unentwegt hinterfrage und logische, erklärbare Antworten haben will.«

Sie streckte die rechte Hand aus und berührte ihn an der Schulter. »Das dachte ich mir. Wenn Sie verstehen wollen, was es mit der anderen Seite auf sich hat, wirklich verstehen wollen, dann werden Sie sich davon lösen müssen. Dann werden Sie den Verstand ausschalten und sich ganz und gar auf Ihr Gefühl verlassen müssen.«

»Und das ist es, was Sie tun?«, fragte er. »Ihren Verstand ausschalten?«

»Ja.« Sie nickte schwach. »Ja, ich denke schon.«

»Und trotzdem sprechen Sie von Stimmen, die Sie hören würden.«

»Ja. Ja, es sind die Stimmen der Seelen, die von der anderen Seite zu uns sprechen.«

»Wie lange hören Sie diese Stimmen schon?«

»Vielleicht drei Jahre«, antwortete sie. »Sie fingen an mit mir zu sprechen, als wir in dieses Haus einzogen.«

Swanson steckte die Hände in die Hosentaschen. Er musterte sie aufmerksam. Wenn sie eine Betrügerin war, der es auf nichts weiter ankam als auf das Geld, das sie mit ihren Séancen und Weissagungen verdiente, und die das Leid und die Sehnsucht ihrer Klienten weidlich ausnutzte, würde er es ihr sicher ansehen können. »Ich nahm an, Sie besäßen Ihre Gabe schon länger.«

Sie lachte glockenhell. »Die besitze ich, solange ich denken kann, Chief Inspector«, antwortete sie. »Nur früher waren es Visionen. Es fing an, als ich noch ein Kind war.«

Sie strich sich eine Haarsträhne aus dem Gesicht, die sich aus dem kunstvoll hochgesteckten Knoten ihres Haars gelöst hatte. »Das war nicht einfach für mich, vor allem wenn ich mit anderen als meiner Mutter darüber sprach. Man wird recht schnell für seltsam erklärt, wenn man glaubt, Dinge zu sehen, die andere nicht sehen.«

»Das kann ich mir denken«, sagte Swanson. »Allerdings – Ihre Mutter glaubte Ihnen demnach?«

»Meine selige Mutter verfügte ja selbst über ähnliche Gaben«, sagte sie.

Er griff in die Innentasche seines Mantels und zog einen Bleistift und seine Karte hervor. Dann schrieb er den Namen des toten Jungen darauf und reichte sie Miss Balshaw.

»Sie zweifeln noch immer«, sagte sie, als sie die Hand ausstreckte und das Kärtchen entgegennahm.

»Ja«, entgegnete Swanson, der daran denken musste, wie verzweifelt Sergeant Collins sich seit Jahren darum bemühte, dass all die Zweifler das neue Fingerabdruckverfahren endlich vor Gericht als Beweismittel anerkannten. »Ja. Aber ich wünschte, ich täte es nicht.«

Nachdem Miss Balshaw ihn verlassen hatte, führte der Butler eine Frau Mitte sechzig in den Salon, die sich Swanson als Mrs Boyle, die Hausdame, vorstellte. Sie trug ein schlichtes schwarzes Hauskleid, das ergraute Haar zum Knoten gebunden, und blickte ihn ernst und fragend an.

Swanson begrüßte sie höflich und deutete eine Verbeugung an. »Ich würde mich gern eine Weile mit Ihnen unterhalten, Mrs Boyle.«

»Sehr gern.« Sie nickte kurz und schloss die Tür hinter

sich. Zögernd tat sie ein paar Schritte in den Raum hinein, blieb dann aber abrupt zwischen Tür und Sofa stehen und blickte ihn fragend an. »Ehrlich gesagt bin ich mir nicht sicher, wie ich Ihnen behilflich sein kann, Chief Inspector, aber …«

Swanson lächelte freundlich und deutete auf das Sofa. »Bitte nehmen Sie doch Platz, Mrs Boyle. Im Sitzen redet es sich gleich viel angenehmer, finden Sie nicht?«

»Danke.« Sie deutete einen Knicks an. Dann setzte sie sich in die Sofaecke und faltete sittsam die Hände auf dem Schoß. Ihre hellen, wachen Augen huschten unsicher von links nach rechts. »Was kann ich für Sie tun?«

Swanson selbst nahm auf dem Sessel ihr gegenüber Platz.

Er betrachtete die ältere Dame mit Wohlwollen. Wenn es jemanden gab, der ihm etwas über diesen Haushalt erzählen konnte, dann war es mit Sicherheit die Haushälterin, dachte er. »Sie haben vermutlich gehört, dass wir Untersuchungen in einem Mordfall durchführen«, sagte er.

»Ich hörte natürlich davon. Ihr Sergeant erwähnte es vorhin.« Sie sah ihn mit ernstem Gesicht an. »Der Junge in Covent Garden.«

»Ganz recht.«

»Allerdings weiß ich rein gar nichts darüber.«

»Dessen bin ich mir sicher, Ma'am.«

»Dann weiß ich wirklich nicht, wie ich Ihnen von Nutzen sein kann.«

»Ich wäre Ihnen sehr verbunden, wenn Sie mir trotzdem einige Minuten Ihrer Zeit gewähren würden.«

Wieder nickte sie.

Swanson bemerkte, dass sie nervös an ihrem linken

Daumennagel zupfte. Er sagte: »Sehen Sie, Ma'am, möglicherweise hat es rein gar nichts mit unseren Ermittlungen zu tun, allerdings gibt es eine Vielzahl von Gerüchten, was dieses Haus angeht, Mrs Boyle. Es geht um die Geister. Ich würde gern ein wenig mehr darüber wissen.«

»Geister«, sagte Mrs Boyle. »Ich fürchte, diese Gerüchte sind größtenteils wahr, Chief Inspector. Ich lebe nun beinahe mein ganzes Leben lang in diesem Haus, und ich sage Ihnen, es ist nicht geheuer.« Sie blickte Swanson an, als erwarte sie eine Reaktion von ihm. Als er jedoch nichts sagte, sondern sie seinerseits nur ansah, fuhr sie fort: »Solange ich zurückdenken kann, hat dieses Haus seine Geister und Geheimnisse gehabt. Ich trat 1859 in die Dienste von Miss Elizabeth Curson, die ich bis zu ihrem Tode pflegte. Nachdem wir sie begraben hatten, mietete der alte Mr Meyers das Haus. Er war ein exzentrischer, aber liebenswürdiger Gentleman.« Sie lächelte, offenbar bei dem Gedanken an diese Zeit, still in sich hinein. »Er verließ niemals das Haus, wissen Sie? Und seine Mahlzeiten nahm er stets allein ein. Wir brachten ihm das Essen in den Salon, und er kam immer erst herunter, wenn niemand mehr in der Nähe war. Abräumen durften wir erst, wenn er den Salon bereits wieder verlassen hatte und er in seinem Schlafzimmer unter dem Dach mit seiner Pfeife gegen die Wasserrohre klopfte.« Sie zuckte die Achseln, ein kleines Lächeln auf den Lippen. »Das kann man im ganzen Haus hören, das ist noch heute so. Und wenn er klopfte, dann war das für uns das Zeichen, dass wir die Erlaubnis hatten, den Salon wieder zu betreten.«

»Etwas exzentrisch, in der Tat«, sagte Swanson. »Bitte fahren Sie nur fort, Mrs Boyle.«

»Als Mr Meyers starb, war in den Zeitungen zu lesen, er sei verrückt geworden. Doch das stimmte nicht. Sie schrieben, er habe den Verstand verloren, weil seine Braut ihn in jungen Jahren Hals über Kopf kurz vor der Hochzeit verlassen habe. Sie schrieben, er sei nie darüber hinweggekommen und habe sich eines Nachts aus Gram darüber selbst getötet, indem er sich ein Daunenkissen auf das Gesicht gepresst habe. Doch das entsprach nicht den Tatsachen. Mr Meyers starb im Salon – nicht in seinem Zimmer. Und er verschied nach dem Nachtessen. Ich fand ihn damals.«

»Ein natürlicher Tod, nehme ich an?«

»Er lag beim Kamin«, sagte sie leise. »In der einen Hand den Schürhaken – was er damit wollte, kann ich beim besten Willen nicht sagen.«

»Sie haben meine Frage nicht beantwortet, Mrs Boyle«, stellte Swanson fest.

»Bitte entschuldigen Sie, Chief Inspector.« Ich hatte es wohl nicht als Frage aufgefasst. Was wollten Sie wissen?«

Er verschränkte die Hände, lehnte sich vor und stützte sein Kinn auf die Fingerspitzen. »Sie erwähnten eben, die Geschichte mit dem Daunenkissen sei nicht zutreffend gewesen.«

»Oh nein, natürlich nicht.«

»Nun«, sagte Swanson. »Woran starb Mr Meyers wirklich?«

»Er erstickte tatsächlich, Chief Inspector«, sagte Mrs Boyle. »So weit stimmen die Geschichten, die man sich erzählt. Und er war auch ganz allein, als er starb. Doch sein Tod war weitaus grausiger.«

»Woran erstickte er, wenn nicht an seinem Kissen? An seinem Essen?«

»Oh, nein, nein.« Mrs Boyle blickte auf ihre Hände. »Er erstickte an seiner Serviette. Doch in Wahrheit haben ihn die Geister getötet. Der Arzt, der den Tod feststellte, sagte uns, Mr Meyers habe sie sich wohl mit dem Griff der Suppenkelle oder mit seinem Messer selbst in den Hals gestopft.«

Große Güte! Das hatte Swanson nicht erwartet. »Dennoch blieben Sie nach seinem Tode hier im Haus?«

»Aber natürlich«, sagte sie. Sie beugte sich vor, hob den Kopf und blickte Swanson direkt in die Augen.

»Ihnen machten die Geister demnach keine Angst?«

»Nein. Ich respektiere sie, und sie respektieren mich«, antwortete sie. »Woher kommt Ihr Interesse an diesem Haus eigentlich? Gibt es – wie soll ich sagen – eine Verbindung zu dem Mord an dem Jungen?«

»Alles, was dieses Haus mit unserem Fall verbindet, sind die Geister«, sagte Swanson. »Und die Aussage eines Droschkenkutschers, der einen Verdächtigen hierher zu diesem Haus brachte.«

»Sie denken, jemand von uns hat diesen Jungen ermordet?«

»Das wissen wir nicht«, sagte Swanson. »Meg, das ist der Name des toten Jungen, sprach davon, sich mit einem Geist treffen zu wollen. Und wir glauben, derjenige, der ihn tötete, muss relativ wohlhabend sein, denn der Junge bekam von ihm als Bezahlung für etwas, von dem wir nicht wissen, was es ist, eine kostbare Pfeife geschenkt.«

»Eine Pfeife?« Sie sah ihn so ungläubig an, als hätte er in einem gewöhnlichen Haus von einem Gespenst gesprochen.

»Der einzige Pfeifenraucher in diesem Haushalt ist

Dr. Gosport«, sagte Mrs Boyle eine Spur zu schnell. »Darf ich fragen, woran der Junge starb?«

»Er wurde vergiftet.«

»Vergiftet! Oh mein Gott.« Sie legte erschrocken die gefalteten Hände vor den Mund. »Aber was hat das alles mit uns zu tun?«

»Der Kutscher hat ausgesagt, er habe in jener Nacht, als der Junge starb, eine Person von Covent Garden in die Hay's Mews gefahren. Er beobachtete, wie diese Person durch die schmale Gasse neben dem Pub zu diesem Haus ging. Wir nehmen an, zur Hintertür. Und wir nehmen weiter an, dass es sich dabei um den Mörder des Jungen handeln könnte.«

»Wenn er ins Haus gekommen ist, dann muss er einen Schlüssel gehabt haben«, sagte sie und blinzelte nachdenklich.

»Das ging uns ebenfalls durch den Kopf«, sagte Swanson. »Denn wenn er kein Bewohner dieses Hauses gewesen wäre, weshalb hätte er dann herkommen sollen?«

Mrs Boyle zog die Stirn in Falten. »War es ein Mann?«

»Leider wissen wir das nicht«, gab Swanson zu. »Er trug zwar die Kleidung eines Mannes, aber sein Gesicht war nicht zu erkennen. Es hätte sich also ebenso gut um eine Frau handeln können.«

»Eine Dame in der Kleidung eines Mannes?«, sagte Mrs Boyle. »Das schickt sich nicht, Chief Inspector.«

»Mord schickt sich ebenfalls nicht«, sagte Swanson. »Sie würden sich wundern, wie weit mancher geht, um seine Ziele zu erreichen.«

»Sogar so etwas?« Sie sah ehrlich überrascht aus, beinahe schockiert.

»Sogar so etwas«, sagte Swanson. »Sie erwähnten vorhin, Mr Meyers habe das Haus nur gemietet – wem gehört es eigentlich?«

»Das Haus gehört mir. Ich erbte es.« Sie zögerte einen Moment. »Ich spreche gemeinhin nicht darüber. Sehen Sie, Chief Inspector, ich bin die Letzte unserer Familie. Ich habe leider niemals geheiratet. Mein Verlobter verstarb, ehe wir das Ehegelübde ablegen konnten. Und einen besseren Mann habe ich unglücklicherweise niemals gefunden.«

Swanson fragte sich, ob sie deshalb vor aller Welt ihre Jungfernschaft verschwieg und noch immer Schwarz trug. Und er fragte sich noch etwas. Er rückte auf die Kante des Stuhls vor und meinte: »Der Besitz muss ein beträchtliches Vermögen wert sein.«

»Oh ja!« Sie nickte und blickte mit einem gewissen Stolz um sich.

»Wer wird das alles einmal erben?«

»Louisa habe ich mächtig ins Herz geschlossen«, sagte Mrs Boyle und schlug die Augen nieder.

»Und ihr vermachen Sie das Haus?«

»Ja, Chief Inspector«, sagte sie. »Ich habe das Testament bereits aufsetzen lassen. Der Gedanke, Miss Balshaw völlig damit zu überraschen, macht mich jetzt bereits glücklich«, sagte Mrs Boyle mit einem strahlenden Lächeln. »Louisa ist ein so liebes Mädchen.« Ihr Gesicht wurde ernst. »Ihren Bruder und auch diesen Dr. Gosport kann ich im Grunde nicht ausstehen. Sie beide hängen am Geld wie der Teufel an der lieben Seele.«

»Und Miss Balshaw ist anders?«

»Oh, gewiss. Sie weiß nicht einmal um die Bedeutung, die sie hat.«

»Was meinen Sie damit?«

»Normalerweise bringt der Mann das Geld ins Haus, nicht wahr?«

»Vermutlich«, sagte Swanson.

»In diesem Haus ist es anders. Jeder hier hängt von Miss Louisas Wohlwollen ab. Wäre sie eine andere Person, würde sie diesen Vorteil sicherlich für sich selbst auszunutzen wissen. Doch sie ist liebreizend und so unschuldig wie ein Lamm. Geld bedeutet ihr nichts. Als ich ihr gegenüber einmal erwähnte, dass sie das Geld verdient, von dem Gosport und auch ihr Bruder leben, da schien sie ganz überrascht zu sein. Sie hatte sich niemals Gedanken darüber gemacht.«

»Noch eine letzte Frage, Mrs Boyle. Glauben Sie an Miss Balshaws Gabe? Denken Sie, sie ist tatsächlich in der Lage, mit den Geistern zu sprechen?«

»Daran habe ich keinerlei Zweifel«, sagte sie.

»Ich danke Ihnen für Ihre Offenheit, Mrs Boyle«, sagte Swanson und entließ die Hausdame wieder zu ihren Pflichten.

»Wie ich hörte, schläft Miss Balshaw sehr schlecht«, sagte Swanson, nachdem er sich Dr. Brian Gosport vorgestellt und den Grund seines Besuchs erklärt hatte.

»Ja, da haben Sie recht.« Dr. Gosport kniff die Lippen zu dünnen Strichen zusammen. »Ich mache mir ernsthaft Sorgen um sie. Allerdings verstehe ich nicht, was das mit Ihren Ermittlungen zu tun hat, Chief Inspector.«

»Ich möchte mir lediglich ein Bild machen, Doktor«, meinte Swanson. »Man sagte mir, Miss Balshaw höre Stimmen.«

»Ja. Da hat man Ihnen die Wahrheit erzählt.«

»Mich würde interessieren, was Sie als Arzt davon halten«, sagte Swanson.

»Ich fürchte, darüber darf ich nicht mit Ihnen sprechen, Chief Inspector. Der Hippokratische Eid. Das werden Sie sicher verstehen.« Dr. Gosport langte in die Innentasche seines Jacketts und zog Pfeife und Tabakbeutel daraus hervor. Während er damit begann, sie zu stopfen, musterte er Swanson von oben bis unten.

»Aber natürlich, Doktor.« Er nickte freundlich. »Was ist mit den Séancen? Halten Sie Miss Balshaws Gabe für echt?«

»Sie erwischen mich zwischen zwei Stühlen, Chief Inspector«, gab Dr. Gosport zu. »Als Mediziner und als Mann der Wissenschaft muss ich alles Übernatürliche selbstverständlich ablehnen – jedoch ...«

»Jedoch?«

»Es gibt da gewisse Dinge. Unheimliche Dinge, wissen Sie? Vorkommnisse, die sich nicht einfach so mit dem gesunden Menschenverstand erklären lassen ...«

»Zum Beispiel?«

»Sie weiß vieles«, sagte Dr. Gosport.

»Das tut mein Sergeant auch, Doktor.«

Der Arzt rieb sich das Kinn und rutschte auf dem Sofa hin und her. »Miss Balshaw ist anders.«

»Inwiefern?«, fragte Swanson.

»Sie hat Kenntnis von Dingen, die sonst niemand wissen kann.«

»Und wodurch erlangt sie sie?«

»Geisterstimmen.« Dr. Gosport zuckte die Achseln. »Das behauptet sie jedenfalls. Am besten fragen Sie Miss Balshaw selbst, Chief Inspector. Ich kann nur sagen, sie hat Kenntnisse über die Menschen, die zu ihr kommen, die kann sie nicht auf natürlichem Wege erlangt haben.«

»Könnten diese Kenntnisse von den Stimmen kommen, die sie hört?«

Der Arzt rang die Hände. Dann schlug er die Beine übereinander und meinte: »Ich … ich möchte mich nicht festlegen, bitte verstehen Sie das.«

»Hören Sie, Doktor. Ich möchte den Mord an einem Jungen aufklären. Einem Jungen, der sein ganzes Leben noch vor sich gehabt hätte.«

»Einem Straßenjungen, wie ich hörte«, sagte Dr. Gosport und zog die Augenbrauen hoch. »Manche von ihnen sind tot besser dran, glauben Sie mir, ich weiß, wovon ich spreche.«

Swanson schluckte die wütende Entgegnung, die ihm auf der Zunge gelegen hatte, herunter und ballte die Fäuste in den Hosentaschen. »Bei allem Respekt, Doktor Gosport«, sagte er so ruhig wie möglich, wobei er jedes einzelne Wort betonte. »Ich pflege keinen Unterschied zu machen zwischen einem Straßenjungen und einem Mediziner.«

»Nun denn«, sagte der Doktor und räusperte sich unbehaglich. Dann meinte er: »Ich denke, Miss Balshaw ist etwas überreizt. Die Nerven, Sie verstehen?«

»Mit anderen Worten: Sie bildet sich diese Stimmen lediglich ein – Ihrer Meinung nach. Das wollen Sie eigentlich sagen, nicht wahr?«

»Chief Inspector. Chief Inspector. Wie Sie verstehen werden, bewege ich mich auf sehr dünnem Eis«, sagte Dr. Gosport. Er fuhr sich mit beiden Händen über das Gesicht. »Ich weiß wirklich nicht, ob ich darüber sprechen sollte.«

»Möglicherweise könnte es Miss Balshaw helfen, Sir«, sagte Swanson. Er sah den Arzt eindringlich an. »Und ich denke doch, das wollen Sie, oder etwa nicht?«

»Selbstredend. Ich würde alles tun, um Louisa ... ich meine, Miss Balshaw zu helfen.«

»Demnach sind Sie davon überzeugt, dass sie ärztlicher Hilfe bedarf«, stellte Swanson fest. »Und Sie haben Gefühle für sie, oder irre ich mich?«

»Nein, Sir. Sie irren sich nicht. Ich kann gewisse Gefühle, die ich für Miss Balshaw hege, nicht verleugnen.«

Swanson nickte. »Erwidert sie Ihre Gefühle?«

»Chief Inspector!«

»Bitte beantworten Sie meine Frage.«

Dr. Gosport blickte kurz zu Boden, sog hörbar die Luft ein und sagte dann: »Ich gehe davon aus, ja, Sir.«

Das war eine interessante Entwicklung, dachte Swanson. »Demnach weiß Miss Balshaw um Ihre Gefühle?«

»Ich habe sie ihr noch nicht offiziell angetragen, wenn Sie das meinen.«

»Die Frage hatte ich mir gestellt, ja.«

»Ich weiß nicht, was das für einen Unterschied macht«, sagte Dr. Gosport. »Meine Urteilsfähigkeit als Arzt wird durch den Umstand, dass ich gewisse Gefühle für Miss Balshaw hege, in keiner Weise beeinflusst.« Der Doktor legte den Kopf in den Nacken und schloss die Augen. Er atmete hörbar ein und aus und blickte dann Swanson mit einer Mischung aus Resignation und schlechtem Gewissen an. »Für Louisa existieren diese Stimmen«, sagte er schließlich. »Aber ich ...« Er stockte. »Ich glaube, es ist ihre Arbeit.«

»Sie denken, sie arbeitet zu viel?«

»Definitiv. Miss Balshaw mag diese Stimmen selbst für

real halten, aber ich … ich glaube, die viele Arbeit mit den … nun ja, Geistern und so weiter …« Er schloss wieder die Augen. »Das Ganze musste ja über kurz oder lang einen Einfluss auf sie haben – immerhin ist sie bloß eine Frau.«

Swanson, der einmal gesehen hatte, wie sein Sergeant für eine ganz ähnliche Aussage eine schallende Ohrfeige hatte einstecken müssen, sagte: »Ich denke, wir dürfen die Frauen nicht unterschätzen, Doktor. Meiner Erfahrung nach sind sie uns in vielerlei Hinsicht voraus. Und was ihre Belastbarkeit angeht, da möchte ich lieber keine Vergleiche anstellen.« Er musste bloß an Annie denken.

Konnten die Stimmen, die Miss Balshaw hörte, etwas mit dem Mord an Meg zu tun haben?, dachte Swanson bei sich. Ein Geist hatte den Jungen getötet und sich anschließend zur Rückseite dieses Hauses begeben. Und es war ebenfalls ein Geist, der Miss Balshaw nachts all die Geheimnisse ihrer Klienten einflüsterte. »Was aber, wenn sie sich diese Stimmen nicht einfach bloß einbildet?«

»Soll das Ihr Ernst sein?« Um Dr. Gosports Mund zuckte ein schwaches belustigtes Lächeln. »Eben noch haben Sie mich dazu gedrängt, ich solle zugeben, dass sie sich diese Stimmen einbildet. Und nun …«

»Es war durchaus nicht meine Absicht, Sie zu der einen oder anderen Aussage zu drängen, Sir. Nun?«

»Ich weiß es nicht«, sagte er dann. »Alles Übernatürliche entzieht sich meiner Kenntnis, Chief Inspector. Und ich nahm an, Sie als Polizist würden ebenfalls mehr auf Fakten setzen.«

Einbildung oder Kontakte zur Geisterwelt. Swanson fragte sich, ob es nicht mehr als nur diese beiden Möglichkeiten gab. Ihm selbst war noch eine dritte eingefallen, und die schien ihm für den Anfang die vielversprechendste zu sein, denn sie hatte den unbestreitbaren Vorteil, nichts mit dem Jenseits zu tun zu haben.

Er sagte: »Gibt es einen Kamin in Miss Balshaws Schlafzimmer?«

»Ja.« Dr. Gosport stutzte. »Einen Kamin gibt es hier in jedem Zimmer.«

»Sehr schön. Ach, sagen Sie, Doktor. Wo waren Sie eigentlich in jener Nacht, als der Junge starb?«

»In der Nacht? In meinem Bett, nehme ich an. Ich werde geschlafen haben.«

»Ich nehme nicht an, dass das jemand bestätigen kann, nicht wahr?«

»Ich bitte Sie!«, entrüstete er sich. »Wer sollte das bestätigen können?«

»Selbstverständlich nicht«, sagte Swanson. »Bitte entschuldigen Sie die Indiskretion. Erlauben Sie mir eine letzte Frage, Sir. Sagt Ihnen der Name Specs etwas?«

»Nein, das tut er nicht.« Abrupt stand Dr. Gosport auf. »Verdächtigen Sie mich etwa, etwas mit diesem Mord zu tun zu haben?«

»Das ist das Dumme mit uns Polizisten«, entgegnete Swanson. »Wir verdächtigen erst mal jeden.«

Swanson rief Sergeant Phelps zu sich, der unten in der Küche gesessen und sich bei Tee und Gebäck die Aussagen des Hauspersonals angehört hatte. Niemand hatte in jener Nacht etwas Ungewöhnliches bemerkt. Nein, das Haus sei totenstill gewesen, wie immer. Auf Phelps' Fragen bezüglich der Hintertür mussten jedoch selbst Mrs Talbot, die Köchin, und Masterman, der Butler, zugeben, dass sie es nicht mitbekommen hätten, wäre jemand dort heimlich ein und aus gegangen.

Swanson erwartete Phelps im Salon, wo er über das nachdachte, was Dr. Gosport über den toten Straßenjungen gesagt hatte.

»Sir?« Phelps erschien in der offenen Tür, seinen Notizblock in der Hand. »Sie haben mich rufen lassen.«

»Was haben Sie von den Hausangestellten erfahren?«

»Ach Gott, Sir.« Phelps seufzte. »Manchmal habe ich den Eindruck, sie würden alles abstreiten und alles zugeben, nur damit ihre Herrschaften mit ihnen zufrieden sind.« Er schlug seinen Notizblock auf. »Masterman, der Butler, führt ein sehr strenges Regime in diesem Haus, fürchte ich. Er wacht einfach über alles. Selbst darüber, wann die Köchin und die Zugehfrau zu Bett gehen. Vermerkt es sogar in einem Buch. Ich glaube fast, er hält sich für den lieben Gott. Natürlich nur, was seine Leute angeht. Über Miss Balshaw, ihren Bruder und Dr. Gosport hat er so gut wie gar nichts gesagt.«

Das wunderte Swanson nicht. Auf dieses Problem stieß er immer wieder. Diesmal konnte er sich schon glücklich schätzen, dass man mit ihnen kooperierte. Wer immer auch in diesem Haus das Sagen haben mochte – und darüber hatte Swanson sich noch keine rechte Meinung bilden können –, er oder sie legte ihnen zumindest keine offensichtlichen Steine in den Weg. Manchmal ließ allein das Auftauchen der Polizei jedes Gespräch verstummen, und die Herrschaften fühlten sich eher in ihrer Privatsphäre gestört als durch Scotland Yard beschützt.

»Keiner von denen hat auch nur irgendwas bemerkt«, fuhr Phelps fort. »Angeblich haben zur fraglichen Zeit alle geschlafen. Wie es scheint, hätte jeder das Haus betreten oder verlassen können, der einen Schlüssel besaß. Allerdings hatte ich den Eindruck, Miss Mary Winter, das Hausmädchen, hätte liebend gern etwas mehr dazu gesagt. Der Butler war jedoch zugegen, und sie traute sich wohl nicht.«

»Sie haben doch nachgehakt, nicht wahr?«

»Ja, Sir das habe ich.«

»Und?«

»Nichts.«

»Dann sollten wir uns Miss Winter noch einmal allein vornehmen«, sagte Swanson.

»Klar, Sir. Ich werde Wilson und Penwood damit betrauen.«

»Machen Sie das.«

Und damit kehrten sie zum Yard zurück.

KAPITEL 17

Eine letzte Nachtigall sang verzweifelt ihr Liebeslied, als Frederick Greenland am nächsten Tag um Viertel vor sieben am Berkeley Square aus der Mietdroschke stieg. Auch wenn er nicht verstehen konnte, weshalb man einer erwachsenen jungen Dame nicht erlaubte, über Tage Besuch zu empfangen, unterdrückte er den Impuls, an der Haustür von Nummer 50 zu läuten. Unter keinen Umständen wollte er Miss Louisa Unannehmlichkeiten bereiten.

Das Pub The Running Horse lag an der Ecke Hay's Mews und Charles Street. Frederick ging zunächst daran vorüber und warf einen Blick in die kleine Gasse, die zwischen dem Pub und dem Haus Nummer 51 verlief, einer Bildungsstätte für vernachlässigte Waisenkinder, die von einem Reverend Keaton geführt wurde, wie das Holzschild über der Eingangstür verriet. Miss Louisas Heim war jedoch von der Straße aus nicht zu sehen, rechts und links des Durchgangs verliefen hohe Mauern.

Das Pub dagegen sah einladend aus. An den Tischen vor der Tür saß niemand, um sein Bier zu trinken. Nur drinnen an der Theke standen einige Gäste, wie er durch die hohen Fenster sah; respektable Männer zumeist, die in der Gegend arbeiteten.

Er konnte es kaum erwarten, Louisa wiederzusehen. Er würde sich einfach darauf verlassen, dass sie die Verabredung einhielt. Immerhin hatte sie das Treffen angeregt. Frederick war eben im Begriff einzutreten, als sich ihm ein Mann in den Weg stellte. Er schien aus dem Nichts gekommen zu sein.

Es war Kendon, der glatzköpfige Kerl, mit dem Wilde gestern die Auseinandersetzung gehabt hatte.

»Na, wen haben wir denn da? Du bist ja ein ganz Süßer«, säuselte Kendon. »Und du riechst so gut.« Ohne Vorwarnung packte er Fredericks Rockaufschläge, zog ihn an sich und sog mit geschlossenen Augen den Duft seines morgendlichen Bades ein. Ein, zwei Sekunden verharrte er so, dann stieß er Frederick von sich und sagte: »Du riechst beinahe ein bisschen zu gut. Wenn ich es nicht besser wüsste, ich würde dich für einen Geldbeutel halten, der von den Coppers gefüllt wird.«

»Was wollen Sie von mir, verdammt?«

»Wissen, was so ein feiner Pinkel wie du hier treibt, anstatt sich mit Leuten wie Oscar Wilde in den Federn zu wälzen«, sagte Kendon.

»Ich weiß nicht, was Sie meinen.« Er zwang sich zur Ruhe. Wenn er es jetzt bloß um Oscars und seiner Ehre willen auf eine Schlägerei ankommen ließ und ein blaues Auge riskierte, würde das auf Miss Louisa sicherlich nicht den besten Eindruck machen. »Alles, was ich will, ist in Ruhe ein Pint trinken«, sagte er und schlug Kendons Hände weg.

»Fass mich noch mal an, und du bist tot, du schmierige Schwuchtel«, zischte Kendon. Sein Atem roch nach billigem Rum und schlechten Zähnen. »Hast dich in Sachen eingemischt, die dich nichts angehen. Glaubst wohl, du musst deinen kleinen Freund beschützen, was? Brennen wird er. Brennen! Für das, was er Schmutziges mit Lord Douglas seinem Sohn angestellt hat.«

»Geben Sie den Weg frei«, sagte Frederick, ohne Kendons Worten Beachtung zu schenken. »Bitte«, setzte er hinzu.

Die Gelassenheit in Fredericks Tonfall, selbst wenn sie nur gespielt war und er innerlich vor Angst zitterte, schien Kendon zu beeindrucken. Er trat zur Seite und zwei Schritte zurück. »Wart's ab, Geldsack. Dich werden sie auch noch drankriegen.«

»Danke, Sir«, sagte Frederick. Ohne ein weiteres Wort öffnete er die Tür zur Schankstube und ließ Kendon stehen.

New Scotland Yard, Whitehall

»Eine Sache verstehe ich nicht, Sir«, meinte Sergeant Peter Phelps. Mit zwei dampfenden Teebechern betrat er das Büro.

»Das ist bemerkenswert, Phelps. Ich beneide Sie.« Swanson stand auf und nahm ihm einen der Becher ab. »Dann können Sie sich glücklich schätzen, denke ich.«

»Was?«

»Wenn Sie nur eine Sache nicht verstehen, meine ich. Ich verstehe das meiste nicht.«

Der Sergeant zog seinen leichten Übermantel aus und hängte ihn an den Kleiderständer bei der Tür.

»Setzen Sie sich«, sagte Swanson und deutete auf den Stuhl vor dem Schreibtisch. »Erzählen Sie.«

Sergeant Peter Phelps kramte umständlich seinen Notizblock hervor, klappte ihn auf und schlug ein paar Seiten um. »Sehen Sie, Sir«, sagte er. »Ich habe mir einige Fragen gestellt. Und ich glaube, in diesem Haus stimmt was nicht. Ganz gewaltig sogar.«

»Schießen Sie los, Phelps.«

»Diese Mrs Boyle ist mir, ehrlich gesagt, nicht ganz

koscher«, sagte Phelps. »Warum, um Himmels willen, verheimlicht sie den Mietern, dass sie die Eigentümerin des Hauses ist?«

»Wer weiß? Das kann alle möglichen Gründe haben, Sergeant«, sagte Swanson. Er nahm hinter seinem Schreibtisch Platz und zog die oberste Schublade auf. Phelps sah zu, wie sein Vorgesetzter darin herumwühlte und schließlich zwei Zigarren zutage förderte. Eine hielt er dem Sergeant hin, der sie nach kurzem Zögern entgegennahm, die andere klemmte er sich selbst zwischen die Zähne. »Haben Sie schon einmal darüber nachgedacht, dass sie vielleicht Angst hat?«

»Angst, Sir? Wovor denn?«

»Da kommt alles Mögliche infrage.« Swanson riss ein Streichholz an, gab Phelps Feuer und entzündete dann seine eigene Zigarre. Als beide Zigarren vertraulich qualmten, sagte er: »Na ja. Besitz lockt oftmals Feinde an. Ich könnte durchaus verstehen, wenn Mrs Boyle nicht als Eigentümerin des Besitzes in Erscheinung treten wollte.« Swanson erinnerte sich an einen Antiquitätenhändler in Sidbury, den er einmal gekannt hatte. Der hatte seinen Kunden gegenüber stets behauptet, sein Arbeitgeber habe ihm verboten, mehr zu bezahlen. »Man gibt jede Menge Verantwortung ab. Und man verringert den Neid.«

»Schön und gut, Sir«, sagte Phelps. »Doch ist Ihnen aufgegangen, dass sie die einzige Person ist, die bei all den seltsamen Ereignissen und auch bei sämtlichen der vergangenen Todesfälle im Haus zugegen gewesen ist?«

Darüber hatte Swanson in der Tat nachgedacht. Doch er war zu dem Schluss gekommen, dass man die Vergangenheit nicht mit der Gegenwart vermischen durfte. Es war Aufgabe der Polizei, den Tod eines Jungen aufzuklären, der sein Leben in Covent Garden aufs Kopfsteinpflaster gespuckt hatte, nicht die Todesfälle, die sich vor langer Zeit einmal in Mrs Boyles Haus ereignet hatten. »Konzentrieren wir uns bisweilen auf die Gegenwart«, sagte er. »Soviel wir wissen, ist der vermummte Unbekannte, der sich in der Mordnacht von Covent Garden zum Haus der Balshaws fahren ließ, unsere einzige Verbindung zu dem toten Jungen.«

»Der Junge sprach von einem Geist«, sagte Phelps. »Und Miss Balshaw hat jede Menge davon um sich.«

Swanson streifte die Asche von seiner Zigarre. »Was halten Sie von Dr. Gosport?«

»Netter Kerl, wenn Sie mich fragen.«

»Er ist Pfeifenraucher.«

»Wollen Sie ihm das zum Vorwurf machen?« Phelps riss die Augen auf. »Sie denken, er hat dem Jungen die Pfeife gegeben?«

»Wäre möglich.«

»Dann müsste er der geheimnisvolle Geist sein«, sagte Phelps.

»Was ist mit Miss Balshaws Bruder?«

»Der ist nicht so mein Fall«, sagte Phelps. »Zu sehr aufs Geld bedacht.«

»Aber das sind die meisten Leute«, sagte Swanson. »Fassen wir mal zusammen: Wir haben einen Jungen, der sich mitten in der Nacht mit einem Mann trifft, um ein wie auch immer geartetes Geschäft mit ihm abzuschließen. Er nennt ihn den Geist, und er bekommt von ihm eine Pfeife geschenkt, die ihm den Tod bringt. Des Weiteren haben wir einen Kutscher, der ausgesagt hat, er habe einen elegant gekleideten Mann mit vermummtem Gesicht vom Berkeley Square nach Covent Garden gefahren und später wieder zurückgebracht.«

»Dass es sich um einen Mann gehandelt hat, ist nicht sicher, Sir«, gab der Sergeant zu bedenken.

»Da haben Sie recht, Phelps. Es könnte auch eine Frau gewesen sein. Wie auch immer – zumindest das Zeitfenster passt. Etwa eine Stunde, mehr oder weniger. Und wir haben Badgers Aussage. Und die Notiz des alten Mannes, bei dem der Junge und sein Freund Meg lebten. Badger zufolge hat Meg von einem Geist gesprochen. Was wiederum eine Verbindung zum Haushalt der Balshaws herstellt. Denn mit dem Medium haben wir auch die Geister in unserer Gleichung. Miss Balshaw hört angeblich Stimmen, die ihr die Zukunft vorhersagen. Was halten Sie übrigens von ihr?«

»Eine sehr hübsche Frau, Sir. Sie ist ... einfach hinreißend.«

»Ja. Das war auch mein Eindruck. Ich frage mich allerdings, ob sich nicht auch etwas Dunkles hinter diesem hübschen Gesicht verbergen könnte.«

»Kann ich mir nicht vorstellen, Sir.«

»Das ist es ja«, sagte Swanson nachdenklich. »Ist nicht meist das die Lösung, was man sich nicht vorzustellen vermag?«

»Selbst wenn Miss Balshaw die Schuldige sein sollte. Was wäre ihr Motiv?«, fragte Phelps. »Was verbindet das Ganze? Es fehlt ein Motiv.«

»Exakt.« Swanson warf seine Zigarre in den Aschenbecher. »Wir haben die Verbindungen. Ja. Aber was nach wie vor fehlt, ist das Motiv. Wir wissen nicht, was der

Grund für den Mord an dem jungen Meg gewesen sein könnte.«

Mary Winter, die an der Hintertür zum Hof stand und mit einem Korb Möhren in der Hand nach draußen blickte, beobachtete den Mann schon eine ganze Weile.

Sein Schädel war kahl und erinnerte das Hausmädchen mehr an den eines Toten denn eines Lebenden. Die Wangen des alten Mannes waren eingefallen, und er trug einen langen grauen Mantel, der seine dünnen Knochen wie ein Leichenhemd umwehte. Vor einer Stunde, als sie den Eimer mit dem Wasser der Schutzwäsche hinausgetragen hatte, hatte sie ihn zum ersten Mal gesehen. Da hatte er noch in der Gasse herumgelungert, die zu den Hay's Mews führte. Doch nun war er näher gekommen.

Jetzt konnte sie auch sehen, dass er eine kleine Brille mit runden Gläsern trug, hinter denen böse dunkle Augen hervorlugten.

Sollte sie nach oben laufen und Mr Balshaw Bescheid geben?

Sicher würde man sie bloß wieder schelten und ihr auftragen, sich nicht immer so ängstlich anzustellen. Doch Mary stellte sich nicht an. Sie war nicht so schreckhaft und ängstlich, wie alle sagten. Sie war vernünftig. Sie passte auf. Und sie bemerkte, wenn etwas nicht richtig war. So, wie sie bemerkt hatte, dass der Schlüssel zur Hintertür gefehlt hatte, in jener Nacht, für die sich die Polizisten so interessierten. Wenn die Polizei ins Haus kam, musste Gefahr im Verzug sein, das wusste sie sicher. Polizisten kamen bloß zu einem ins Haus, wenn etwas Schlimmes geschehen war.

Der große gut aussehende Sergeant hatte gesagt, ein Junge sei ermordet worden. Und womöglich hätte der Mörder in der Nacht einen Wagen hier zum Berkeley Square genommen. Sogar beobachtet hatte man ihn, als er von den Mews zum Haus gegangen war.

Der alte dünne Mann war näher gekommen. Er stand jetzt unter den Wäscheleinen gleich beim Brunnen, höchstens sechs Meter von der Hintertür entfernt.

Mary war bemüht, nur seitlich durch die Scheibe zu schauen, damit er sie nicht sah. Was zum Teufel wollte er hier? War das vielleicht sogar der Mann, der den Jungen in Covent Garden umgebracht hatte? Denn so sah er aus: grausam und kaltblütig, genau wie jemand, der andere Menschen umbrachte.

Mary drehte sich von der Fensterscheibe weg und drückte sich mit dem Rücken an die kalte Wand. Ihr Herz raste.

Als sie sich etwas beruhigt hatte und sich abermals der Tür zuwandte, um durch die beschlagene Scheibe zu blicken, stand der Mann direkt vor ihr mit seinen in der Abendsonne funkelnden Brillengläsern und einem Gesicht, als wäre er geradewegs aus der Hölle gekommen, um Mary mit sich zu nehmen.

Stocksteif stand sie da, unfähig, sich zu regen, zu schreien oder einfach davonzulaufen. Stand so lange da und starrte in die gleißenden roten Sonnenuntergangsaugen des Mannes, bis er mit der linken Hand gegen die Scheibe klopfte.

Mary kreischte und ließ den Eimer mit den Möhren fallen. Er kippte um und rollte die Kellertreppe hinunter, wobei sich die Möhren über die Stufen verteilten. Sie kreischte, als sie panisch und atemlos die Treppe hinaufstolperte, und sie kreischte noch immer, als sie im Erdgeschoss nach Mr Balshaw rief.

Louisa Balshaw, die bereits ihre Ausgehgarderobe und einen Hut trug, hörte Mary schreien und eilte die Treppe hinunter.

Sie fand das Mädchen mitten in der Eingangshalle auf einem persischen Läufer kauernd, wo es zusammengebrochen war und sich weinend die Hände vor das Gesicht hielt.

Louisa ging vor Mary in die Hocke. »Du liebe Güte, Mary«, sagte sie und legte ihr den Arm um die Schultern, »was ist denn geschehen?«

»Ein Mann …«, heulte das Mädchen. »Ein schrecklicher Mann. Oh, er hat so böse Augen, Miss Balshaw. So böse Augen hat er.«

»Wo haben Sie ihn gesehen, Mary?«

»Draußen im Hof. An die Scheibe hat er geklopft. Er sah so schrecklich aus. Wie ein Geist.«

Im selben Moment kamen Dr. Gosport und Victor den Flur hinuntergelaufen. »Was soll das Geschrei, Mary?«, fragte Victor. Mit strenger Miene blickte er auf das Hausmädchen hinunter. »Reißen Sie sich gefälligst zusammen, Sie dummes Ding.«

»Victor!« Louisa stand auf und sah ihren Bruder böse an. »Sie hat schreckliche Angst, siehst du das denn nicht?«

»Was ist passiert?«, fragte der Doktor leise. Er hatte sich neben Mary gekniet und hielt ihr ein Fläschchen Riechsalz unter die Nase. »Sie sind ja leichenblass.«

»Ein dünner alter Mann mit glühenden Augen«, gab Mary schluchzend zur Antwort. »Er ist im Hof. Er hat an die Tür geschlagen. Ich hatte solche Angst. Ich glaube beinahe, das war ein Geist.«

»Ein Geist?« Victor schüttelte verächtlich den Kopf. »Das ist ja lächerlich.« Dann sah er Louisa an, die mit gefalteten Händen neben Mary stand. »Du gehst aus?«, fragte er.

»Ich wollte einen Spaziergang machen«, log sie. »Das Wetter ist zu herrlich, um sich den ganzen Tag im Haus aufzuhalten, nicht wahr?«

»Ich fürchte, das kann ich nicht erlauben, Miss Balshaw«, sagte Dr. Gosport. Er hatte Mary aufgeholfen und ihr sein Taschentuch gereicht.

Louisa war völlig perplex. »Ich verstehe nicht.«

»Wenn da draußen tatsächlich ein gefährlicher Mann herumschleicht, gehen Sie besser heute nicht aus dem Haus.«

»Ich möchte aber gehen«, protestierte sie.

»Dr. Gosport hat recht«, sagte Victor streng. »Du gehst nirgendwo hin, solange ich nicht weiß, was hier los ist. Wo, sagten Sie, haben Sie den Mann gesehen, Mary?«

»An der Hintertür«, antwortete das Mädchen zaghaft.

Victor deutete mit dem ausgestreckten Zeigefinger auf Louisa. »Tut mir leid, Liebes, du bleibst heute Abend hier im Haus. Und ich werde gehen und nachsehen, was das für ein Kerl war.« Damit verschwand er im Korridor.

The Running Horse, Hay's Mews, Berkeley Square

Frederick Greenland sah auf seine Taschenuhr. Bereits zwanzig nach sieben und von Miss Louisa Balshaw keine Spur. Hatte sie ihn vergessen? Oder war ihr Vorschlag, sich hier im Pub mit ihm zu treffen, von vornherein nicht ernst gemeint gewesen? Selten hatte Frederick sich dermaßen unsicher gefühlt.

Eine Weile hörte er in der rauch- und hopfengeschwängerten Bar dem Sänger zu, der abwechselnd eine Liedzeile sang und auf seiner Penny Whistle spielte und dabei ein Bierglas auf seinem rechten Knie balancierte, ohne auch nur einen Tropfen davon zu verschütten. Dann verscheuchte er den kleinen Jungen, der sich zum soundsovielten Male an ihn herangepirscht hatte, mit einem, wie er fand, vernichtend bösen Blick und widmete sich wieder seinem Bitter, dem dritten in Folge. Er nahm einen kräftigen Schluck und warf abermals einen sehnsüchtigen Blick zur Tür.

Er fragte sich, ob Madam Balshaw mit ihrer Aussage, er würde häufig Dinge tun, nur um andere zufriedenzustellen, nicht doch recht haben mochte. Er war für Swanson ins East End von London gegangen, als Jack the Ripper dort sein Unwesen getrieben hatte; er hatte als angeblicher Fachmann für Sicherheitsfragen in einem Theater angeheuert, um einen mörderischen Zauberkünstler aufzuhalten, und jetzt hatte er eine Vormundschaft für einen neunjährigen Jungen am Hals, obwohl er selbst nicht wirklich wusste, wie das Leben lief. Es gelang ihm ja nicht mal, sich mit einer Frau zu treffen. War es das, was ihm fehlte: Rückgrat? War er am Ende nichts weiter als ein beklagenswert mitleiderregender Kerl, der für ein kleines bisschen Aufmerksamkeit seiner Freunde alles tat, was in seiner Macht stand?

Großer Gott, Frederick – er schüttelte den Kopf. Nein! Das bist du nicht. Nein. Nein. Nein. Die drei Gläser Brown Ale mussten ihm wohl zu Kopfe gestiegen sein.

Er war eben dabei, die kleine Auseinandersetzung mit

Kendon in seinem Notizbuch zu vermerken, als sich der aufdringliche Junge ein weiteres Mal an ihn heranschlich. Er konnte es im Spiegel hinter der Bar sehen. Diesmal lugte er über seine Schulter und schien sich anzusehen, was Frederick gerade schrieb.

Betont langsam legte Frederick den Bleistift aus der Hand, klappte sein Notizbuch zu und griff nach seinem Pintglas. Den Jungen ließ er dabei im Spiegel nicht aus den Augen.

Frederick nahm einen kräftigen Schluck, stellte das Glas wieder hin und wischte sich den Schaum von den Lippen. Dann wandte er sich blitzschnell um, ergriff den Kragen des Bengels und zog ihn zu sich heran.

»Was willst du, Kleiner?«, fragte er, wobei er versuchte, sich den Anschein von Bedrohlichkeit zu geben. »Du krabbelst hier schon den ganzen Abend um mich herum, und das gefällt mir nicht. Was willst du?«

Der Junge riss gleich die Arme hoch und packte Fredericks Handgelenke. »Lassen Sie mich los, Mann! Ich hab Ihnen nichts getan!«

Die Leute im Pub drehten sich zu ihnen um. Der Penny-Whistle-Spieler hörte auf zu spielen, das Bierglas kippte von dessen Knie und fiel polternd zu Boden. Und plötzlich sah Frederick sich einer Übermacht aus aggressiven Männern ausgesetzt. Sie starrten ihn an, als hätte er den frechen Jungen geschlagen.

»Finger weg von dem Jungen!«, rief einer der Männer, der an der Bar gestanden hatte. Er hatte sein Hemd aufgekrempelt, und seinen Unterarm zierte das Tattoo eines Totenkopfes. Er war rothaarig, rotgesichtig und hatte einen von der Sonne geröteten Stiernacken. Er bahnte sich, ein Glas Bier in der Hand, seinen Weg durch die anderen. »Sich an schwachen Kindern vergreifen«, sagte er und schüttete Frederick das Bier ins Gesicht. »Das hab ich gern.«

Während Frederick sich die Augen wischte, wurde er von dem Stiernacken am Kragen gepackt und aus dem Public House gezerrt. Dann bekam er einen Stoß und fiel der Länge nach hin.

Das Letzte, was er sah, ehe sich die Horde Jungs auf ihn stürzte und ihm der erste kleine Fuß in die rechte Seite trat, war Kendons Gesicht. Er stand draußen bei der Tür und blickte ihn mit breitem Grinsen an.

9 Tite Street, Chelsea, eine halbe Stunde später

»Sie Ärmster«, säuselte Wilde und betupfte Fredericks rechte Wange mit einem Tuch. »Sie sehen aus, als seien Sie vor die U-Bahn gesprungen. Nun zappeln Sie mal nicht so.«

Das war leichter gesagt als getan. Was immer Wilde auf dieses Tuch geträufelt hatte, es roch fürchterlich und schien sein Gesicht wie Säure zu verätzen. Ein stechender Schmerz fuhr ihm in die Haut. »Um Himmels willen, nehmen Sie das weg!«, rief er. »Das brennt wie Feuer.«

»Stellen Sie sich nicht so an.« Wilde drückte ihn auf den Stuhl zurück. »Das ist ein altes Hausmittel meiner Mutter. Wenn es mich nicht umgebracht hat, wird es auch Sie nicht umbringen. Sie wollen doch keine Blutvergiftung haben, was?« Er trat einen Schritt zurück, wie ein Maler, der ein beinahe vollendetes Porträt betrachtet. Dann lächelte er. Offenbar war er mit seiner Arbeit zufrieden. »Ich sage es nicht gerne, aber mit all Ihren Blessuren sehen Sie verdammt verwegen aus, Freddy. Ich kann kaum an mich halten. Es macht Sie beinahe noch attraktiver, als Sie es ohnehin schon sind. Sie könnten nicht reizender aussehen, wenn Sie sich auf Leben und Tod duelliert hätten.«

»Danke.« Frederick setzte sich auf und stemmte ärgerlich die Hände auf die Knie. »Wenn Sie mich da nicht rausgeholt hätten, wäre ich ganz sicher zu Tode geprügelt worden.«

»Tja, keine Frage – das wären Sie wohl«, entgegnete Wilde gelassen und zog die Augenbrauen hoch. »Ich fürchte, damit stehen Sie abermals in meiner Schuld.« Er hielt den Kopf schief und grinste über das ganze Gesicht. »Keinen blassen Schimmer, wie Sie das je wieder abarbeiten wollen.«

»Oscar!«

»Ja?«

»Man hat mich beinahe umgebracht, verflucht! Können Sie da nicht mal einen Augenblick ernsthaft sein? Wenigstens ein einziges Mal?«

»Meine Güte, wenn Ihnen so sehr daran gelegen ist.«

»Ist es, ja«, sagte Frederick. »Sie können in Ihrer Liebenswürdigkeit wirklich unausstehlich sein, wissen Sie das eigentlich?«

»Nein«, meinte Wilde. »Aber das war ein äußerst brillanter Satz. Darf ich mir den aufschreiben?«

»Nein, verflucht!« Frederick sprang auf. »Wie kommt es, dass Sie überhaupt in der Nähe waren?«

»Ja nun, ich lasse das Objekt meiner Begierde eben ungern aus den Augen.«

Frederick schüttelte den Kopf. Oscar war einfach unbelehrbar. Man musste nicht Madam Louisa Balshaw heißen und das gesamte Wissen der Verstorbenen aus dem Totenreich zurate ziehen, um zu ahnen, dass ihm das eines Tages zum Verhängnis werden würde. »Sie sind …«

»Ja?« Wilde sah ihn ehrlich neugierig an. »Ich bin …?«

Er winkte ab. »Ach, vergessen Sie's.«

»Oh, Sie sind ein Spielverderber, Freddy.« Wilde ging zu einem kleinen verspiegelten Kabinett hinüber, das auf dem Sideboard an der gegenüberliegenden Wand stand, und entnahm ihm eine Karaffe und ein Glas. Er schenkte ein und kehrte damit zu Frederick zurück. »Hier, nehmen Sie.«

Frederick nahm das Glas. »Danke.« Der Brandy rann ihm die Kehle hinunter, und ein wohlig-warmes, den Schmerz betäubendes Gefühl breitete sich in seinem Brustkorb aus. »Das war eine Horde Kinder. Und ich war nicht in der Lage, ihnen irgendetwas entgegenzusetzen.«

»Sie werden alt, mein lieber Freddy«, sagte Wilde und breitete die Arme aus. »Aber seien Sie gewiss: Alter spielt für mich nicht die geringste Rolle.« Feixend verkorkte er die Karaffe und verstaute sie wieder in dem kleinen Kabinett. Er selbst trank nichts.

»Machen Sie sich nur lustig über mich, Oscar.« Frederick rieb sich die linke Seite. »Diese Kinder sind mit allen Wassern gewaschen, sage ich Ihnen. Einer von diesen kleinen Teufeln hat mir seinen spitzen Ellenbogen in die Rippen gerammt – gleich unterhalb der Schulter – und ich muss sagen, solche Schmerzen habe ich nicht mal in meinem Elternhaus erfahren. Das sind keine Kinder, Oscar. Das sind Kämpfer. Ich wünschte, ich käme draußen auf der Straße ebenso zurecht wie die.«

»Alles hat seine Vor- und Nachteile«, meinte Wilde und plumpste in den Lehnstuhl, der neben Frederick stand. »Ich bin mir sicher, die Jungs beneiden Sie ebenfalls um so einiges. Allerdings kann ich mir nicht denken, dass Sie sich sonderlich nach deren Lebensweise sehnen.«

»Das nicht«, gab Frederick zurück. »Aber diese Kinder sind um einiges abgebrühter und härter als alles, was ich bislang erlebt habe.«

»Das Leben selbst hat sie hart gemacht, würde ich meinen«, sagte Wilde. Er streckte die Beine zum Kamin hin aus und verschränkte die Hände hinter dem Kopf. »Und ihre beste Zeit ist die zwischen neun und dreizehn. Danach geht es steil mit ihnen bergab.«

Frederick setzte sich auf. »Ist das so?«

»Wenn sie zu Männern werden, ist ihr Leben gelaufen«, sagte Wilde. »Es ist wie mit den Katzen. Die meisten werden erst ertränkt, wenn sie herangewachsen sind und nicht mehr so niedlich aussehen.«

Frederick stöhnte.

»Ich verstehe nicht, wieso Sie sich überhaupt mit diesen Leuten angelegt haben.«

»Ich habe mich mit niemandem angelegt«, protestierte Frederick. »Ich habe lediglich diesen Jungen zur Rede gestellt. Und dann geriet irgendwie alles außer Kontrolle.«

»Zur Rede gestellt? Wie meinen Sie das?«

»Na, da war dieser Junge«, erklärte Frederick. »Er war den ganzen Abend über um mich herum. Er schien mich richtiggehend zu verfolgen. Ich konnte ihn einfach nicht verscheuchen. Egal, was ich versucht habe, er kam immer wieder.«

»Und das war jedes Mal derselbe?«, fragte Wilde.

»Vermutlich«, sagte Frederick, obgleich er sich nun im Nachhinein nicht mehr ganz sicher war. »Diese Kinder sehen doch alle gleich aus, oder nicht?«

»Hm«, machte Wilde.

»Was soll das heißen, hm?«

»Das scheint mir eine recht oberflächliche Aussage zu sein, mein Lieber. Ich versichere Ihnen, kein Kind sieht wie das andere aus, Freddy. Ich fürchte, Sie haben schrecklich wenig Erfahrung im Umgang mit Kindern. Entweder begegnen Sie ihnen nie, oder Sie schenken ihnen aus Desinteresse keine Beachtung.«

»Wie kommen Sie darauf, ich sei oberflächlich?«

»Ganz einfach«, meinte Wilde. »Wenn Sie es nicht wären, würden Sie nicht solch einen Unsinn reden.«

»Ich lege eben Wert auf eine gewisse Privatsphäre.«

»Du liebe Güte! Und ein paar Kinder reichen schon aus, sie zu stören?« Wilde schüttelte den Kopf. »Ich bin berühmt. Um mich sind ständig Kinder – kleine und große. Sie wollen entweder etwas Kleingeld, eine Locke von meinem Haar, ein Autogramm, einen Happen zu essen, oder sie sind einfach neugierig. Ich bemerke sie kaum noch.« Er betupfte wieder Fredericks Wange. Mit weniger Feingefühl diesmal.

»Autsch, verflucht!«

»Stellen Sie sich nicht so an«, sagte Wilde. »Schließlich sind Sie erwachsen.«

FÜNFTER TEIL

Geister-stimmen

» Selbstbezichtigung ist auch eine Art Luxus. Wenn wir uns selbst die Schuld geben, glauben wir, niemand sonst habe das Recht, uns die Schuld zu geben. «

Oscar Wilde

KAPITEL 18

New Scotland Yard, Whitehall

»Mit den Gespenstern ist nicht zu spaßen, Swanson, das habe ich schon immer gesagt«, meinte Chief Inspector John Littlechild, als Swanson am darauffolgenden Nachmittag aus Detective Constable Stewart Evans' Büro kam und er Littlechild auf dem Korridor begegnete. »Glauben Sie mir, ich habe es selbst erlebt. Das war in den Achtzigern unten in Penzance. Das ging nicht mit rechten Dingen zu damals. Lord Ashton hatte über vermeintliche Diebstähle geklagt und uns um Hilfe gebeten. Es war wie verhext. Ich konnte den Fall einfach nicht aufklären.«

Vielleicht, dachte Swanson bei sich, war das der Grund dafür, dass Littlechild es den Geistern in die Schuhe schob. Das war weit einfacher, als sich sein eigenes berufliches Versagen einzugestehen. Swanson hatte Detective Constable Stewart Evans damit beauftragt, mehr über das Haus und seine Bewohner herauszufinden. Evans war ein wandelnder Aktenschrank, dessen Lebensinhalt darin bestand, im staubigen Reich seines Archivs den Tod zu verwalten. Wenn die Geschwister Balshaw, Mrs Boyle oder Dr. Gosport je aktenkundig geworden waren oder wenn es noch Aufzeichnungen über die Todesfälle gab, die sich vor Jahren angeblich in Nummer 50 ereignet hatten, würde er sie mit Sicherheit ausfindig machen.

»Ich könnte noch stundenlang mit Ihnen plaudern, Littlechild«, sagte Swanson und warf sich seinen Mantel über den Arm. »Dummerweise fehlt mir die Zeit.«

Er schnappte sich Peter Phelps und machte sich gemeinsam mit ihm noch einmal auf den Weg zum Berkeley Square.

Sie wurden von Masterman, dem Butler, empfangen, der sie in den Salon führte, um Miss Louisa zu holen, denn Victor Balshaw und Dr. Gosport waren ausgegangen.

»Ich brauche Ihre Hilfe, Phelps«, sagte Swanson, während sie warteten.

»Das hoffe ich, Sir.«

Swanson schloss die Tür, legte dem Sergeant die Hand auf die Schulter und sagte sehr leise: »Ich habe vor, ein kleines Experiment durchzuführen.«

»Ein Experiment, Sir?«

»Ja.« Er hielt sich den Zeigefinger vor den Mund. »Ich möchte das Rätsel um die Stimmen lösen, die Miss Balshaw jede Nacht hört und die sie beinahe um den Verstand bringen. Ich bin bereit, an vieles zu glauben. Aber an Stimmen, die jemandem die Zukunft verraten, glaube ich nicht. Schon gar nicht, wenn es sich dabei um Tatsachen handelt, die ihre zahlungskräftigen Klienten betreffen.«

»Tatsachen, Sir?« Phelps blickte Swanson an wie ein Schaf. »Ich dachte, das Ganze sei nichts weiter als ein unterhaltsamer Hokuspokus.«

»Das ist es nicht, Phelps«, meinte Swanson nachdenklich. »Das ist es ganz und gar nicht.«

Sergeant Phelps runzelte die Stirn und verzog den Mund. »Also, wenn Sie mich fragen, hat sie nicht alles so ganz beisammen in ihrem Oberstübchen. Colney Hatch und Broadmoor sind voller Menschen, die irgendwelche Stimmen hören, Sir.«

»Allerdings wirkt Miss Balshaw auf mich nicht, als gehöre sie in eine Anstalt«, entgegnete Swanson.

»Das könnte daran liegen«, meinte Phelps, »dass sie jung ist und hübsch. Nur weil sie nicht mit den Augen rollt und wie eine Irre aussieht, heißt das nicht, sie ist gesund.«

»Der Punkt geht an Sie«, sagte Swanson. Er und Phelps hatten es in den Jahren ihrer Zusammenarbeit bereits mit einigen Verrückten zu tun gehabt – und nur den wenigsten hatte man den Irrsinn auf den ersten Blick angesehen. »Sie denken also, ich lasse mich von Miss Balshaws einnehmendem Wesen täuschen.«

»Möglicherweise, Sir. Beschwören kann ich es natürlich nicht.«

»Dann frage ich Sie: Woher nimmt Miss Balshaw ihr Wissen? Denn soweit sich feststellen lässt, stimmt nahezu alles, was sie über die Damen und Herren sagt, die an ihren Séancen teilnehmen. Irgendwoher muss sie dieses Wissen haben. Und ich bezweifle, dass es aus der Geisterwelt stammt.«

»Sie denkt sich das nicht einfach alles aus?«

»Nein, Phelps. Es handelt sich tatsächlich um Fakten. Entweder Miss Balshaw beschafft sich die Informationen auf irgendeine Weise selbst, oder aber ...«

»Oder aber?«

»Oder aber jemand anderes beschafft sie ihr. Und deshalb würde ich gerne ein Experiment durchführen«, erklärte Swanson. Er führte Phelps zum Kamin, der die Westseite des Zimmers beherrschte. Die Hand auf den Sims gelegt, sagte er: »Mir kam da eine Idee. Es könnte doch sein, dass es jemand aus diesem Haus darauf angelegt hat, Miss Balshaw glauben zu machen, sie würde mit der Geisterwelt kommunizieren, und gaukelt ihr die Stimmen vor. Klingt das für Sie logisch?«

»Sicher, Sir. Und Sie haben eine Idee, woher diese Stimmen kommen?«

»Möglicherweise. In beinahe jedem Zimmer hier gibt es einen Kamin. Ich möchte, dass Sie hinauf in das Zimmer gehen, das über dem von Miss Balshaw liegt, und etwas in den Kamin sprechen.«

»Verstehe. Sie denken, jemand flüstert ihr die Stimmen in der Nacht ein.«

»Das war mein Gedanke, Phelps.«

Das Zimmer über dem des Mediums wurde von Mrs Boyle bewohnt. Während Swanson sich von Miss Balshaw in ihr Schlafzimmer führen ließ und vor dem Kamin in die Hocke ging, folgte Sergeant Phelps Mrs Boyle hinauf in ihr eigenes Zimmer im Stockwerk darüber.

Es dauerte nicht lange, da konnten Swanson und das Medium Phelps' Stimme dumpf hallend aus dem Kamin geistern hören.

Huhu, Sir! Verflucht ... verflucht ... verflucht sei der Tag Ihrer Pensionierung! Hallo! Sir? Können Sie mich hören? Sir?

Swanson schmunzelte. »Klar und deutlich, Phelps! Kommen Sie wieder runter!« Er stand ächzend auf und wandte sich zu Miss Balshaw um. »Könnten das die Stimmen sein, die Sie gehört haben?«

»Nein!« Sie lachte. »Nein. Das hat keinerlei Ähnlichkeit mit den Stimmen, die ich in der Nacht höre.«

»Sagen Sie, Miss Balshaw«, fragte Swanson. »Seit wann besitzen Sie Ihre übernatürlichen Gaben schon?«

»Solange ich denken kann, Sir«, antwortete sie. »Schon als Kind vermochte ich Dinge zu sehen, die anderen verborgen geblieben sind.« Sie schaute ihn offen an. »Sehen Sie, wenn ich Menschen begegne, dann ist das nicht so wie bei anderen. Gemeinhin sagt man, man könne den Leuten nur vor den Kopf sehen, aber ...«

»Bei Ihnen ist das anders?«

»Ja«, sagte sie. Es klang ganz sachlich; da war keine Spur von hochnäsiger Überlegenheit in ihrer Stimme. »Ich vermag so deutlich zu sehen, was ein anderer Mensch denkt, als würde er seine Gedanken laut aussprechen.«

»Haben Sie sich selbst je gefragt, warum das so ist?« Swanson tippte sich nachdenklich an die Nase. »Ich meine, wunderten Sie sich nie darüber?«

»Anfangs schon, ja. Es kann äußerst befremdlich sein, wenn man im Voraus zu sagen weiß, was ein Mensch, dem man eben erst vorgestellt worden und dem man noch nie zuvor begegnet ist, über einen denkt. Mit der Zeit lernt man damit zu leben. Schon meine Mutter besaß das zweite Gesicht. Wenngleich auch in einer gänzlich anderen Ausprägung.« Sie blickte zum Kronleuchter an der Zimmerdecke hinauf, seufzte und sagte: »Ma hat mir erst davon erzählt, als sie auf dem Sterbebett lag. Sie fragte mich, ob ich wisse, dass sie sterben müsse. Ich wusste es nicht, und das sagte ich ihr auch. Daraufhin erklärte sie mir, sie sei sich ganz sicher, denn sie habe von Wäsche geträumt.«

»Von Wäsche?« Swanson war ob der Alltäglichkeit dieses Traumbildes verblüfft.

»Schmutzige Wäsche.« Sie nickte langsam. »Jedes Mal, wenn jemand stürbe, den sie kannte, so sagte sie mir, habe sie zwei Wochen zuvor denselben Traum gehabt: Jemand kommt unverhofft zu Besuch, meine Mutter lässt ihn ein und stellt dann plötzlich fest, dass das Zimmer, in das sie ihn führen will, voller schmutziger Wäschestücke liegt.

Sie liegen überall – auf den Stühlen, dem Tisch, hängen an den Bilderrahmen und liegen auf dem Boden verstreut. Eine mehr als peinliche und unangenehme Situation.«

»Sie meinen – jedes Mal, wenn Ihre Mutter einen solchen Traum hatte, starb ein Mensch?«

»Ja, Chief Inspector. Unsere Mum besaß sogar einen Kalender, in den sie die Nächte eintrug, in denen sie diese Träume gehabt hatte. Ich besitze ihn noch heute. Als sie dann erkrankte, war sie sich sicher, dass sie dem Tode geweiht war. Eine Woche darauf trugen wir sie zu Grabe.«

Swanson räusperte sich. Aus Miss Balshaws Mund klang all das, als sei es das Selbstverständlichste der Welt. Sie hatte so eine kindliche, unbefangene Art, von diesen merkwürdigen Dingen zu sprechen, dass man sie einfach mögen musste. Darüber hinaus wirkte sie auf ihn eher wie jemand, der versuchte, einem tasmanischen Eingeborenen, der noch nie zuvor eine Dampflokomotive gesehen hatte, dieses Wunder auf möglichst einfache Weise zu erklären.

»Wenn Sie nichts dagegen haben, würde ich gern noch einmal auf Ihre besondere Gabe zurückkommen, Miss Balshaw«, meinte Swanson freundlich.

»Mit dem größten Vergnügen.« Sie strahlte ihn an. »Was möchten Sie wissen?«

»Sie sagten vorhin, Sie seien in der Lage, die Gedanken anderer Menschen zu hören.«

»Nicht zu *hören*, Chief Inspector«, widersprach sie ihm. »Ich *kenne* sie einfach. Sie sind in meinem Kopf. Ob ich das will oder nicht. Die Stimmen sind eine gänzlich andere Sache.«

»Verstehe«, sagte er und nickte. »Sehen Sie mir meine Gedanken ebenfalls an?«

Sie schmunzelte. »Das tue ich in der Tat.«

»Aber es sind jetzt nicht die Stimmen, die sie Ihnen einflüstern.«

»Nein.«

»Würden Sie mir verraten, was Sie glauben, dort zu sehen?«

»Sie fragen sich, was Sie von mir halten sollen«, sagte sie. »Nein, das trifft nicht ganz zu. Sie fragen sich vielmehr, ob ich eventuell krank sein könnte, ob ich vielleicht verrückt bin. Sie möchten das indes nicht glauben, da ich Ihnen sympathisch bin, Sie mich zwar für etwas ungewöhnlich und exzentrisch halten, mich aber sonst ganz normal finden.« Sie hielt inne und lächelte verlegen. »Nein. Sie halten mich nicht für verrückt. Sie nicht. Obgleich Sie es anderen durchaus nicht verdenken würden. Ich ebenfalls nicht.«

Swanson versuchte sich nicht anmerken zu lassen, wie sehr sie mit ihren Worten ins Schwarze getroffen hatte. »Was ist es, Ihrer Meinung nach, was mich von den anderen, wie Sie sie nannten, unterscheidet, Miss Balshaw?«, fragte er.

»Sie sind anders, Sir«, antwortete sie leise. »Sie urteilen nicht wie andere Menschen nach dem Augenschein. Sie bemühen sich, auch meine Seite zu betrachten.« Sie schlug wieder die Augen nieder, was ihr etwas anrührend Zerbrechliches und Verletzliches gab. »Und dafür danke ich Ihnen.«

Swanson verstand, was Dr. Gosport in ihr sah, und fragte sich insgeheim, ob Miss Balshaw dem Hausarzt ähnliche Gefühle entgegenbrachte.

»Brauchen Sie mich noch?«

»Nein, Ma'am. Sie können gehen. Ich danke Ihnen.«

Sie blieb im Türrahmen stehen und wandte sich noch einmal zu ihm um. »Die Antwort ist: Nein, Chief Inspector«, sagte sie.

»Ich verstehe nicht, Miss Balshaw«, meinte Swanson, der sich nicht bewusst war, überhaupt eine Frage gestellt zu haben. »Die Antwort worauf?«

»Auf Ihre Frage.«

»Welche Frage, Miss Balshaw?«

»Ob ich Dr. Gosports Gefühle erwidere«, sagte sie. »Die Antwort lautet: Nein, das tue ich ganz und gar nicht.«

Und damit entschwand sie ohne ein weiteres Wort in den Korridor.

New Scotland Yard, Whitehall

»Ich kam nicht umhin zu bemerken, dass unser gemeinsamer Freund Mr Greenland Nachwuchs bekommen hat«, sagte Oscar Wilde, der Swanson am späten Abend im Yard aufsuchte.

Er machte sich Sorgen. Der Angriff auf Greenland, hinter dem möglicherweise dieser kleine Glatzkopf Kendon steckte, hatte ihn mehr mitgenommen, als er es Frederick gegenüber gezeigt hatte.

»Ich bat ihn, sich eine Weile um ihn zu kümmern, bis ich weiß, wohin ich mit ihm kann, ohne den Jungen in Gefahr zu bringen.«

»Ich fürchte nur, Freddy selbst ist drauf und dran, sich in Gefahr zu bringen«, sagte Wilde. »Gestern geriet er in einem Pub am Berkeley Square mit einer Bande von Kindern aneinander. Die haben ihn ganz schön zugerichtet. Ich holte ihn da heraus.«

»Am Berkeley Square? Was hat er dort gewollt?«

»Die romantische Liebe, Mr Swanson.« Wilde breitete schmunzelnd die Arme aus. »Freddy hat sich in Miss Balshaw verguckt. Und derweil er auf sie wartete, trat er wohl jemandem auf die Füße. Können Sie ihn nicht mit einer anderen Aufgabe betrauen? Mit dem Jungen verreisen vielleicht? Ich muss befürchten, dass Freddy ernstlich etwas zustößt, wenn er sich dort noch einmal blicken lässt.«

»Bis auf Weiteres wird er sich um den Jungen kümmern.«

»Auch wenn die Aufgabe durchaus einen gewissen Reiz hat«, sagte Wilde und schüttelte den Kopf, »sie wird ihn nicht davon abhalten, wieder nach Mayfair zu gehen. Freddy ist unverbesserlich. Das ist das Kreuz mit den Leuten, die ganz und gar unschuldig sind.«

Swanson bemerkte das amüsierte Lächeln, das bei den letzten Worten über Wildes Gesicht gehuscht war. »Sie denken, ich sollte Maßnahmen ergreifen, um ihn daran zu hindern, verstehe ich Sie recht?«

Wilde wirbelte feixend auf dem Stuhl herum, stützte die Ellenbogen auf die Knie und sagte, indem er sich mit dem Zeigefinger an die Nasenspitze tippte: »Sie kommen nie darauf, was mir da vorschwebt.«

»Ich kann es mir denken. Sie wollen, dass ich ihn festnehmen lasse.«

»Zu seinem eigenen Schutz natürlich.« Wilde zog die Augenbrauen hoch und grinste breit.

Swanson dachte einen Augenblick darüber nach, dann

schüttelte er den Kopf. »Ich weiß nicht, ob ich das verantworten kann.«

»Warum nicht? Seien Sie kein Spielverderber, mein lieber Swanson. Manchmal bedarf es einer radikalen und ausgefallenen Idee, um zum Ziel zu gelangen. Und Sie werden doch nicht bestreiten wollen, dass meine Idee radikal und ausgefallen ist, nicht wahr?« Er klatschte in die Hände. »Ziehen Sie ihn einfach für eine Weile aus dem Verkehr, bis Gras über die Sache gewachsen ist. So, wie ich Frederick Greenland einschätze, wird er es verkraften. Am Ende wird er darüber lachen können. Ich sage Ihnen was: Tief in diesem freundlichen und unaufdringlichen Mann steckt die Seele eines Kämpfers – glauben Sie mir.«

Swanson träumte, er schrecke aus dem Schlaf hoch.

Da war ein Geräusch gewesen. Verwirrt rieb er sich die Müdigkeit aus den Augen, wälzte sich herum und stützte sich auf den Ellenbogen. Dann richtete er sich auf. Im ersten Moment vermochte er nicht recht zu sagen, was für ein Geräusch das gewesen war. Wie dicke Wolldecken hing noch immer dieser Traum um seinen Kopf herum, in dem er in einem finsteren, verfallenen Haus neben Badger in einer Ecke gesessen und zugesehen hatte, wie jemand mit einer Axt versucht hatte, die mit Brettern vernagelten Fenster einzuschlagen. Irgendwie hatte er dieses Geräusch in seinen Traum eingebaut.

Er schlug die dünne Decke beiseite, schwang die Beine aus dem Bett und lauschte in die Stille.

Du hast einfach bloß schlimm geträumt, dachte er. Da ist rein gar nichts gewesen. Du hast dir das Geräusch nur eingebildet.

Wumm!

Da war es wieder.

Ka-wumm!

Es kam von unten, und es klang tatsächlich so, als

Wumm!

schlage jemand mit einer Axt die Hintertür ein.

Ka-wumm!

Swanson war mit einem Sprung auf den Beinen. Hastig suchte er nach seinen Hosen, die über dem Fußende des Bettes hingen, und stieg hinein. Er war sich jetzt ganz sicher. Da versuchte jemand die Hintertür einzuschlagen.

Ka-wumm! Wumm! Wumm!

Donald Swanson schlug die Augen auf. Der Mond schien hell zum Fenster herein, und ihm wurde bewusst, dass er lediglich geträumt hatte.

Dem Jungen ging es gut. Er war bei Frederick Greenland untergebracht, und niemand würde irgendwelche Türen einschlagen, um Badger in seine Gewalt zu bringen.

Swanson setzte sich auf. Sein Herz pochte wie wild. Er langte zu seiner Taschenuhr, die auf dem Nachttischchen neben dem Bett lag, und warf einen Blick auf das Zifferblatt. Zwanzig vor drei. Neben ihm schlief Annie.

Er wollte eben wieder die Augen schließen, als er den Krach abermals vernahm.

Wumm! Wumm! Ka-wumm!

Da war jemand an der Haustür.

Wumm! Wumm! Wumm!

Das konnte nur eines bedeuten: Etwas Schreckliches musste geschehen sein. Andernfalls würde man ihn nicht mitten in der Nacht aus dem Bett klopfen.

Während Swanson hastig die Beine aus dem Bett schwang und im Vorbeigehen nach seinem Hemd und den

Hosen griff, hoffte er inständig, dass dieses Schreckliche, was immer es war, nichts mit dem jungen Badger zu tun hatte.

Er schlüpfte in die Hosen, warf sich das Hemd über die Schultern und eilte die Treppe hinunter. Hinter sich hörte er Annie fragen, was geschehen sei. Er hatte jetzt keine Zeit für Antworten. Das lautstarke Pochen an der Tür war noch immer zu hören, und dazu die Stimme von Sergeant Phelps, der immer wieder »Sir? Sind Sie da?« rief.

Swanson erreichte die Haustür und entriegelte sie. Als er sie öffnete, stolperte ihm sein Sergeant beinahe in die Arme.

»Gottverdammt, Phelps. Was zum Teufel ist los?«, fragte Swanson. Und eine bange Sekunde lang befürchtete er, Phelps würde sagen: »Es ist der Junge, Sir. Er ist tot.« Doch das geschah nicht.

»Es hat eine weitere Tote gegeben, Sir.«

»Wo?«

»Berkeley Square«, sagte Phelps. »Im Haus der Balshaws.«

Swanson angelte seinen Mantel von der Garderobe und folgte dem Sergeant zur wartenden Droschke.

SECHSTER TEIL

Der Schlüssel

*» Wer eine gute, verständige und
schöne Frau sucht,
sucht nicht eine, sondern drei. «*

Oscar Wilde

KAPITEL 19

Der Constable, der sie einließ, salutierte. »Sie liegt oben, Mr Swanson, Sir. Es ist das Hausmädchen. Sie hat sich erhängt.«

Gemeinsam gingen der Chief Inspector und der Sergeant nach oben und wurden vom Butler in Mary Winters Schlafzimmer geführt. Die Leiche des Mädchens lag beim Fenster auf dem Rücken. Neben ihr ein umgekippter niedriger Schemel. Bettzeug, Laken und Kissen waren in Unordnung und teilweise auf dem Boden verstreut. Zwei Handtaschen und drei Damenhüte lagen auf der abgezogenen Matratze. Auf dem Nachtschränkchen stand eine Schachtel mit etwas Geld, ein paar Münzen, keine Banknoten.

»Das hat der Constable, der als Erster am Tatort war, in ihrer Handtasche gefunden, Sir«, sagte Phelps und hielt Swanson mit betretenem Gesicht einen Zettel hin.

Es handelte sich um ein kleines, einmal in der Mitte gefaltetes Blatt, das offensichtlich aus einem Notizblock gerissen worden war und auf den ersten Blick wie eine kurze Einkaufsliste aussah.

Ein Teil des Blattes fehlte.

Der Schlüssel
(1x)
Der alte Mann
(2x)

Swanson betrachtete die wenigen Worte schweigend.

»Dieser Dr. Gosport hatte ihr gestern Abend offenbar

befohlen zu gehen«, sagte Phelps. »Er hat es mir eben erzählt.«

»Und Mary Winter hat sich pflichtschuldig daran gehalten«, meinte Swanson mit einem traurigen Seufzer. »Sie scheint ohnehin eine sehr zuverlässige und äußerst konsequente Frau gewesen zu sein.«

Die Hüte auf dem Bett. Ein offener Lederkoffer auf dem Tisch an der Wand – offensichtlich war Miss Winter dabei gewesen, ihre Siebensachen zu packen. Doch sie war nicht fertig geworden. Wenn man dem Polizeiarzt Glauben schenken wollte, musste sie mitten in der Arbeit zu dem Schluss gekommen sein, ihr Leben beenden zu müssen, hatte sich die Kordel des Vorhangs um den Hals geknotet und war von einem niedrigen Schemel gesprungen.

Swanson schloss die Tür und ging zum Fenster hinüber. Warum, fragte er sich, beging jemand Selbstmord, nachdem er zuvor seine Koffer gepackt und sämtliche Vorbereitungen für seine Abreise getroffen hatte? Warum, fragte er sich, beging jemand überhaupt Selbstmord? »Ich nahm an, Mary Winter sei die Hausangestellte von Miss Balshaw gewesen. Warum hielt sie nach der Kündigung nicht Rücksprache mit ihr? Hat der gute Doktor in diesem Haus womöglich mehr zu sagen, als ihm unter normalen Umständen zustünde?«

»Was meinen Sie, Sir?«

»Wenn ich Ihnen befehlen würde, Ihre Sachen zu packen und Ihren Polizeidienst zu quittieren, Phelps, was würden Sie tun?«

»Ich würde mich fragen, was ich denn falsch gemacht habe, Sir.«

Swanson nickte nachdenklich und hob den Zeigefinger.

»Und dann? Würden Sie sich in Ihr Schicksal ergeben und gehen?«

»Ich weiß nicht, Sir. Sind Sie denn unzufrieden mit mir?«

»Darum geht es nicht.« Swanson überlegte, wie er Phelps seine Gedanken zu Miss Winters übereiltem Selbstmord begreiflich machen konnte. »Wenn ich Sie hinauswerfe«, versuchte er es noch einmal. Dann besann er sich jedoch, hob die Hand und fragte stattdessen: »Mal angenommen, Sergeant Wilson gäbe Ihnen den Befehl, Ihren Hut zu nehmen, weil er Sie im Yard nicht mehr sehen will. Was täten Sie dann?«

Phelps lachte kurz auf. »Ich würde ihn fragen, ob er den Verstand verloren hat. Sie nicht auch? Ich meine, woher nimmt er sich das Recht heraus ...« Er verstummte.

»Sehen Sie, mein lieber Phelps? Sehen Sie?« Er tippte sich mit dem Zeigefinger an die Nasenspitze. »Woher nimmt er das Recht?«

»Ich begreife, worauf Sie hinauswollen«, sagte Phelps. »Dr. Gosports Kündigung hatte keinerlei Wert, nicht wahr? Eine Kündigung hätte allein Miss Balshaw oder ihr Bruder aussprechen können.«

»Ganz recht. Und das bringt mich zu drei Überlegungen.«

Phelps zückte seinen Notizblock und leckte die Bleistiftspitze an. »Schießen Sie los, Sir.«

»Erstens«, sagte Swanson und hob den Daumen.

»Entweder Dr. Gosport und nicht Miss Balshaw hat hier im Haus das Sagen«, meinte Phelps.

»Oder, Phelps?« Swanson hob den Zeigefinger.

»Nun, Sir, oder ... oder Mary Winter hat sich nicht wegen der Kündigung erhängt.«

Swansons Mittelfinger ging in die Höhe. »Oder?«

»Du meine Güte.« Phelps sah Swanson entsetzt an. »Oder es war gar kein Selbstmord. Meinen Sie etwa das, Sir?«

Swanson nickte langsam. »Das trifft es im Kern, würde ich sagen. Nun ist die Frage, wer von ihrem Tod profitiert.«

Sie stiegen ins Erdgeschoss hinab, als ein junger Constable und die Schwaden einer Salmiakgeistwolke um kurz vor fünf am Morgen das Erscheinen Sergeant Charles H. Stedmans ankündigten. Man hatte ihn nicht einmal wecken müssen, da er ohnehin Tag und Nacht arbeitete. Im Vorübergehen nickte er Swanson und Phelps zu und bahnte sich zielstrebig seinen Weg ins Zimmer des Hausmädchens. Es galt, keine Zeit zu verlieren. Zeit war kostbar in seinem Beruf. Zeit – das wusste er – vermochte, Spuren zu verwischen. Denn Stedman war ein methodischer Mann, ein Mann mit Prinzipien, ein Mann, der ein Standardwerk über die Erstuntersuchung von Leichen am Fundort verfasst hatte.

Eine eigentümliche Stille hatte sich über das ganze Haus gesenkt. Mary Winters Selbstmord schien wie ein schweres schwarzes Tuch auf den Bewohnern zu lasten. Kaum jemand sprach. Die Hausangestellten kamen ihren Pflichten schweigend und mit einer gewissen Trägheit nach, so als habe die Hand des Todes die Zeit selbst verändert.

Chief Inspector Swansons Ankündigung, mit allen sprechen zu wollen, die zum Haushalt gehörten, hatte ihr Übriges getan. Jeder schien sich so weit wie möglich abseits zu halten – aus Angst, womöglich der Erste zu sein, den man zur Befragung in den Salon im ersten Stock rief.

Der Haushalt bestand aus sieben Personen. Derweil Phelps in der Küche mit dem Personal sprach, bat Swanson als Ersten Dr. Gosport in den Salon.

Er trug einen schlichten blauen Morgenmantel aus Baumwolle. Sein Haar war zerzaust, und er wirkte sichtlich bedrückt. Auf Swansons Geheiß nahm er auf dem Sofa Platz. Der Mann sah verletzlich aus, dachte Swanson. Ein müder Herr um die fünfzig, den man um seinen Schlaf gebracht hatte. Vom studierten Mediziner war zur Stunde nichts zu spüren.

Swanson zog sich einen Stuhl vom Tisch heran und setzte sich Dr. Gosport gegenüber. »Sie haben dem Mädchen gekündigt, Doktor. Was war der Grund dafür?«

Die Frage schien ihn zu irritieren. Offenbar hatte er mit allem anderen als dieser Gesprächseröffnung gerechnet. »Ach, Gott. Mary war ein ungeschicktes junges Ding«, sagte er. »Ständig zerschlug sie irgendwelches Porzellan. Außerdem neigte sie zum Tratschen. Klatsch und Tratsch kann man in einem Haus wie diesem nicht tolerieren, Chief Inspector. Ich hatte mich schon des Öfteren über Mary geärgert. Und gestern platzte mir endgültig der Kragen.«

»Hatten Sie deswegen eine Auseinandersetzung mit ihr? Weil sie tratschte?«

»Auseinandersetzung«, meinte er verächtlich. »Das war keine Auseinandersetzung. Ich sagte ihr, ihr Verhalten sei nicht länger zu tolerieren, und bat sie – bat sie, Chief Inspector – ihre Sachen zu packen. Ich konnte ja nicht ahnen, dass sie sich gleich aufhängen würde.«

»Wäre es nicht an Mr oder Miss Balshaw gewesen, das Mädchen zu entlassen?«

»Ich habe gewisse Befugnisse in diesem Haus«, entgegnete er. »Alles, was Miss Louisas Verfassung abträglich ist, muss vermieden werden.«

»Und Mary Winter war Miss Balshaws Gesundheit abträglich«, stellte Swanson fest. »Ein Goldesel will gut behandelt sein.«

»Ich bezweifle, dass Miss Balshaw sich in dieser Rolle sieht«, sagte Dr. Gosport ärgerlich.

»Es reicht, wenn die anderen sie in dieser Rolle sehen«, sagte Swanson. »Wer hat Mary gefunden, Doktor?«

»Mrs Boyle, die Haushälterin.«

»Dann möchte ich jetzt mit ihr sprechen.«

»Es ist das Haus, Chief Inspector. Es spürt, wenn jemand bedrückt ist«, sagte Mrs Boyle, die Hände auf dem Schoß gefaltet. In ihrem türkisfarbenen Hauskleid mit dem Spitzenkragen wirkte sie trotz der frühen Morgenstunde wie aus dem Ei gepellt. »Und das nutzt es für sich. Ich habe es Ihnen neulich bereits gesagt – viele Menschen sind in diesen vier Wänden gestorben. Die meisten durch eigene Hand. Das Haus spürt ihre Niedergeschlagenheit und verstärkt sie noch.« So, wie Mrs Boyle über das Haus sprach, schien es fast, als spräche sie über ein lebendiges Wesen.

»Dr. Gosport sagte mir, Sie hätten Miss Winter gefunden. Entspricht das den Tatsachen?«

»Ja.«

»Das erscheint mir seltsam. Immerhin war es mitten in der Nacht. Was bewog Sie, rauf in ihr Zimmer zu gehen, Mrs Boyle?«

»Ich hatte ein ungutes Gefühl«, antwortete sie. »Vor dem Zubettgehen war ich Mary auf der Treppe begegnet – sie hatte ganz verweinte Augen. Man hätte sie nicht allein lassen dürfen.« Sie senkte betroffen den Blick und schüttelte langsam den Kopf. »Ich habe einen sehr leichten Schlaf – das ist das Alter. Es muss so gegen halb zwei gewesen sein, da erwachte ich von einem Geräusch. Ein erstickter Schrei. Oder ein Poltern. Besser kann ich es nicht beschreiben. Da zog ich mir meinen Morgenmantel über und ging die Treppe hinauf. Die Tür von Marys Zimmer stand offen. Und da sah ich sie … mit der Kordel um den Hals.« Sie legte die Hand auf den Mund.

»Die Tür stand offen, sagen Sie.«

»Ja. So war es.«

»Kam Ihnen das nicht merkwürdig vor?«

»Jetzt, wo Sie es sagen, schon. Als ich das arme Ding da hängen sah, habe ich mir keine Gedanken darüber gemacht.«

»Was taten Sie dann?«

»Ich lief runter und klopfte den Doktor und Mr Balshaw heraus. Der Doktor versuchte noch, Mary zu helfen, aber es war nichts mehr zu machen.«

»Erinnern Sie sich daran, was Mr Balshaw tat?«, fragte Swanson.

»Er stand bloß da«, sagte sie. »Er war totenblass und zitterte. Immer wieder hat er gesagt, das würde Miss Balshaw den Rest geben, wenn sie davon erführe.«

»Danke, Mrs Boyle.«

Victor Balshaw bestätigte Dr. Gosports und Mrs Boyles Aussagen. Er selbst war erst durch das Klopfen und die Rufe der Haushälterin wach geworden und hatte kaum glauben können, was er dort oben sah.

»Warum nimmt sich ein so junges Ding das Leben?«, fragte er. »Ich begreife das nicht. Wir hätten ihr ein ordentliches Zeugnis ausgestellt, und sie hätte jederzeit eine neue Anstellung gefunden.«

»Sie billigten demnach Dr. Gosports Entscheidung, das Mädchen zu entlassen?«, fragte Swanson.

»Unbedingt«, erwiderte Victor Balshaw. »Der Doktor weiß schließlich am besten, was gut für meine Schwester ist.«

»Und Mary Winter war es nicht?«

»Nein, Sir. Sie klatschte und wahrte die gesellschaftlichen Grenzen nicht.«

»Mit anderen Worten, sie war aufsässig.«

»Schlimmer. Sie machte Louisa verrückt«, sagte er. »Mary neigte dazu, aus Mücken Elefanten zu machen. Überall sah sie Gespenster.«

Das ist interessant, dachte Swanson. »Zum Beispiel?«

»Es ging um einen alten Mann, den sie gestern Abend im Hof hinter dem Haus herumlungern sah; ein Bettler, nehme ich an. Mary fühlte sich richtiggehend von ihm verfolgt. Behauptete, er habe an die Hintertür geklopft und sie durch die Scheibe böse angesehen. Wie eine Wahnsinnige hat sie das Haus zusammengeschrien.« Er seufzte entnervt. »Ich bin nach draußen gegangen und habe nachgesehen – es war niemand dort. Ich bezweifle, dass er überhaupt da war.«

»Hat Miss Winter den Mann beschrieben?«

»Ja. Dürr und alt soll er gewesen sein. Und angeblich trug er eine runde Brille.« Balshaw schnaubte ärgerlich und schüttelte den Kopf. »Tatsächlich fragte Mary meine Schwester allen Ernstes, ob das nicht ein Geist gewesen sein könnte. Er hätte so böse ausgesehen. Sie hörte gar nicht mehr auf damit, Louisa deswegen zu behelligen. Und wenn mal ein Schlüssel wegkam, glaubte sie gleich, es würden Einbrecher kommen.«

»Sie war wohl ausgesprochen ängstlich.«

»Hysterisch war sie«, sagte Balshaw. »Und meine Schwester war die Leidtragende.«

»Mit Verlaub, Sir«, sagte Swanson, »Ihre Schwester scheint mir nicht die Art Frau zu sein, die sich leicht aus der Ruhe bringen lässt.«

»Sie kennen sie nicht richtig, Chief Inspector.«

»Kann ich sie sprechen?«

»Ich fürchte, nein. Der Doktor hat ihr wegen der Aufregung etwas Laudanum gegeben.«

»Eines noch, Mr Balshaw«, sagte Swanson. »Sagt Ihnen der Name Specs etwas?«

»Specs?« Er dachte einen Moment lang nach. Dann schüttelte er den Kopf. »Nein, tut mir leid, Chief Inspector. Den Namen habe ich noch nie gehört. Wer ist das?«

»Niemand im Besonderen. Ich danke Ihnen, Sir.«

Der halbe Haushalt stand in der Eingangshalle und sah dabei zu, wie die Leiche des Hausmädchens auf einer Bahre abtransportiert wurde. Keiner von ihnen sprach ein Wort.

Draußen vor der Haustür winkte Phelps einen Hansom heran und gab dem Kutscher die Anweisung, sie zum Yard zurückzubringen.

»Was haben Sie nun vor, Sir? Ich meine, wir haben nichts in der Hand. Außer einem toten Straßenjungen und dem Selbstmord einer Hausangestellten. Wir treten ziemlich auf der Stelle, was?«

Swanson antwortete nicht. In Gedanken versunken

saß er da und betrachtete das geschäftige nächtliche Treiben der großen alten Stadt. An jeder Straßenecke lauerte der Tod. Hinter jeder dieser Häuserfassaden mochte sich gerade in dieser Sekunde ein tödliches Drama abspielen, ohne dass jemand von ihnen etwas davon ahnte. Phelps hatte recht. Sie tappten im Dunkeln. Trotz des ganzen Polizeiapparats, Charlys Säuren und der Erkenntnis, dass beide Todesfälle irgendwie miteinander in Verbindung standen, hatten sie nichts weiter als lose Fadenenden in der Hand.

Der Junge war an einer Vergiftung gestorben, hatte Charly Stedman gesagt. Auf perfide Weise. Mithilfe einer Pfeife, die der Junge arglos geraucht hatte. Doch von wem er sie erhalten hatte, stand noch immer nicht fest.

Swanson strich sich über seinen Bart und meinte: »Badger hat ausgesagt, Meg habe sich mit jemandem treffen wollen. Mit jemandem, der für Meg so wichtig gewesen ist, dass dieses Treffen sein ganzes Leben hätte verändern sollen.« Und letztlich hatte es das ja auch getan.

»Nur hatte sich der Junge den Ausgang sicherlich ein wenig anders vorgestellt«, meinte Phelps.

»Er muss die Pfeife von jemandem bekommen haben, der äußerst wohlhabend ist, soweit dürfen wir das wohl als gesicherte Fakten annehmen.«

»Und wer immer den Jungen tötete, muss sich mit giftigen Substanzen auskennen. Möglicherweise ist er Arzt.«

»Wie Dr. Gosport, meinen Sie?«

»Nun, ich weiß nicht, Sir. Dr. Gosport scheint mir keinerlei Motiv für den Mord zu haben. Weshalb hätte er den Jungen vergiften sollen? Ich frage mich auch, wo sich die beiden hätten begegnen sollen. Es gibt da keinerlei Überschneidungspunkte.«

»Gesellschaftlich sicher nicht«, gab Swanson zu. »Aber sie könnten auf irgendeine uns noch unbekannte Weise miteinander in Kontakt gekommen sein.«

»Und wie?«

»Ist Ihnen der Cleveland-Street-Skandal ein Begriff, Phelps?«

»Natürlich, Sir. Inspector Abberlines großer Fall.«

»Ich frage mich, ob wir es hier mit ähnlich abstoßenden Dingen zu tun haben könnten.«

»Prostitution? Das ist ja ekelhaft, Sir.« Seine Wangen färbten sich allmählich rot.

»Weshalb bekommt ein vierzehnjähriger Junge ein solch teures Geschenk wie diese Pfeife, Phelps? Das ist die Frage, die mich umtreibt.«

»Sie denken, er ging jemandem zur Hand.« Die Röte hatte mittlerweile Phelps' Ohren erreicht. »In sexueller Hinsicht, meinen Sie?«

»Mir kam der Gedanke«, sagte Swanson. »Entweder das, oder wir haben es mit Erpressung zu tun.«

»Wäre mir lieber, Sir. Ehrlich gesagt.«

»Irgendetwas übersehen wir, Phelps«, sagte Swanson schließlich. »Warum begeht eine junge Frau Selbstmord, nachdem sie ihre Kündigung erhalten hat?«

»Angst vor der Zukunft?«, schlug Phelps vor.

»Oder vor einem alten Mann, den sie im Hof gesehen hat«, überlegte Swanson. »Ich sage Ihnen was, Phelps – es gibt sie, diese Geister. Das ganze Haus ist voll davon.«

»Ist das Ihr Ernst, Sir?« Der Sergeant ließ die Arme hängen, blinzelte so hektisch, als sei ihm ein ganzer

Schwarm Gespenster gerade in die Augen geflogen, und schüttelte dann den Kopf. »Sie wollen mich auf den Arm nehmen, Sir, habe ich recht?«

»Nein. Diese Geister sind allgegenwärtig«, sagte Swanson. »Sie schwirren um uns herum. Und es sind dermaßen viele, dass wir deswegen den Wald vor lauter Bäumen nicht mehr sehen.«

New Scotland Yard, Whitehall

»Der Tod trat zwischen zehn Uhr am Abend und zwei Uhr am Morgen ein«, sagte Stedman. »Genauer lässt sich das beim besten Willen nicht bestimmen. Eines jedoch ist sicher: Das Mädchen hat sich nicht selbst erhängt. Sie wurde erdrosselt. Sehen Sie hier.« Er deutete auf den Bluterguss am Hals der Toten, die nackt auf einem Tisch in seinem Laboratorium lag. Lediglich ihre Scham war sittsam mit einem Tuch bedeckt. »Die Strangulationsmarken führen um ihren Hals herum und überlappen sich im Nacken. Hätte sie Selbstmord begangen, müsste dort, wo die Schlinge in den Knoten übergeht, wegen der Schwerkraft eine Lücke zu sehen sein.«

»Ich hatte nichts anderes erwartet«, sagte Swanson. Und er fragte sich, weshalb Dr. Gosport diese Tatsache entgangen war.

Swanson kehrte in sein Büro zurück, wo Constable Evans ihn erwartete.

»Was haben Sie für mich, Stewart?«, fragte er und nahm hinter seinem Schreibtisch Platz.

»Alles, was ich in der Kürze der Zeit herausbekommen

konnte«, sagte Evans. Er reichte Swanson eine dünne Akte über den Tisch. »Ich habe mich mit dem Haus beschäftigt. Es ist auf den Namen einer gewissen Miss Lydia Boyle eingetragen, unverheiratet.«

Das war Swanson bekannt. »Irgendetwas über Dr. Brian Gosport oder Victor Balshaw?«

»Gosport hatte bis vor wenigen Jahren eine gut gehende Praxis in der Harley Street«, sagte Evans. »Man munkelte etwas über Abtreibungen, die er angeblich vornahm, doch Beweise gab es nicht. Allerdings gab er seine Praxis nach einem bedauerlichen Kunstfehler auf. Damals starb eine Frau im Kindbett.«

»Verlor er seine Approbation?«

»Nein. Er wurde nicht dafür belangt. Die Beweise fehlten.«

»Was ist mit Victor Balshaw?«

»Arbeitete bis vor vier Jahren im Teegeschäft für die West Indian Company. Danach versuchte er, sich selbstständig zu machen, doch das ging in die Hose, Sir.«

»Er machte Pleite?«

»Beinahe. Seit er das Haus am Berkeley Square bezog, ist er wieder flüssig. Soweit ich feststellen konnte, ist er jetzt im Gewürzgeschäft tätig. Zahlreiche Verbindungen nach Asien. Alles astrein.«

»Irgendwelche Vorstrafen?«, wollte Swanson wissen.

»Nicht eine, Sir. Tut mir leid.«

»Schon gut, Stewart.« Er musste lachen. »Noch etwas?«

»Ja, Sir. Das Haus.«

»Was ist damit?«

Der Constable erschauderte. »Es soll dort umgehen, Sir. Einige ungeklärte Fälle von Selbstmord. Inspector

Littlechild scheint sich damals eingehender mit den Fällen befasst zu haben. Doch es kam so gut wie nichts dabei heraus.«

»Das wissen wir bereits, danke. Ist das alles?«

»Für den Augenblick ja, Sir. Aber ich kann mich weiter reinhängen, wenn Sie wollen.«

»Ja. Bitte tun Sie das. Ach – und Stewart?«

»Ja, Sir?«

»Schicken Sie mir Sergeant Penwood herein, wenn Sie an der Teeküche vorbeikommen.«

49 Gordon Square, Bloomsbury,
später am selben Tag

»Sind Sie Mr Frederick Greenland?« Der uniformierte Constable, den Morton heraufgeführt hatte, sah Frederick mit strenger Miene an. Er trug eine runde Nickelbrille, die seine Augen ins Riesenhafte vergrößerte.

»Ich schätze, ja.«

»Ich muss Sie bis auf Weiteres bitten, das Haus nicht mehr zu verlassen, Sir«, sagte der Constable. »Ab sofort stehen Sie unter Arrest.«

»Wie bitte?« Frederick war einen Schritt zurückgetreten. »Ich verstehe nicht, was das soll. Was genau wirft man mir vor?«

»Unzucht mit Minderjährigen Ihres eigenen Geschlechts«, sagte der Constable.

»Aber ich habe nichts dergleichen getan.«

»Gehört Mr Oscar Wilde zu Ihren Bekannten, Sir?«

»Ja«, sagte Frederick. »Ja, das tut er in der Tat.«

»Sehen Sie?«

»Was soll das heißen: Sehen Sie? Ich werde das nicht akzeptieren.«

»Das werden Sie schon müssen, Sir. Andernfalls bin ich gezwungen, Sie festzunehmen.«

Frederick war entsetzt. »Ich verlange, dass Sie Chief Inspector Swanson benachrichtigen.«

»Mr Swanson ist ein viel beschäftigter Mann«, sagte der Constable. »Er ist in dringenden Angelegenheiten unterwegs.«

»Aber ich muss ihn sprechen«, protestierte Frederick. »Es muss sich um ein fürchterliches Missverständnis handeln.«

»Das glaube ich kaum.« Er nahm ein Paar Handschellen von seinem Gürtel, schraubte den Verschluss auf und sah Frederick erwartungsvoll an. »Wenn Sie sich nicht beugen, werde ich Ihnen die hier anlegen, Sir. Bitte setzen Sie sich.«

»Ich werde stehen bleiben.«

»Bitte setzen Sie sich, Sir«, wiederholte der Polizist.

»Sie können mich nicht zwingen«, sagte Frederick. »Ich habe nichts getan, womit ich gegen das Gesetz verstoßen hätte.«

»Das sehen wir anders, Mr Greenland. Bitte machen Sie jetzt kein Theater, Sir. Wo ist der Junge, der sich in Ihrer Obhut befindet?«

»Was hat denn jetzt der Junge damit zu tun?«, fragte Frederick. »Er schläft, verdammt noch mal. Haben Sie mal auf die Uhr gesehen?«

Der Constable schien mit der Auskunft zufrieden zu sein. »Gut, Sir. Dann ist ja alles in bester Ordnung.«

»Nichts ist in bester Ordnung.« Frederick ließ sich kraftlos auf das Sofa fallen. »Du liebe Güte, was für ein Tag.«

Er wackelte hilflos mit dem Kopf. »Wie heißen Sie überhaupt?«

»Penwood, Sir. Sergeant Penwood«, setzte er hinzu.

Die Tür des Salons öffnete sich, und Morton, Fredericks Butler, betrat den Raum. »Sir«, sagte er. »Kann ich noch irgendetwas für Sie tun?«

»Sicher. Schicken Sie nach Chief Inspector Swanson. Ich will wissen, was dieses Theater hier soll.« Er blies die Wangen auf. »Aber bringen Sie uns vorher eine Kanne Kaffee und Sandwiches.«

Saffron Hill, High Holborn

»Sie haben meine Organisation benutzt«, sagte Mr Specs. Es war spät in der Nacht. Auf dem Tisch brannte ein einzelner Kerzenstummel und warf den Schatten des alten Mannes dürr und lang an die schmutzige Holzwand hinter ihm. »Sie haben alle Informationen bekommen, die Sie wollten. Aber Sie sind zu weit gegangen. Sie haben einen meiner Jungens getötet.«

»Mir blieb keine Wahl. Er erpresste mich«, sagte die vermummte Gestalt, die in Specs' schmuddeligem dunklem Wohnzimmer stand. »Ich habe Sie immer gut bezahlt, Specs, das wollen Sie doch nicht bestreiten.«

Der alte Specs nickte.

»Aber Sie haben sich nicht an die Regeln gehalten.«

»Immer habe ich mich an die Regeln gehalten.« Specs nahm seine Brille ab, rieb sich die Augen und setzte sie wieder auf. »Nie hat auch nur eine Menschenseele etwas von unserer Vereinbarung erfahren.«

»Dieser Junge wusste davon.«

»Meg?«

»Ja. Meg.«

»Von mir hatte er es nicht.«

»Dann waren Sie nicht diskret genug.«

»Sie haben die Traute, hierherzukommen und mir das ins Gesicht zu sagen?«, giftete Specs. »Nach all der Zeit.«

»Jedes Ding hat sein Ende«, sagte die vermummte Gestalt. »Sie hätten mich nicht aufsuchen dürfen. Das Hausmädchen hat Sie gesehen. Sie haben sie zu Tode erschreckt.«

»Ich musste doch – wegen Badger. Er hat mit den Polypen geredet.«

»Ja. Das ist bedauerlich. Wo ist er jetzt?«

»Die Jungs ham ihn gefunden. In Bloomsbury. Iss bei 'nem Gentleman untergekrochen, der Greenland heißt. Ich ...« Der alte Mann stockte. »Ich ... komme aber nich an ihn ran.«

»Auch das ist bedauerlich. Sehr sogar. Sie hätten ihn vorher beseitigen müssen.«

»Das tue ich. Das tue ich noch. Die Jungs sind an diesem Greenland dran. Ich werde einen Weg finden – das verspreche ich Ihnen.«

»Sie hatten mir auch versprochen, niemals an meiner Haustür zu erscheinen. Und dass der Junge Ihnen entwischt ist, ist ganz allein Ihr Problem.«

»Ich bring das in Ordnung, ehrlich.«

»Wo finde ich diesen Greenland?«

»Das kostet was extra, wenn ich's Ihnen sage.«

»Die Adresse!«

»49 Gordon Square.«

»Sie sind eine Enttäuschung, alter Mann.« Die Gestalt

im schwarzen Anzug zog eine Pistole hervor und richtete sie auf Mr Specs.

»Nein … Nein, nein …«, stammelte Specs. »Das könn Se nich tun. Wir haben immer zuverlässig gearbeitet.«

»Nicht zuverlässig genug. Ich werde jemand anderen finden.«

»Nein. Bitte. Ich … ich bin ein alter Mann. Lassen Se mich.« Specs hob die dürren Arme und hielt sich die faltigen, altersfleckigen Hände vors Gesicht.

Als der Schuss krachte, durchschlug die Kugel beide Hände und drang unterhalb des linken Auges in Specs' Schädel ein. Blut und Hirnmasse klatschten gegen die rückwärtige Wand. Und mitsamt seinem Stuhl kippte der alte Mann um und lag still da.

Ebenso still verließ die Person, die sich der Geist nannte, das Haus und verschwand in der Dunkelheit.

SIEBTER TEIL

Kurz vor der Wahrheit

*» Um manche Delikte zu begreifen,
genügt es,
die Opfer zu kennen. «*

Oscar Wilde

KAPITEL 20

Saffron Hill, High Holborn,
gegen drei Uhr am folgenden Morgen

Die Luft stand wie eine giftige Wolke aus Gas in der verdreckten finsteren Gasse, und die diversen Gerüche menschlicher Verwahrlosung stiegen Swanson und Phelps in die Nase – Urin, Kot und Verwesung.

Auf Swansons Klopfen hin hatte niemand geöffnet. Sie konnten noch stundenlang hier stehen und warten. Entweder versteckte sich der alte Mann vor ihnen, oder er hatte ohnehin bereits das Weite gesucht.

Er klopfte abermals an die Tür; mit der Faust und lauter diesmal. Von drinnen war kein Laut zu hören. »Wir werden die Tür aufbrechen müssen«, sagte Swanson.

»Das dürfen wir nicht, Sir.«

»Sehen Sie hier einen Polizisten, Phelps? Ich nicht.«

»Wir können da nicht einfach reingehen, Sir«, meinte der Sergeant. »Das wäre Hausfriedensbruch. Wir verfügen nicht über die nötige Berechtigung.«

»Ich weiß«, sagte Swanson.

Sie standen vor dem alten verfallenen Haus, in dem der alte Mr Specs lebte. Auch wenn er keinen Beweis dafür hatte, war Donald Swanson sich ziemlich sicher, dass es sich bei Mr Specs und dem alten Mann, den Mary Winter am Berkeley Square im Hof des Hauses gesehen haben wollte, um ein und dieselbe Person handelte. Dass er die Adresse überhaupt bekommen hatte, grenzte praktisch an ein Wunder. Badger hatte sie ihm erst gegeben, als Swanson seine Sorge zum Ausdruck gebracht hatte, es könnten womöglich noch mehr von den Jungs Megs

Schicksal teilen, wenn er ihnen nicht sagte, wo sich der Unterschlupf des alten Mannes befand.

»Und was haben Sie nun vor?«

»Ich fürchte, meine Antwort wird Ihnen nicht gefallen, Sergeant.« Swanson verschwand ohne ein weiteres Wort in dem unbeleuchteten Durchgang.

Phelps folgte ihm sofort. »Sir!«

»Gehen Sie nach Hause, Phelps.«

»Sir, das können Sie nicht tun. Sie haben keinerlei Beweise dafür, dass der alte Mann irgendetwas mit den Morden zu tun hat. Der Commissioner wird Sie in der Luft zerreißen, Sir.«

»Ich sagte, gehen Sie zu Bett, Sergeant!«

»Nein, Sir, das werde ich ganz sicher nicht.« Er eilte hinter Swanson her. »Wenn Sie sich schon unglücklich machen müssen, dann komme ich mit.«

Swanson sah sich um. An der Wand entdeckte er einen Stapel Brennholz, der zum Schutz gegen den Regen mit einigen Stücken Zeltplane und Lumpen abgedeckt war. Er griff in die Innentasche seines Mantels und zog eine silberne Taschenflasche hervor. »Auch einen Schluck, Phelps?«

»Sir, ich bitte Sie! Ich erkenne Sie nicht wieder.«

Swanson nahm einen Schluck. Dann verteilte er den restlichen Inhalt über die Lumpen, die den Holzstapel bedeckten.

»Sir!«

Swanson steckte die Flasche ein, nahm eine Streichholzschachtel hervor und riss ein Hölzchen an. Noch ehe Sergeant Phelps eingreifen konnte, hatte er es auf die Lumpen geworfen. Sogleich loderten helle Flammen in die Höhe. »Sehen Sie das Feuer, Sergeant?«, fragte er. »Diese

Leute sind in Lebensgefahr. Da können wir nicht erst auf einen richterlichen Beschluss waren.« Und damit nahm er Anlauf und rannte gegen die Holztür an. Doch sie hielt stand.

Phelps blickte zwischen dem immer heftiger auflodernden Feuer und seinem Vorgesetzten hin und her.

»Worauf warten Sie, Phelps?«, rief Swanson. »Helfen Sie mir, in Gottes Namen. Oder wollen Sie, dass die alle im Schlaf verbrennen?«

Wortlos, aber kopfschüttelnd und aufgeregt mit den Armen rudernd nahm Phelps neben Swanson Aufstellung. Swanson zählte bis drei, und dann liefen sie beide gemeinsam los, um sich mit den Schultern gegen das Türblatt zu werfen. Die Tür erzitterte, gab jedoch nicht nach.

»Verdammt noch mal, Phelps, wir müssen uns schon ein bisschen Mühe geben. Los! Noch einmal!«

Mit vereinten Kräften gelang es ihnen schließlich, die Tür aufzubrechen. Und als sie nachgab, war der Schwung dermaßen groß, dass sie beide auf dem Boden landeten. Swanson war als Erster wieder auf den Beinen. »Sehen Sie zu, dass Sie Wasser herbeischaffen!«, rief er. »Ich schaue nach diesem Mr Specs.« Er musste nicht weit gehen, um ihn zu finden. Specs lag im wahrsten Sinne des Wortes vor ihnen.

Der alte Mann war tot.

Zusammengekrümmt lag er auf dem Rücken, die Beine ausgestreckt und die Arme vor der Brust, so als habe er versucht, sich in letzter Sekunde vor der drohenden Gefahr zu ducken. Die Kugel, die seine Hände durchschlagen und ihm das Jochbein zertrümmert hatte, war allerdings schneller gewesen und hatte ihm ein hässliches, dunkel verkrustetes Loch in die Haut der linken Hand gestanzt, an dessen Rändern deutliche Pulverspuren zu erkennen waren. Der Schuss musste aus sehr geringer Distanz abgefeuert worden sein. Die Kugel hatte auch den Schädel ganz offensichtlich durchschlagen und steckte in der groben Holztäfelung der Wand. Unter der Leiche und hinter ihr an der Wand war überall Blut. Zwei graue Katzen leckten an der halb eingetrockneten Lache am Boden.

Hinter ihm nieste Phelps. »Es sind die Katzen, Sir«, sagte er.

Swanson sah zu, wie sie begierig das Blut verschlangen, als handelte es sich um frische Milch. »Widerlich, nicht wahr?«

»Ja, es juckt mich in den Augen, wenn ich sie nur ansehe.« Dann rannte er hinaus, um das Feuer zu löschen.

New Scotland Yard, Whitehall

»Charly, ich muss unbedingt wissen, wer diesen Mann erschossen hat«, sagte Swanson.

»Unglücklicherweise habe ich meine Glaskugel gerade verliehen«, sagte Stedman und schob sich die Lupenbrille auf die hohe gefurchte Stirn. »Großtante Fatima ist damit in den Orient abgereist und wird nicht vor Ablauf der nächsten sieben Monate zurückerwartet.«

Swanson blickte ihn ernst an. »Sie müssen mir alles beschaffen, was ich bekommen kann. Was ist mit den Fingerspuren?«, fragte er. »Haben Sie da Fortschritte gemacht?«

»Das haben wir in der Tat. Allerdings befürchte ich, das hilft uns nichts.«

»Wie kommen Sie darauf, Charly?«

»Ich bezweifle, dass sie vor einem Gericht Bestand hätten«, entgegnete er. »Die Zeit ist einfach noch nicht reif dafür. In zehn, elf Jahren vielleicht.«

»Darauf kann ich keine Rücksicht nehmen.« Swanson strich sich über den Schnurrbart. »Sie haben doch welche auf der Pfeife gefunden, die der tote Junge von Covent Garden bei sich hatte.«

»Ich habe nichts weiter als Teile von Abdrücken gefunden, Donald«, erklärte er. »Höchstwahrscheinlich sind es sowieso die des toten Jungen. Das Problem ist, wir haben keine Kartei, in der ich nachsehen und die gefundenen Abdrücke mit den bekannten Straftätern vergleichen könnte.«

»Die benötigen wir nicht. Ich gehe fest davon aus, dass unser Mörder noch nie zuvor in Erscheinung getreten ist. Er sah sich zu den drei Morden gezwungen, weil er in Bedrängnis geriet.«

»Das klingt, als hätten Sie einen Verdacht«, sagte Stedman. Er nahm seine Brille ab und legte sie auf den Arbeitstisch. »Oder irre ich mich?«

»Nein. Sie irren sich nicht. Ich bin mir im Gegenteil sogar ziemlich sicher zu wissen, wer hinter den Taten steckt. Nur fehlt mir der Beweis. Was halten Sie davon, wenn Sie sich diesen Unterschlupf am Saffron Hill ansehen und ihn auf weitere Fingerspuren untersuchen würden?«

»Was tun Sie in der Zwischenzeit?«, fragte Stedman.

»Ich werde Mr Greenland einen Besuch abstatten und sehen, wie er mit Badger und Sergeant Penwood zurechtgekommen ist.«

Stedman rieb sich nachdenklich das Kinn. »Haben Sie und Phelps in dem Haus irgendetwas angefasst?«

»Nur die Tür«, sagte Phelps. »Und auch die nur mit der Schulter.«

Fünf Stunden darauf traf ein Telegramm im Yard ein. Es stammte von Charly Stedman und lautete:

FINGERSPUREN NEGATIV – STOPP – OPFER SEIT ACHT STD TOT – STOPP – LISTE MIT NAMEN IM HAUS GEFUNDEN – STOPP – CONAN DOYLE/LINDSTRÖM/WILDE/ORPING/ VAN BERGEN – STOPP

Swanson reichte Sergeant Phelps das Telegramm.

Der las es und fragte: »Bringen uns diese Namen irgendwie weiter, Sir?«

»Sie tun sogar viel mehr, Phelps. Ich denke nämlich, sie klären diesen Fall auf«, sagte Swanson und klatschte in die Hände. »Sie stellen endlich eine Verbindung zwischen dem toten Jungen und dem Haus der Balshaws her. Denn Meg arbeitete für Specs, genau wie Badger. Und die Namen beweisen, dass dieser Specs mit Miss Balshaws Séancen zu tun hatte. Das kann kein Zufall sein.«

»Wie kommen Sie darauf, Sir?«

»Sehen Sie, Phelps, all die Leute auf der Liste nahmen an der Séance teil, bei der auch Mr Greenland zugegen war.«

»Aber er steht nicht drauf«, bemerkte der Sergeant verwundert.

»Gerade das ist der springende Punkt«, meinte Swanson und erhob sich. »Nach allem, was mir Frederick

Greenland von der Séance erzählt hat, überrascht mich das auch nicht. Es bestätigt meine Vermutung nur noch.«

»Was hat er Ihnen denn erzählt, Sir?«

Swanson angelte sich seinen Mantel vom Kleiderständer bei der Tür und zog ihn über. »Er sagte, er wäre um ein Haar an der Tür abgewiesen worden, weil er nicht angemeldet war. Und während Miss Balshaw über die anderen Teilnehmer der Séance die erstaunlichsten Einzelheiten zu sagen vermochte, konnte sie ihm nichts weiter prophezeien, als dass eine Frau in sein Leben treten würde. Und diese Frau war sie selbst.«

Phelps runzelte die Stirn. »Und was bedeutet das?«

»Es bedeutet, dass die Stimmen, die ihr die Zukunft und das Schicksal ihrer Klienten vorhersagen, nun auch jene Stimmen sind, die ihre eigene Zukunft und ihr eigenes Schicksal nachhaltig verändern werden. Kommen Sie, Phelps, nehmen Sie Ihren Hut. Wir fahren zum Gordon Square. Ich möchte Mr Greenland unbedingt dabeihaben, wenn wir die Wahrheit ans Licht bringen.«

KAPITEL 21

50 Berkeley Square, Mayfair

Anstelle des Butlers öffnete Dr. Gosport Swanson die Haustür und sah ihn überrascht an. »Sie schon wieder, Chief Inspector? Ich nahm eigentlich an, die Polizeibesuche seien endlich vorüber.«

»Ich kann Sie beruhigen, Doktor. Dies wird unser letzter Besuch in diesem Hause sein«, entgegnete Swanson. Er legte die rechte Hand auf die Brust und deutete eine Verbeugung an. Und nachdem er eingetreten war, schloss er eigenhändig die Tür, drehte den Schlüssel im Schloss und ließ ihn unter den erstaunten Blicken des Arztes in die Brusttasche seines Jacketts gleiten. »Das Motiv für die Morde lag eigentlich von Anfang an auf der Hand. Doch erst heute Morgen ging mir die Wahrheit auf, die hinter alledem steckt.«

»Wollen Sie damit sagen, Sie wissen, wer Mary Winter getötet hat?«, fragte Dr. Gosport.

Swanson nickte. »Selbstverständlich«, sagte er. »Es ist dieselbe Person, die auch den Mord in Covent Garden verübte. Interessant finde ich, dass Sie von Mord sprechen, Doktor. Soweit ich unterrichtet bin, gingen Sie alle hier im Haus von einem Selbstmord Marys aus.«

»Nun ja –« Dr. Gosport zupfte nervös an seinem Kragen. »Ich war nicht sonderlich davon überzeugt, Chief Inspector. Hatte ich Ihnen das nicht gesagt?«

»Nein, Doktor, das haben Sie wohl versäumt«, entgegnete Swanson. »Aber alles andere hätte mich ehrlich gesagt auch sehr verwundert, denn immerhin waren Sie es, der die Leiche als Erster untersuchte. Ihnen muss aufgefallen sein, dass die Strangulationsmarken einen Selbstmord ausschlossen.« Er lächelte ihn offenherzig an.

»Würden Sie mir bitte erklären, worum es geht, Chief Inspector«, sagte Victor Balshaw. Er war auf der Treppe erschienen und sah ebenso ungehalten aus wie bei ihrer ersten Begegnung. »Ich hatte Ihnen doch erklärt, dass wir uns keinen Skandal erlauben können.«

»Bitte geben Sie Ihrer Schwester und Mrs Boyle Bescheid«, sagte Swanson, ohne auf Balshaws Worte einzugehen. »Ich möchte Sie alle in zehn Minuten im Salon sprechen.«

Als alle beisammen waren, stellte sich Victor Balshaw vor Swanson hin. »Ich verlange eine Erklärung.« Er sah jeden Einzelnen an, als suche er bei ihnen Bestätigung für seine Forderung. Dr. Gosport und Louisa Balshaw, die auf dem Sofa saßen, nickten beide. Mrs Boyle sagte nichts.

»Bitte nehmen Sie Platz, Mr Balshaw.« Swanson deutete mit beiden Händen auf das chintzbezogene Sofa. »Dann erläutere ich Ihnen den Anlass meines Besuchs.«

Erstaunlicherweise kam Victor Balshaw der Bitte ohne Proteste nach. Er setzte sich neben seine Schwester, schlug die Beine übereinander und verschränkte die Arme vor der Brust.

Swanson blieb stehen. »Ich bin heute hier, um einen Mord aufzuklären«, sagte er. »Im Grunde sogar drei.«

Mrs Boyle schnappte nach Luft.

»Drei?«, fragte Louisa.

Swanson griff in die Innentasche seines Jacketts und förderte eine Pfeife zutage. Er reichte sie Brian Gosport und fragte: »Was halten Sie davon, Doktor?«

»Nun«, sagte Dr. Gosport und betrachtete sie mit einer

gewissen Anerkennung, »diese Pfeife ist ein recht ansehnliches Stück. Eine wunderbare Arbeit.«

»Sie kennen sich mit Pfeifen aus, Doktor?« Swanson blieb vor dem Sofa stehen, auf dem in der Mitte Miss Louisa und rechts und links von ihr Dr. Gosport und ihr Bruder Victor Platz genommen hatten.

»Ich bin Sammler, wissen Sie?« Er lächelte und reichte die Pfeife an Swanson zurück, der sie in seiner Manteltasche verschwinden ließ. »Von frühester Jugend an faszinierten sie mich. Die Pfeifen, meine ich. Mein Onkel hatte eine beachtliche Sammlung – die meisten asiatischen Ursprungs –, und ich habe diese Leidenschaft vermutlich von ihm geerbt.«

»Man sagte mir, eine solche Pfeife sei nicht ganz billig.«

Dr. Gosport lachte. »Sie machen mir Spaß, Chief Inspector. Sie kostet ein kleines Vermögen.«

»Und diese Pfeife«, fuhr der Chief Inspector fort, »war das Werkzeug zum ersten der drei Morde. Dem an einem Jungen namens Meg. Einem Jungen, der kaum vierzehn Jahre alt geworden ist.«

»Wie kann man eine Pfeife für einen Mord verwenden?«, fragte Dr. Gosport.

»Der Mörder hatte einen perfiden Plan, Doktor. Da er erpresst wurde, musste er handeln. Aber es war auch vonnöten, den Jungen erst mal in Sicherheit zu wiegen. Er schenkte ihm – als eine Anzahlung gewissermaßen – diese Pfeife. Doch er hatte sie zuvor präpariert. Ihr Mundstück war mit einem rasch wirkenden und blutverdünnenden Mittel in Pulverform gefüllt. Als der Junge sie ansteckte und rauchte, inhalierte er das Gift. Was danach geschah, dürfte Ihnen aus den Zeitungen bekannt sein.«

»Du lieber Gott«, entfuhr es Mrs Boyle, die etwas abseits in der Nähe des Kamins saß. »Das ist ja fürchterlich.«

Victor Balshaw und der Doktor schüttelten entsetzt die Köpfe. Louisa dagegen regte sich nicht, sie blickte nur unverwandt Swanson an.

»Aber warum hat der Mörder es getan?« Diese Frage hatte Mrs Boyle gestellt.

»Wie gesagt«, antwortete Swanson. »Weil der Junge ihn erpresste. Meg arbeitete für einen Mann namens Specs. Er hatte einen Unterschlupf in Saffron Hill, wo er sich eine Gruppe von Kindern hielt, die für ihn stahlen. Doch hatte Mr Specs einen weiteren Geschäftszweig für sich entdeckt: den Verkauf von Informationen. Bestimmte, dafür ausgewählte Jungs schickte er los, um sie ihm zu beschaffen. Kinder sind sehr unauffällig, selbst wenn sie überall herumstromern. Niemand schenkt ihnen besondere Beachtung. Und das nutzte Mr Specs aus. Die Person, an die er die Informationen verkaufte, gab ihm dann und wann eine Liste mit Namen. Und die Kinder schickte er los, diese Informationen zu sammeln. Es reichte schon, wenn sie sich bloß in der Nähe aufhielten. Auf diese Weise bekamen sie genug mit, um Mr Specs' Auftraggeber zufriedenzustellen.«

»Kinder?«, fragte Victor Balshaw belustigt. »Welche Art Informationen sollten denn das gewesen sein?«

»Die Information beispielsweise, dass sich Sir William Orpings Sohn in Wapping versteckt hält«, entgegnete Swanson. »Die Art Informationen, die Ihrer Schwester Louisa ihre Vorhersagen ermöglichten.«

»Mr Swanson!«, rief Louisa entsetzt. »Wollen Sie mir unterstellen, ich sei eine Betrügerin?«

Swanson hob beschwichtigend die Hände. »Beruhigen Sie sich, Miss Balshaw. Ich unterstelle Ihnen rein gar nichts.«

»Aber Sie sagten eben …« Sie verstummte, als Dr. Gosport ihr eine Hand auf die Schulter legte.

»Ich erinnere Sie an die Séance, an der auch Mr Greenland teilnahm«, sagte Swanson. »Sie sagten allen Beteiligten die Zukunft voraus, während Sie über Mr Greenland nichts sagen konnten. Sie müssen sich doch selbst einmal gefragt haben, weshalb das so ist.«

»Ich …« Sie schaute ihn mit großen Augen an. »Nein. Ich … weiß nicht. Die Stimmen kommen und gehen … ich kann ihnen nicht befehlen, zu mir zu sprechen.«

»Die Stimmen schwiegen über Mr Greenland«, fuhr Swanson fort. »Und sie hätten aus demselben Grund auch über den Tod des Jungen geschwiegen, wenn Sie versucht hätten, Kontakt mit ihm aufzunehmen, Miss Balshaw. Ihre Geister hätten Ihnen nichts über seinen Mörder zu offenbaren gehabt.«

»Sehen Sie denn nicht, wie sehr Sie Louisa mit Ihren Andeutungen verunsichern?«, fragte Dr. Gosport.

»Ich fürchte, Doktor, ich werde noch mehr tun müssen, als sie zu verunsichern«, entgegnete Swanson. »Lassen Sie mich nun zu dem Mord an Mary Winter kommen – denn ihr Tod war gewiss kein Selbstmord. Niemand fängt an, seine Sachen zu packen, überlegt es sich mittendrin anders und hängt sich mitten in der Nacht am Fensterkreuz auf. Nein, Mary wurde ebenfalls Opfer des Mörders. Sie hatte Beobachtungen gemacht, die sie der falschen Person mitteilte.« Er wandte sich wieder Victor Balshaw zu. »Sie selbst erzählten mir davon, Sir.«

»Ich erzählte Ihnen wovon?«

»Davon, dass Mary Ihre Schwester damit verrückt machte, ein alter Mann habe sich im Hof herumgetrieben.«

»Und das soll sie das Leben gekostet haben?«, fragte Dr. Gosport. Er schüttelte den Kopf. »Das glauben Sie doch selbst nicht, Chief Inspector.«

»Nun«, sagte Swanson. »Ich fragte mich gleich, weshalb ihr niemand Glauben schenkte. Sowohl Sie, Doktor, als auch Mr Balshaw taten das Ganze als Unsinn ab. Allerdings waren Ihnen diese Nebensächlichkeiten wichtig genug, dem Mädchen deshalb zu kündigen. Und Mary machte eine weitere Beobachtung. Als wir das erste Mal in diesem Haus waren, versuchte sie, meinem Sergeant davon zu erzählen, doch aus Angst vor dem Butler tat sie es nicht.«

»Sollten wir Masterman hereinrufen?«, fragte Mrs Boyle.

»Das wird nicht nötig sein, Ma'am«, antwortete Swanson. Er griff in die Innentasche und zog den Zettel hervor, den Sergeant Phelps in Mary Winters Handtasche gefunden hatte.

Der Schlüssel
(1x)
Der alte Mann
(2x)

»Der Mörder wird ihn in der Eile übersehen haben«, sagte Swanson.

»Und was zum Teufel bedeutet das?«, fragte Victor Balshaw.

»Es bedeutet, Mary hat den alten Mann zwei Mal gesehen. Und sie hat sich seine Anwesenheit nicht eingebildet. Und dann der Schlüssel.« Swanson machte eine kurze Pause und blickte in die Runde. »Entspricht es den Tatsachen, dass Sie, Mr Balshaw, darauf bestehen, dass die Hintertür jeden Abend verschlossen wird und der Schlüssel stecken bleiben muss, um es Einbrechern schwerer zu machen?«

»Ja, sicher, ich …«, stammelte Balshaw.

»Das geschieht auf meinen ausdrücklichen Wunsch hin«, beeilte sich Louisa zu sagen. »Ich habe Angst, jemand könnte nachts ins Haus kommen.«

»Und doch verschwand der Schlüssel in jener Nacht, als der Junge in Covent Garden starb«, sagte Swanson.

Victor Balshaw blickte ihn mit gefurchter Stirn an. »Er verschwand?«

»Als Masterman, Ihr Butler, die Tür an jenem Abend verriegeln wollte, fand er die Tür verschlossen. Doch der Schlüssel steckte nicht im Schloss. Das habe ich vorhin von ihm erfahren. Er hat keine Meldung gemacht, um niemanden zu beunruhigen. Und am nächsten Morgen war der Schlüssel wieder da. Er dachte sich nichts dabei.«

»Jemand wird ihn versehentlich an sich genommen haben«, meinte Mrs Boyle.

»Oder es ist so, wie ich vermute«, sagte Swanson, »und der Mörder verließ in der Nacht heimlich das Haus, zog den Schlüssel ab, versperrte die Tür von außen und nahm einen Hansom nach Covent Garden. Dort traf er den Jungen, gab ihm die Pfeife und kehrte anschließend hierher zurück. Bei seiner Rückkehr verschloss er die Tür wieder, steckte den Schlüssel ins Schloss, wo ihn der Butler am folgenden Morgen zu seiner Beruhigung fand, und legte sich schlafen.«

»Und Sie glauben allen Ernstes, jemand von uns sei dieser Mörder?«, fragte Louisa.

»Ja, Miss«, sagte Swanson. »Leider.«

»Aber können Sie es auch beweisen?«, fragte Dr. Gosport.

»Ich will es versuchen«, antwortete Swanson. Er ging an Mrs Boyle vorbei zur Tür des Salons, öffnete sie und ließ Frederick Greenland herein. An dessen Hand ging Badger.

»Frederick!«, entfuhr es Louisa, die sich sogleich die Hand vor den Mund hielt.

»Wer sind diese Leute, Chief Inspector?«, fragte Victor Balshaw in aufgebrachtem Ton. »Ist das hier eine öffentliche Veranstaltung?«

»Der Gentleman ist Mr Frederick Greenland. Und der Junge in seiner Begleitung ist Badger. Er ist einer von den Kindern, die für Mr Specs arbeiteten.«

Victor Balshaw nickte und rückte auf die Sofakante vor. Er sah Badger an und fragte: »Du bist also einer der Jungs, die für diesen alten Mann die Leute ausgekundschaftet haben?«

»Ja, Sir. Das ist Badger, der Freund des ersten Mordopfers. Er musste zusehen, wie sein bester Freund Meg in jener Nacht qualvoll an dem Gift starb, das man ihm mithilfe der Pfeife verabreicht hatte«, sagte Swanson. »Ich frage mich allerdings, Mr Balshaw, woher Sie wissen, dass Mr Specs ein alter Mann war?«

Victor blickte nervös um sich. »Das sagt man doch so«, meinte er dann. »Das war bloß so eine Redensart.«

»Nein, Sir«, sagte Swanson und fixierte Balshaw mit ernstem Gesicht. »Das war nicht bloß so eine Redensart. Denn Sie sind der Mörder von Meg, dem Jungen, der auf der Covent Garden Piazza starb. Und Sie sind auch der Mörder von Mary Winter und dem alten Mr Specs selbst.«

»Das ist ja lächerlich.«

Louisa Balshaw blickte Frederick an. Dann ihren Bruder. Ihre Augen waren schreckgeweitet. »Victor!«, stieß sie hervor.

»Louisa, ich bitte dich, glaub doch diesen Unsinn nicht.«

»Nein, Victor«, sagte sie und rückte ein Stückchen von ihm weg. »Das ist kein Unsinn, nicht wahr? Es stimmt alles, was Mr Swanson gesagt hat.« Ihre Augen begannen sich mit Tränen zu füllen. »Du hast all diese schrecklichen Dinge getan, Victor.«

»Louisa, ich ...«

»Ich kann es dir ansehen«, sagte sie mit fester Stimme.

Victor Balshaw sprang plötzlich auf. »Ich werde mir diese Unterstellungen nicht länger anhören!«, schrie er. Er stürzte aus dem Zimmer, und sie alle konnten hören, wie er die Treppe hinunterrannte.

»Jemand muss ihn aufhalten«, sagte Frederick aufgeregt.

»Keine Sorge«, meinte Swanson. »Sergeant Phelps ist hinten. Und er kann sehr überzeugend sein.«

»Victor hat all das getan. Er hat den Jungen getötet und Mary Winter«, hauchte Miss Louisa mit tränenerstickter Stimme. »Ich konnte es seinem Gesicht ansehen.«

Swanson nickte. »Ja, das hat er.«

»Aber warum?«, fragte sie.

»Ihretwegen.«

Sie sah Swanson mit weit aufgerissenen Augen an. »Meinetwegen?«

»Und wegen des Geldes«, sagte der Chief Inspector. »Sie mögen gewisse Dinge erspüren, Miss Balshaw, und

Sie mögen eine gewisse Menschenkenntnis besitzen«, sagte er, »doch über das zweite Gesicht verfügen Sie nicht. Es lag alles so klar vor Ihnen. Die Stimmen, die Sie erst hörten, nachdem Sie vor drei Jahren in dieses Haus zogen. Ihr Bruder, der Sie drängte, diese Séancen zu veranstalten. Das viele Geld, das Sie damit verdienten.«

»Das Geld bedeutet mir nichts«, sagte sie.

»Ihnen nicht, Miss Balshaw«, sagte Frederick. »Aber Ihrem Bruder bedeutete es alles. Er nutzte Ihren Glauben an Ihre Gabe für seine Zwecke aus. Mehr noch, er redete Ihnen die Stimmen ein, die Ihnen all die Informationen gaben.«

»Aber die Stimmen waren echt«, protestierte sie.

»Nein«, sagte Swanson. »Nein, das waren sie nicht.«

»Waren sie nicht?« Sie lachte erschrocken auf. »Ich weiß doch, was ich höre.«

»Gewiss – Sie hörten die Stimmen. Nur, jeder andere hätte sie ebenso hören können, hätte er in Ihrem Bett gelegen. Sie selbst sagten mir, Sie würden sie nur des Nachts hören. Es war alles nur ein Trick, Miss Balshaw. Ihr Bruder täuschte Sie.«

Sie war jetzt ganz in sich zusammengesunken und saß wie ein Häufchen Elend auf dem Sofa. »Das kann ich nicht glauben«, flüsterte sie.

»Kommen Sie.« Swanson ging zur Tür. »Ich beweise es Ihnen. Sie sind eine vertrauensselige Frau. Sie sehen erstaunlich viel. Doch das Offensichtliche sehen Sie nicht.«

»Das Offensichtliche?«

»Sie verfügen über eine enorme Menschenkenntnis«, sagte Swanson. »Das war mir von vornherein klar. Doch mag ich nicht an Geister glauben, ehe ich nicht selbst einem begegnet bin. Daher waren die Geisterstimmen aus dem Jenseits von Anfang an verdächtig für mich. Ich war davon überzeugt, sie müssten einen natürlichen und mit den normalen menschlichen Sinnen erklärbaren Ursprung haben. Und den haben sie auch.«

»Wohin gehen wir?«, wollte Louisa wissen.

»Ich möchte, dass Sie mich in Ihr Schlafzimmer begleiten, Miss Balshaw.«

»Und was glauben Sie, da zu finden, Chief Inspector?«, fragte Dr. Gosport. »Ist dieses ganze Theater wirklich notwendig? Warum sagen Sie nicht einfach, was Sie sagen wollen. Sie machen es für Louisa dadurch nur noch schlimmer. Ist Ihnen das nicht klar?«

»Im Gegenteil, Doktor«, entgegnete Swanson. »Es wird ihr besser gehen, sobald die Wahrheit ans Licht gekommen ist.« Er deutete eine Verbeugung in Miss Balshaws Richtung an, ging zur Tür des Salons und klinkte sie auf. »Kommen Sie.«

In ihrem Schlafzimmer angekommen, bat er Louisa, sich aufs Bett zu legen. »Bitte bleiben Sie liegen, bis ich wieder hier bin«, sagte er. »Ganz gleich, was auch geschieht. Mrs Boyle und Mr Greenland werden hier bei Ihnen bleiben.« Den nach wie vor protestierenden Dr. Gosport packte Swanson beim Arm und zog ihn aus dem Zimmer.

Nach wenigen Augenblicken war leise Donald Swansons gespenstisch klingende Stimme im Raum zu vernehmen. Am deutlichsten jedoch schien Louisa Balshaw sie zu hören. Sie schlug die Hände vor das Gesicht und begann zu weinen.

Mrs Boyle kümmerte sich sofort rührend um sie.

»Das Gestänge des Bettes ist mit dem Boden verschraubt«, erklärte Swanson mit gesenkter Stimme den beiden Männern, als er zurück ins Zimmer kam. »Und etwas unterhalb des Kopfendes führt ein Rohr in die Wand. Im Zimmer ihres Bruders fand ich das Ende. Es war hinter einem Bild verborgen. Balshaw brauchte bloß in das offene Rohr hineinzusprechen, und während seine Schwester im Bett im Halbschlaf lag, flüsterte er ihr die Voraussagen für die nächste Séance ein. Das war auch der Grund, weshalb er Sie, Mr Greenland, nicht einlassen wollte, nehme ich an. Er besaß keinerlei Informationen über Sie.«

»Bitte sprechen Sie nicht weiter, Mr Swanson«, sagte Louisa. Sie schien sich etwas beruhigt zu haben. Sie drückte Mrs Boyles Hände und blickte noch einmal Frederick an, dann ging sie vor ihnen die Treppe zur Eingangshalle hinunter.

Sergeant Peter Phelps führte gerade Victor Balshaw in Handschellen herein, als sie alle dort unten eintrafen.

Als Miss Louisa ihren Bruder sah, wurde sie so bleich, dass Frederick schon fürchtete, sie würde gleich in Ohnmacht fallen. Stattdessen sah sie ihn sekundenlang voller Hass an und gab ihm dann eine schallende Ohrfeige.

Phelps und Swanson brachten den Mann hinaus.

EPILOG

» Jedermann kann für die Leiden eines Freundes Mitgefühl aufbringen. Es bedarf aber eines wirklich edlen Charakters, um sich über die Erfolge eines Freundes zu freuen. «

Oscar Wilde

49 Gordon Square, Bloomsbury,
eine Woche später

»Das ist das Langweiligste, was ich jemals gehört habe«, sagte Billy Bob Badger. Er saß im Schneidersitz vor dem Sofa auf dem Fußboden und klopfte sich mit der Hand zweimal gegen die Stirn, als es an der Tür läutete.

Frederick, der einen Band mit Shakespeare-Stücken aufgeklappt auf dem Schoß hatte und Badger während der letzten Stunde daraus vorgelesen hatte, fragte sich, wer das sein mochte. Er sagte: »Das wirst du lesen müssen, wenn du es zu einem richtigen Gentleman bringen willst.«

»Dann werde ich lieber Verbrecher«, sagte Badger.

»Das werden wir ja sehen.« Frederick klappte das Buch zu und legte es neben sich. »Ich werde dich ein wenig unterrichten, und du bringst mir bei, wie das mit den Taschendiebstählen funktioniert. Du hast es versprochen.«

»Da wusste ich noch nicht, wie langweilig Sie sind.«

»Danke vielmals.«

Morton öffnete die Tür und kündigte den Besucher an. Es war Oscar Wilde.

»Freddy, mein Lieber«, sagte Wilde schmunzelnd und ohne Umschweife. »Sie sind ein Idiot.«

»Das ist nicht gerade die freundlichste aller Begrüßungen«, entgegnete Frederick, schob das Buch beiseite und stand schwerfällig vom Sofa auf.

»Und trotzdem bleibe ich dabei.« Wilde blieb in der

Tür zum Salon stehen, ganz in Weiß gekleidet und mit gekreuzten Beinen auf seinen Spazierstock gestützt. »Sie sind ein unbeweglicher alter Zauderer, Freddy.«

»Wie zum Teufel kommen Sie darauf?«

»Sie haben sich in Miss Louisa Balshaw verliebt«, sagte Wilde. »Oh, streiten Sie es nicht ab. Ich sah es Ihnen schon an dem Abend an, als wir Miss Balshaws Séance besuchten. Und Sie unternehmen nichts. Gar nichts! Warum haben Sie sie nicht längst aufgesucht? Das kann ich nicht begreifen.«

»Ich denke nicht, dass Sie das irgendetwas angeht, Oscar. Miss Balshaw hat ...« Er brach ab.

»Ja?« Wilde hielt sich in einer theatralischen Geste die Hand ans Ohr. »Na, auf die Ausrede bin ich gespannt.«

»Ich denke, sie hat zurzeit sicher andere Probleme«, sagte Frederick schließlich.

»Oh, Sie dummer, dummer, rücksichtsvoller Mann. Was glauben Sie eigentlich, wie viele Leben Ihnen zur Verfügung stehen? Mehrere? Wenn man Sie nicht anschiebt wie einen alten Handkarren, kommen Sie zu gar nichts.«

»Was meinen Sie damit?«

Und damit trat Wilde beiseite, und Miss Louisa Balshaw erschien im Türrahmen.

Sekundenlang stand Frederick bloß schweigend da und starrte sie an.

»Miss Louisa.« Er fühlte das Verlangen, auf sie zuzugehen, ihre Hände zu nehmen, sie in die Arme zu schließen – doch er schaffte es nicht. Er blickte Louisa einfach nur an. »Ich ... äh ...«

»Ja?« Ein hoffnungsvolles Lächeln glitt zögerlich über ihr Gesicht, wie eine rasch dahintreibende Wolke, und verschwand wieder.

»Ich …« Frederick räusperte sich. »Nun … ich bin nicht sonderlich gut in solchen Dingen …« Seine Arme baumelten rechts und links an ihm herab, als seien sie lediglich dekorative Anhängsel.

Ihr Lächeln kehrte zurück, blieb und wurde noch breiter. Dann machte sie die drei, vier Schritte auf ihn zu und nahm seine Hände. »Ich höre, junger Mann«, sagte sie, wobei sie sich ein Lachen verkneifen musste.

»Können Sie …«, sagte er, »ich meine … kannst du … kannst du sehen, was ich …«

Sie strahlte über das ganze Gesicht. »Ob ich deine Gedanken sehen kann, meinst du?«

Er nickte, schlug die Augen nieder und suchte dann abermals ihren Blick. Er spürte, wie ihm der Schweiß ausbrach. »Ich …« Oh, lieber Gott.

Ihr Kichern perlte aus ihr hervor wie überschäumender Champagner. »Ja.« Sie lachte. »Ja, Frederick. Natürlich kann ich es fühlen. Aber nicht, weil ich das zweite Gesicht habe oder weil mir die Geister irgendetwas eingeflüstert hätten.« Sie ließ seine Hände los, schlang ihm völlig undamenhaft die Arme um die Hüften und zog ihn an sich.

Er tat nichts.

Badger tauchte neben Frederick auf und beäugte ihn herablassend. »Verdammt, Mensch, was sind Sie bloß für eine Pfeife«, sagte der Junge und gab Frederick einen Schubs. »Und von Ihnen soll ich was lernen? Küssen Sie sie endlich.«

»Du hast es gehört, Frederick«, flüsterte sie. »Worauf wartest du noch?«

Und als er seine Hände schließlich auf Louisas Rücken legte und er sie sanft auf den Mund küsste, klatschen Wilde und Badger grinsend Beifall.

Louisa strahlte ihn an und lachte hell.

Und da spürte Frederick, dass sein Leben von nun an einen völlig anderen Gang nehmen würde.

Donald Swanson lag im Bett und starrte die Schlafzimmerdecke an.

Annie neben ihm atmete ruhig und gleichmäßig.

Vorsichtig schlug er die Bettdecke beiseite, schwang die Füße aus dem Bett und stand auf. Er warf sich seine Strickjacke über, die am Fußende des Bettes gehangen hatte, und blieb dort eine Weile stehen, blickte auf seine schlafende Frau hinunter und fühlte sich plötzlich wie ein seltsamer Besucher in dieser normalen Welt.

Hier lag Annie friedlich im Schlaf, und im Zimmer daneben schliefen seine Kinder, während da draußen die schlimmsten Dinge geschahen. Noch beim Abendessen hatte sie ihn, wie üblich, nach seinem Arbeitstag gefragt, und wie üblich hatte er nichts weiter getan, als zu lächeln und mit den immer selben Worten zu antworten. »Es war anstrengend wie jeden Tag, Annie.«

Sie und die Kinder, die ihm so viel bedeuteten, mit alledem belasten, das wollte er nicht – mit den Schicksalen, die sich täglich vor ihm entfalteten, mit den Verbrechen, die perfide Mörder verübten, und mit den Übriggebliebenen, die in Zukunft ohne einen geliebten Menschen zurechtkommen mussten.

Er verließ das Schlafzimmer und schloss beinahe geräuschlos die Tür.

Unten in der Küche füllte er den Wasserkessel und entzündete das Feuer im Herd.

Annie und die Kinder – die liebevolle Familie, die er hatte. Sie waren für ihn von unschätzbarem Wert. Um keinen Preis der Welt würde er sie hergeben wollen. Sie waren seine ewige Konstante.

Und wenn er so darüber nachdachte, musste er zugeben, dass der Gedanke etwas sehr Tröstliches hatte.

Ende

Personen

Chief Inspector Donald Sutherland Swanson, ein unbestechlicher und aufrechter Beamter der Metropolitan Police (Scotland Yard)

Annie Swanson, liebende Gattin und Mutter

Peter Phelps, Swansons Sergeant und einer der Besten unter den Guten

Charles H. Stedman, Chef des noch jungen forensischen Teams der Londoner Kriminalpolizei

Detective Inspector Littlechild, veröffentlichte seine Autobiografie und jagte einst einen Geist

Dr. Boswell, Polizeiarzt

Frederick Greenland, wohlhabender Lebemann aus Bloomsbury und manchmal undercover unterwegs

Oscar Wilde, Ästhet, Dichter und Freimaurer. Lädt Greenland zu einer Séance ein

Arthur Conan Doyle, englischer Schriftsteller, der in späteren Jahren dem Spiritismus anhing

Meg, ein Waisenjunge von vielleicht vierzehn Jahren

Billy Bob Badger, Megs bester Freund und ebenfalls Waise

Mr Specs, führt in Saffron Hill ein Haus der verlorenen Kinder und lässt Waisenkinder für sich arbeiten

Im Haushalt Nr. 50 Berkeley Square:

Louisa Balshaw, ein Medium, das Stimmen hört
Victor Balshaw, Geschäftsmann und Louisas Bruder
Dr. Brian Gosport, Arzt der Familie
Mrs Boyle, Haushälterin
Masterman, der Butler
Mary Winter, Hausmädchen
Teilnehmer der Séance:
Sir William Orping
Olivia van Bergen
Ein schwedischer Herr

Des Weiteren ein Erpresser namens Kendon und ein Junge namens Gott, diverse Droschkenkutscher, Straßenkinder, Sergeants, Constables, ein Commissioner von Scotland Yard und ein hinterhältiger Mörder

Bei dem von Louisa Balshaw erwähnten Buch handelt es sich um den Roman »Das Geheimnis der Lady Audley« der Schriftstellerin Mary Elizabeth Braddon (1837–1915). Braddon war eine emanzipierte, starke Frau, die nicht nur in wilder Ehe lebte, sondern auch mit ihrer Arbeit den Lebensunterhalt ihrer Familie bestritt. Sie schrieb über 80 Romane, von denen einige in neuer Übersetzung im Dryas Verlag erschienen sind.

Nachwort

Was denken Sie? Gibt es Gespenster?

Lachen Sie nicht – auch ich habe vor vielen Jahren einmal einen Geist gesehen. Es ist ein erstaunliches Phänomen: Ganz gleich, für wie vertrauenswürdig und ehrlich wir einen Menschen halten, sobald er uns erzählt, er habe eine Geistererscheinung gehabt oder ein UFO beobachtet, fällt jede Reputation und all unser Vertrauen von ihm ab wie eine zerbrochene Maske.

Vor ziemlich genau dreizehn Jahren war ich mit meiner Frau Andrea und meinem damaligen Lektor und lieben Freund Frank Giesenberg in England unterwegs. Auf dieser Reise geschahen drei seltsame Dinge.

Zunächst löschte Frank versehentlich beinahe das 150 Jahre alte Feuer im Kamin eines Pubs namens The Warren House Inn, als ihm während eines Streitgesprächs über Religion und Glaubensfragen sein Pintglas herunterfiel. Jedermann geriet in Aufregung. Nur mit Mühe gelang es uns, die Glut wieder anzufachen, ehe sie gänzlich verlosch, und die Gemüter beruhigen sich wieder. Ich benutzte diese Begebenheit für eine Szene in Inspector Swansons erstem Abenteuer: Der Fluch des Hope-Diamanten.

Dann war ich während der Reise fest davon überzeugt, meine Frau sei schwanger. Keine Ahnung, woher ich diese Gewissheit nahm. Noch heute erfreue ich mich an den Urlaubsvideos, in denen ich immer wieder diesbezügliche Anspielungen mache und sie es mit einem Lachen vehement abstreitet. Eine Szene ist mir besonders gut in Erinnerung geblieben. Andrea steht im Dartmoor an Jay's Grave, der letzten Ruhestätte einer schwangeren Selbstmörderin. Frank und Andrea lachen, als ich einen Kameraschwenk auf meine Frau mache und sage: »Und sie ist definitiv auch schwanger.« Das Erstaunliche ist – ein Schwangerschaftstest nach dem Urlaub brachte Gewissheit. Wir erwarteten tatsächlich unseren ersten Sohn.

Und zu guter Letzt sah ich eines Morgens den Geist. Es war in einer Jugendherberge unweit von Postbridge. Und das bei hellem Tageslicht. Es war keine beängstigende oder gar erschreckende Begegnung, wie man es vielleicht erwartet hätte, sondern sie war eher verwirrend und verstörend.

Wir alle hatten gerade unsere Taschen in dem Mehrbettzimmer abgestellt. Die anderen hatten das Zimmer bereits verlassen, und ich stand noch am Waschbecken bei der Tür, um mich etwas frisch zu machen, als ich in den Spiegel blickte und einen jungen Mann in Jeanshosen bemerkte, der am anderen Ende des Zimmers beim Fenster stand und gerade sein rotes Hemd zuknöpfte. Doch als ich mich umdrehte, um zum Handtuch zu greifen, das über dem Bettpfosten hing, war der Mann verschwunden. Von einer Sekunde auf die andere. Durch die Tür war er nicht hinausgegangen, denn die befand sich direkt rechts neben mir. Aber auch durch das Fenster konnte der Mann das Zimmer nicht verlassen haben. Denn es ließ sich gar nicht ganz öffnen. Andrea und Frank lachten sich halb tot, als ich ihnen blass und verwirrt davon erzählte, und binnen Minuten war die Geschichte vom durchgeknallten

Robert, der am helllichten Tag ein Gespenst gesehen hatte, in der ganzen Herberge herum. Sie mochten lachen, so viel sie wollten, doch ich wusste, dass das, was ich gesehen hatte, keine Einbildung gewesen war.

Nehmen Sie mir das ab?

Sehen Sie, so schnell verliert man seine Glaubwürdigkeit. Dabei ist es wahr – und zwar alles.

Danksagung

Mein Dank gilt, diesmal ganz ohne Umschweife, folgenden Personen:

Meinem Freund Dr. Rolf Theisen, der für mich das Problem mit der vergifteten Pfeife löste, als ich nur die Symptome hatte. Alles, was an der Erklärung stimmt, sei ihm angerechnet, der Rest ist meinem laienhaften Versuch geschuldet, seine Erläuterungen im Roman umzusetzen.

Nevill und Bill Swanson, die es mir ermöglichten, die berühmten Swanson-Marginalien zu betrachten und Donald Swansons Tranter Revolver einmal selbst in Händen zu halten.

Rosie und Stewart Evans, die uns jedes Jahr glänzende Gastgeber sind und nicht nur immer wieder die Zeit finden, mit uns historische Mordschauplätze zu besuchen, und unseren Kindern beinahe so etwas wie Ersatzgroßeltern sind, sondern – in Stewarts Fall ganz besonders – auch noch Chief Inspector Swansons literarische Ermittlungen vorantreiben.

Vanessa und Sascha Gutzeit, die ein unschätzbar wertvoller Teil unserer Familie geworden sind. Philip Kretzer und meinem Freund Sven, denen dieser Roman gewidmet ist. Und Karl-Heinz Köster, der mich immer auf dem Laufenden hält.

Dankbar verneige ich mich außerdem vor meiner Verlegerin Sandra Thoms, meinem Lektor Andreas Barth und der Fehlerjägerin Birgit Rentz, die aufpassen, dass Inspector Swanson nicht ungekämmt und mit falsch geknöpftem Hemd ermittelt.

Und last but not least gilt mein Dank meiner Familie. Andrea, Felix und Merlin, ich danke euch für die vielen Stunden Geduld, Liebe und Zuspruch. Möge der große Baumeister stets seine schützende Hand über euch halten.

R.C.M.

Robert C. Marley

Inspector Swanson
und der Fluch des Hope-Diamanten

Ein viktorianischer Kriminalroman aus dem Jahr 1893

Dryas Verlag, Taschenbuch,
304 Seiten.
(Baker-Street-Bibliothek).
ISBN 978-3-940855-53-4

London, 1893.
Gordon Wigfield, ein ehrbarer Goldschmied und Damenfreund, wurde in seiner Werkstatt auf bestialische Weise ermordet. Chief Inspector Donald Sutherland Swanson nimmt die Ermittlungen auf.
Doch es bleibt nicht bei einer Leiche. Die Nachforschungen führen Swanson schließlich in die höchsten Kreise der Gesellschaft. Welche Rolle spielen Oscar Wilde und sein Geliebter Lord Douglas? Und was weiß Arthur Conan Doyle?
Die Karten werden neu gemischt, als sich herausstellt, dass der in den Kellern des Londoner Bankhauses Parr am Cavendish Square aufbewahrte „Blaue Hope-Diamant" eine Imitation ist ...

Schweigen ist Gold, Reden ist Tod!

DRYAS